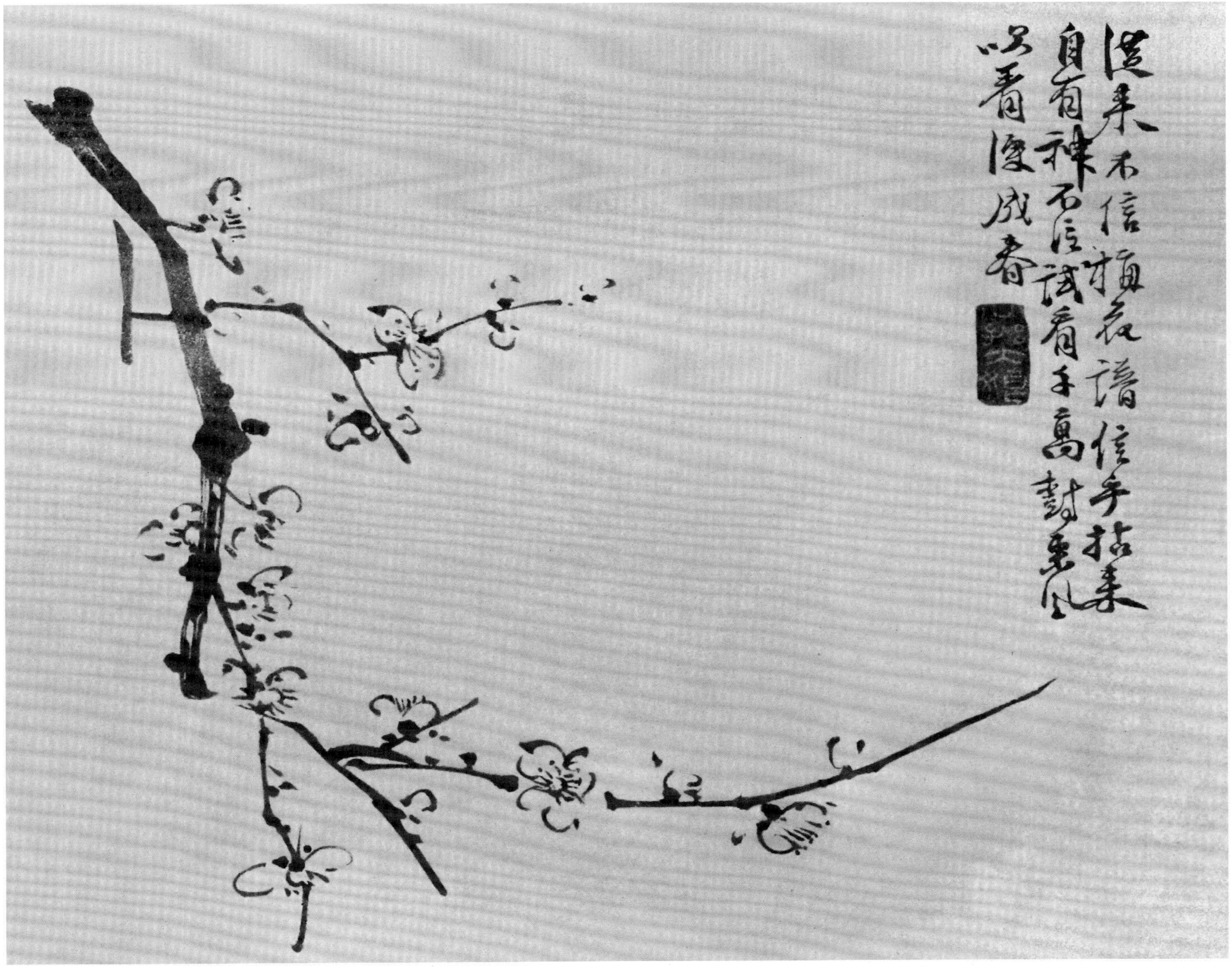

徐渭「梅花」——題字：「從來不信梅花譜，信手拈來自有神，不信試看千萬樹，東風吹著便成春。」「梅花譜」自來是畫梅的典範，徐渭不理經典的規範，信手揮寫。徐渭（1521-1593），字文長，浙江紹興人，於詩文、戲曲、書法、繪畫等造詣都甚深。他參加過抗倭戰爭和反對權奸嚴嵩的鬥爭，性格清高狂傲，憤世嫉俗，曾因發狂入獄，是藝術家中極具「笑傲江湖」性格的人物。本書選用徐渭、傅山、八大山人、鄭燮四人的畫作封面。這四人為人重風骨節操，書畫重自由發揮。

福建武夷山玉女峯——林平之家鄉附近的景色。

衡山一景——散木攝。

衡山雲海

衡山的主廟南嶽廟

青城山絕頂上清宮前之大平台——樹木圍繞，當為勞德諾窺探青城派弟子練劍處。

青城山主觀常道觀——建構宏麗，建於隋朝大業年間，當為青城派掌門余滄海之居處。

唐山金盆——出土文物。劉正風用以洗手之金盆大概沒有這樣精致華貴。

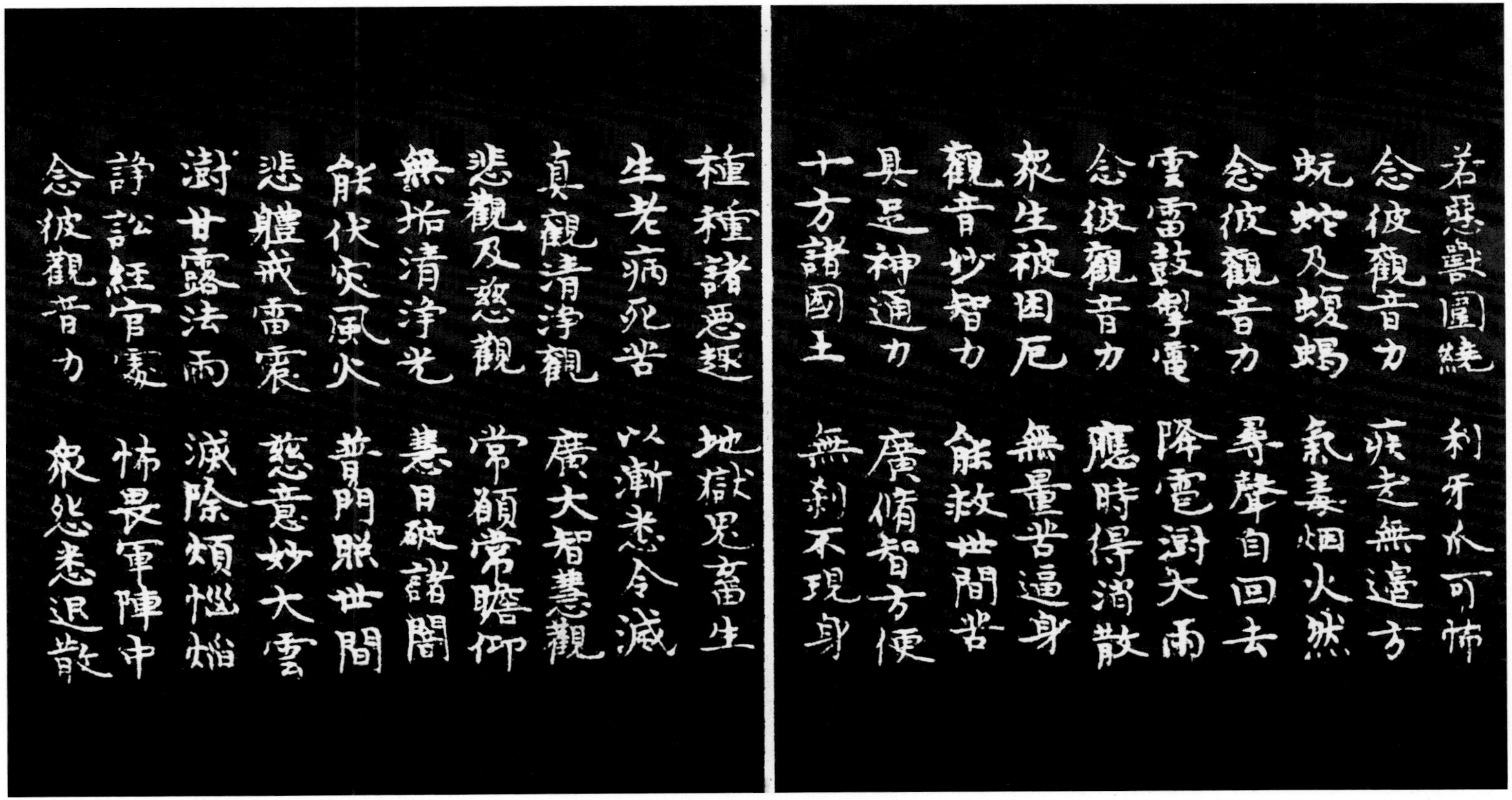
若惡獸圍繞　利牙爪可怖
念彼觀音力　疾走無邊方
蚖蛇及蝮蠍　氣毒煙火然
念彼觀音力　尋聲自回去
雲雷鼓掣電　降雹澍大雨
念彼觀音力　應時得消散
衆生被困厄　無量苦逼身
觀音妙智力　能救世間苦
具足神通力　廣脩智方便
十方諸國土　無剎不現身
種種諸惡趣　地獄鬼畜生
生老病死苦　以漸悉令滅
真觀清淨觀　廣大智慧觀
悲觀及慈觀　常願常瞻仰
無垢清淨光　慧日破諸闇
能伏災風火　普明照世間
悲體戒雷震　慈意妙大雲
澍甘露法雨　滅除煩惱焰
諍訟經官處　怖畏軍陣中
念彼觀音力　衆怨悉退散

明成祖寫《妙法蓮華經・普門品》之兩頁。

改琦「觀音像」──改琦，清代畫家，善繪仕女。

笑傲江湖

大字版

①奮身救人

金庸

大字版金庸作品集55

笑傲江湖 (1)奮身救人 「公元2006年金庸新修版」

The Smiling, Proud Wanderer, Vol. 1

作　　者／金　庸

封面設計／唐壽南　內頁插畫／王司馬

發 行 人／王 榮 文
出版・發行／遠流出版事業股份有限公司
臺北市中山北路一段11號13樓
電話／2571-0297　傳真／2571-0197　郵撥／0189456-1

□2006年 8 月16日　初版一刷
□2022年 4 月 1 日　二版五刷

大字版　每冊380元（本作品全八冊，共3040元）
〔另有典藏版共36冊（不分售），平裝版共36冊，新修版共36冊，新修文庫版共72冊〕

ISBN　978-957-32-8112-2（套：大字版）
ISBN　978-957-32-8104-7（第一冊：大字版）
Printed in Taiwan

YLib 遠流博識網
http://www.ylib.com　E-mail:ylib@ylib.com

「金庸作品集」新序

金庸

小說是寫給人看的。小說的內容是人。

小說寫一個人、幾個人、一羣人、或成千成萬人的性格和感情。他們的性格和感情從橫面的環境中反映出來，從縱面的遭遇中反映出來，從人與人之間的交往與關係中反映出來。長篇小說中似乎只有《魯濱遜飄流記》，才只寫一個人，寫他與自然之間的關係，但寫到後來，終於也出現了一個僕人「星期五」。只寫一個人的短篇小說多些，尤其是近代與現代的新小說，寫一個人在與環境的接觸中表現他外在的世界、內心的世界，尤其是內心世界。有些小說寫動物、神仙、鬼怪、妖魔，但也把他們當作人來寫。

西洋傳統的小說理論分別從環境、人物、情節三個方面去分析一篇作品。由於小說作者不同的個性與才能，往往有不同的偏重。

基本上，武俠小說與別的小說一樣，也是寫人，只不過環境是古代的，主要人物是有武功的，情節偏重於激烈的鬬爭。任何小説都有它所特別側重的一面。愛情小説寫男女之間與性有關的感情和行動，寫實小説描繪一個特定時代的環境與人物，《三國演義》與《水滸》一類小説敘述大羣人物的鬬爭經歷，現代小説的重點往往放在人物的心理過程上。

小説是藝術的一種，藝術的基本內容是人的感情和生命，主要形式是美，廣義的、美學上的美。在小説，那是語言文筆之美、安排結構之美，關鍵在於怎樣將人物的內心世界通過某種形式而表現出來。甚麼形式都可以，或者是作者主觀的剖析，或者是客觀的敘述故事，從人物的行動和言語中客觀的表達。

讀者閱讀一部小説，是將小説的內容與自己的心理狀態結合起來。同樣一部小説，有的人感到強烈的震動，有的人卻覺得無聊厭倦。讀者的個性與感情，與小説中所表現的個性與感情相接觸，產生了「化學反應」。

武俠小説只是表現人情的一種特定形式。作曲家或演奏家要表現一種情緒，用鋼琴、小提琴、交響樂、或歌唱的形式都可以，畫家可以選擇油畫、水彩、水墨、或版畫的形式。問題不在採取甚麼形式，而是表現的手法好不好，能不能和讀者、聽者、觀賞者的心靈相溝通，能不能使他的心產生共鳴。小説是藝術形式之一，有好的藝術，也有不好的藝術。

好或者不好，在藝術上是屬於美的範疇，不屬於眞或善的範疇。判斷美的標準是美，是感情，不是科學上的眞或不眞（武功在生理上或科學上是否可能），道德上的善或不善，也不是經濟上的值錢不值錢，政治上對統治者的有利或有害。當然，任何藝術作品都會發生社會影響，自也可以用社會影響的價值去估量，不過那是另一種評價。

在中世紀的歐洲，基督教的勢力及於一切，所以我們到歐美的博物院去參觀，見到所有中世紀的繪畫都以聖經故事爲題材，表現女性的人體之美，也必須通過聖母的形象。直到文藝復興之後，凡人的形象才大量在繪畫和文學中表現出來，所謂文藝復興，是在文藝上復興希臘、羅馬時代對「人」的描寫，而不再集中於描寫天使與聖人。

中國人的文藝觀，長期以來是「文以載道」，那和中世紀歐洲黑暗時代的文藝思想是一致的，用「善或不善」的標準來衡量文藝。《詩經》中的情歌，要牽強附會地解釋爲諷刺君主或歌頌后妃。對於陶淵明的〈閒情賦〉，司馬光、歐陽修、晏殊的相思愛戀之詞，或惋惜地評之爲白壁之玷，或好意地解釋爲另有所指。他們不相信文藝所表現的是感情，認爲文字的唯一功能只是爲政治或社會價值服務。

我寫武俠小說，只是塑造一些人物，描寫他們在特定的武俠環境（中國古代的、缺乏法治的、以武力來解決爭端的不合理社會）中的遭遇。當時的社會和現代社會已大不相同，人的性格和感情卻沒有多大變化。古代人的悲歡離合、喜怒哀樂，仍能在現代讀者的心靈中引起相應的情緒。讀者們當然可以覺得表現的手法拙劣，技巧不夠成熟，描寫殊不深刻，以美學觀點來看是低級的藝術作品。無論如何，我不想載甚麼道。我在寫武俠小說的同時，也寫政治評論，也寫與歷史、哲學、宗教有關的文字，那與武俠小說完全不同。涉及思想的文字，是訴諸讀者理智的，對這些文字，才有是非、眞假的判斷，讀者或許同意，或許只部份同意，或許完全反對。

對於小說，我希望讀者們只說喜歡或不喜歡，只說受到感動或覺得厭煩。我最高興的是讀者喜愛或憎恨我小說中的某些人物，如果有了那種感情，表示我小說中的人物已和讀者的心靈發生聯繫了。小說作者最大的企求，莫過於創造一些人物，使得他們在讀者心中變成活生生的、有血有肉的人。藝術是創造，音樂創造美的聲音，繪畫創造美的視覺形象，小說是想創造人物、創造故事，以及人的內心世界。假使只求如實反映外在世界，那麼有了錄音機、照相機，何必再要音樂、繪畫？有了報紙、歷史書、記錄電視片、社會調查統計、醫生的病歷紀錄、黨部與警察局的人事檔案，何必再要小說？

武俠小說雖說是通俗作品，以大衆化、娛樂性強爲重點，但對廣大讀者終究是會發生影響的。我希望傳達的主旨，是：愛護尊重自己的國家民族，也尊重別人的國家民族；和平友好，互相幫助；重視正義和是非，反對損人利己；注重信義，歌頌純眞的愛情和友誼；歌頌奮不顧身的爲了正義而奮鬥；輕視爭權奪利、自私可鄙的思想和行爲。武俠小說並不單是讓讀者在閱讀時做「白日夢」而沉緬在偉大成功的幻想之中，而希望讀者們在幻想之時，想像自己是個好人，要努力做各種各樣的好事，想像自己要愛國家、愛社會、幫助別人得到幸福，由於做了好事、作出積極貢獻，得到所愛之人的欣賞和傾心。

武俠小說並不是現實主義的作品。有不少批評家認定，文學上只可肯定現實主義一個流派，除此之外，全應否定。這等於是說：少林派武功好得很，除此之外，甚麼武當派、崆峒派、太極拳、八卦掌、彈腿、白鶴派、空手道、跆拳道、柔道、西洋拳、泰拳等等全部應當廢除取消。我們主張多元主義，既尊重少林武功是武學中的泰山北斗，而覺得別的小門派也不妨並存，它們或許並不比少林派更好，但各有各的想法和創造。愛好廣東菜的人，不必主張禁止京菜、川菜、魯菜、徽菜、湘菜、維揚菜、杭州菜、法國菜、意大利菜等等派別，所謂「蘿蔔青菜，各有所愛」是也。不必把武俠小說提得高過其應有之份，也不必一筆抹殺。甚麼東西都恰如其份，也就是了。

我寫這套總數三十六冊的《作品集》，是從一九五五年到七二年，前後約十五、六年，包括十二部長篇小說，兩篇中篇小說，一篇短篇小說，一篇歷史人物評傳，以及若干篇歷史考據文字。出版的過程很奇怪，不論在香港、臺灣、海外地區，還是中國大陸，都是先出各種各樣翻版盜印本，然後再出版經我校訂、授權的正版本。在中國大陸，在「三聯版」出版之前，只有天津百花文藝出版社一家，是經我授權而出版了《書劍恩仇錄》。他們校印認眞，依足合同支付版稅。我依足法例繳付所得稅，餘數捐給了幾家文化機構及支助圍棋活動。這是一個愉快的經驗。除此之外，完全是未經授權的，直到正式授權給北京三聯書店出版。「三聯版」的版權合同到二〇〇一年年底期滿，以後中國內地的版本由廣州出版社出版，主因是港粵鄰近，業務上便於溝通合作。

翻版本不付版稅，還在其次。許多版本粗製濫造，錯訛百出。還有人借用「金庸」之名，撰寫及出版武俠小說。寫得好的，我不敢掠美；至於充滿無聊打鬥、色情描寫之作，可不免令人不快了。也有些出版社翻印香港、臺灣其他作家的作品而用我筆名出版發行。我收到過無數讀者的來信揭露，大表憤慨。也有人未經我授權而自行點評，除馮其庸、嚴家炎、陳墨三位先生功力深厚、兼又認眞其事，我深爲拜嘉之外，其餘的點評大都與作者原意相去甚遠。好在現已停止出版，出版者道歉賠償，糾紛已告結束。

有些翻版本中，還說我和古龍、倪匡合出了一個上聯「冰比冰水冰」徵對，眞正是大開玩笑了。漢語的對聯有一定規律，上聯的末一字通常是仄聲，以便下聯以平聲結尾，但「冰」字屬蒸韻，是平聲。我們不會出這樣的上聯徵對。大陸地區有許許多多讀者寄了下聯給我，大家浪費時間心力。

爲了使得讀者易於分辨，我把我十四部長、中篇小說書名的第一個字湊成一副對聯：「飛雪連天射白鹿，笑書神俠倚碧鴛」。（短篇《越女劍》不包括在內，偏偏我的圍棋老師陳祖德先生說他最喜愛這篇《越女劍》。）我寫第一部小說時，根本不知道會不會再寫第二部；寫第二部時，也完全沒有想到第三部小說會用甚麼題材，更加不知道會用甚麼書名。所以這副對聯當然說不上工整，「飛雪」不能對「笑書」，「連天」不能對「神俠」，「白」與「碧」都是仄聲。但如出一個上聯徵對，用字完全自由，總會選幾個比較有意思而合規律的字。

有不少讀者來信提出一個同樣的問題：「你所寫的小說之中，你認爲哪一部最好？最喜歡哪一部？」這個問題答不了。我在創作這些小說時有一個願望：「不要重複已經寫過的人物、情節、感情，甚至是細節。」限於才能，這願望不見得能達到，然而總是朝著這方向努力，大致來說，這十五部小說是各不相同的，分別注入了我當時的感情和思想，主要是感情。我喜愛每部小說中的正面人物，爲了他們的遭遇而快樂或惆悵、悲傷，有時會非常悲傷。至於寫作技巧，後期比較有些進步。但技巧並非最重要，所重視的是個性和感情。

這些小說在香港、臺灣、中國內地、新加坡曾拍攝爲電影和電視連續集，有的還拍了三、四個不同版本，此外有話劇、京劇、粵劇、音樂劇等。跟著來的是第二個問題：「你認爲哪一部電影或電視劇改編演出得最成功？劇中的男女主角哪一個最符合原著中的人物？」電影和電視的表現形式和小說根本不同，很難拿來比較。電視的篇幅長，較易發揮；電影則受到更大限制。再者，閱讀小說有一個作者和讀者共同使人物形象化的過程，許多人讀同一部小說，腦中所出現的男女主角卻未必相同，因爲在書中的文字之外，又加入了讀者自己的經歷、個性、情感和喜憎。你會在心中把書中的男女主角和自己或自己的情人融而爲一，而每個讀者性格不同，他的情人肯定和你的不同。電影和電視卻把人物的形象固定了，觀衆沒有自由想像的餘地。我不能說那一部最好，但可以說：把原作改得面目全非的最壞，最自以爲是，最瞧不起原作者和廣大讀者。

武俠小說繼承中國古典小說的長期傳統。中國最早的武俠小說，應該是唐人傳奇的《虯髯客傳》、《紅線》、《聶隱娘》、《崑崙奴》等精彩的文學作品。其後是《水滸傳》、《三俠五義》、《兒女英雄傳》等等。現代比較認眞的武俠小說，更加重視正義、氣節、捨己爲人、鋤強扶弱、民族精神、中國傳統的倫理觀念。讀者不必過份推究其中某些誇張的武功描寫，有些事實上是不可能的，只不過是中國武俠小說的傳統。聶隱娘縮小身體潛入別人的肚腸，然後從他口中躍出，誰也不會相信是眞事，然而聶隱娘的故事，千餘年來一直為人所喜愛。

我初期所寫的小說，漢人皇朝的正統觀念很強。到了後期，中華民族各族一視同仁的觀念成為基調，那是我的歷史觀比較有了些進步之故。這在《天龍八部》、《白馬嘯西風》、《鹿鼎記》中特別明顯。韋小寶的父親可能是漢、滿、蒙、回、藏任何一族之人。即使在第一部小說《書劍恩仇錄》中，主角陳家洛後來也對回教增加了認識和好感。每一個種族、每一門宗教、某一項職業中都有好人壞人。有壞的皇帝，也有好皇帝；有很壞的大官，也有眞正愛護百姓的好官。書中漢人、滿人、契丹人、蒙古人、西藏人……都有好人壞人。和尚、道士、喇嘛、書生、武士之中，也有各種各樣的個性和品格。有些讀者喜歡把人一分為二，好壞分明，同時由個體推論到整個羣體，那決不是作者的本意。

歷史上的事件和人物，要放在當時的歷史環境中去看。宋遼之際、元明之際、明清之際，漢族和契丹、蒙古、滿族等民族有激烈鬪爭；蒙古、滿人利用宗教作為政治工具。小說所想描述的，是當時人的觀念和心態，不能用後世或現代人的觀念去衡量。我寫小說，旨在刻畫個性，抒寫人性中的喜愁悲歡。小說並不影射甚麼，如果有所斥責，那是人性中卑污陰暗的品質。政治觀點、社會上的流行理念時時變遷，不必在小說中對暫時性的觀念作價值判斷。人性卻變動極少。

在劉再復先生與他千金劉劍梅合寫的《父女兩地書》（共悟人間）中，劍梅小姐提到她曾和李陀先生的一次談話，李先生說，寫小說也跟彈鋼琴一樣，沒有任何捷徑可言，是一級一級往上提高的，要經過每日的苦練和積累，讀書不夠多就不行。我很同意這個觀點。我每日讀書至少四五小時，從不間斷，在報社退休後連續在中外大學中努力進修。這些年來，學問、知識、見解雖有長進，才氣卻長不了，因此，這些小說雖然改了三次，相信很多人看了還是要嘆氣。正如一個鋼琴家每天練琴二十小時，如果天份不夠，永遠做不了蕭邦、李斯特、拉赫曼尼諾夫、巴德魯斯基，連魯賓斯坦、霍洛維茲、阿胥肯那吉、劉詩昆、傅聰也做不成。

這次第三次修改，改正了許多錯字訛字、以及漏失之處，多數由於得到了讀者們的指正。有幾段較長的補正改寫，是吸收了評論者與研討會中討論的結果。仍有許多明顯的缺點無法補救，限於作者的才力，那是無可如何的了。讀者們對書中仍然存在的失誤和不足之處，希望寫信告訴我。我把每一位讀者都當成是朋友，朋友們的指教和關懷，自然永遠是歡迎的。

二〇〇二年四月　於香港

目錄

那少年哈哈大笑，馬鞭在空中啪的一響，虛擊聲下，胯下白馬昂首長嘶，在青石板大路上衝了出去。一名漢子叫道：「史鏢頭，今兒再抬口野豬回來，大夥兒好飽餐一頓。」

一 滅門

和風薰柳，花香醉人，正是南國春光漫爛季節。

福建省福州府西門大街，青石板路筆直的伸展出去，直通西門。一座建構宏偉的宅第之前，左右兩座石壇中各豎一根兩丈來高的旗桿，桿頂飄揚青旗。右首旗上黃色絲線繡著一頭張牙舞爪、神態威猛的雄獅，旗子隨風招展，顯得雄獅更加威武靈動。雄獅頭頂有一對黑絲線繡的蝙蝠展翅飛翔。左首旗上繡著「福威鏢局」四個黑字，銀鉤鐵劃，剛勁非凡。

大宅朱漆大門，門上茶杯大小的銅釘閃閃發光，門頂匾額寫著「福威鏢局」四個金漆大字，下面橫書「總號」兩個小字。進門處兩排長凳，分坐著八名勁裝結束的漢子，個個腰板筆挺，顯出一股英悍之氣。

突然間後院馬蹄聲響，那八名漢子一齊站起，搶出大門。只見鏢局西側門中衝出五騎馬來，沿著馬道衝到大門之前。當先一匹馬全身雪白，馬勒腳蹬都是爛銀打就，鞍上一個錦衣少年，約莫十八九歲年紀，左肩上停著一頭獵鷹，腰懸寶劍，背負長弓，潑喇喇縱馬疾馳。身後跟隨四騎，騎者一色青布短衣。

一行五人馳到鏢局門口，八名漢子中有三個齊聲叫了起來：「少鏢頭又打獵去啦！」那少年哈哈一笑，馬鞭在空中啪的一響，虛擊聲下，胯下白馬昂首長嘶，在青石板大路上衝了出去。一名漢子叫道：「史鏢頭，今兒再抬口野豬回來，大夥兒好飽餐一頓。」那少年身後一名四十來歲的漢子笑道：「一條野豬尾巴少不了你的，可先別灌飽了黃湯。」眾人大笑聲中，五騎馬早去得遠了。

五騎馬出了城門，少鏢頭林平之雙腿輕夾，白馬四蹄翻騰，直搶出去，片刻間便將後面四騎遠遠拋離。他縱馬上了山坡，放起獵鷹，從林中趕了一對黃兔出來。他取下背上長弓，從鞍旁箭袋中取出一支雕翎，彎弓搭箭，嗖的一聲響，一頭黃兔應聲而倒，待要再射時，另一頭兔卻鑽入草叢中不見了。鄭鏢頭縱馬趕到，笑道：「少鏢頭，好箭法！」只聽得趟子手白二在左首林中叫道：「少鏢頭，快來，這裏有野雞！」

林平之縱馬過去，見林中飛出一隻雉雞，林平之嗖的一箭，那野雞對正了從他頭頂飛來，這一箭竟沒射中。林平之急提馬鞭向半空中抽去，勁力到處，波的一聲響，將那野鷄打了下來，五色羽毛四散飛舞。五人齊聲大笑。史鏢頭道：「少鏢頭這一鞭，別說野鷄，便大兀鷹也打下來了！」

五人在林中追逐鳥獸，史、鄭兩名鏢頭和趟子手白二、陳七湊少鏢頭的興，總是將獵物趕到他身前，自己縱有良機，也不下手。打了兩個多時辰，林平之又射了兩隻兔子，兩隻雉鷄，只是沒打到野豬和獐子之類的大獸，興猶未足，說道：「咱們到前邊山裏再找找去。」

史鏢頭心想：「這一進山，非到天色全黑不可，咱們回去可又得聽夫人的埋怨。」便道：「天快晚了，山裏尖石多，莫要傷了白馬的蹄子，趕明兒咱們起個早，再去打大野豬。」這匹大宛名駒是林平之的外婆在洛陽重價覓來，兩年前他十七歲生日時送他的。果然一聽說怕傷馬蹄，林平之便拍了拍馬頭，道：「我這小雪龍聰明得緊，決不會踏到尖石，不過你們這四匹馬卻怕不行。好，大夥兒都回去吧，可別摔破了陳七的屁股。」

五人大笑聲中，兜轉馬頭。林平之縱馬疾馳，卻不沿原路回去，轉而向北，疾馳一陣，這才盡興，勒馬緩緩而行。只見前面路旁挑出一個酒招子。鄭鏢頭道：「少鏢頭，咱們去喝一杯怎麼樣？新鮮兔肉、野鷄肉，正好炒了下酒。」林平之笑道：「你跟我出來打獵是假，喝酒才要緊。若不請你喝個夠，明兒便懶洋洋的不肯跟我出來了。」一勒馬，飄身下了馬背，緩步走向酒肆。

若在往日，店主人老蔡早已搶出來接他手中馬韁：「少鏢頭今兒打了這麼多野味啊，當眞箭法如神，當世少有！」這麼奉承一番。但此刻來到店前，酒店中卻靜悄悄地，只見酒爐旁有個靑衣少女，頭束雙鬟，插著兩支荊釵，正在料理酒水，臉兒向裏，也不轉過身來。鄭鏢頭叫道：「老蔡呢，怎麼不出來牽馬？」白二、陳七拉開長凳，揮衣袖拂去灰塵，請林平之坐了。史鄭二位鏢頭在下首相陪，兩個趟子手另坐一桌。

內堂裏咳嗽聲響，走出一個白髮老人，說道：「客官請坐，喝酒麼？」說的是北方口音。鄭鏢頭道：「不喝酒，難道還喝茶？先打三斤竹葉靑上來。老蔡那裏去啦？怎麼？這酒店換了老闆麼？」那老人道：「是，是，宛兒，打三斤竹葉靑。不瞞衆位客官說，小老兒姓薩，原是本地人氏，自幼在外做生意，兒子媳婦都死了，心想樹高千丈，葉落歸根，這才帶了孫女兒回故鄉來。那知離家四十多年，家鄉的親戚朋友全不在了。剛好這家酒店的老蔡不想幹了，三十兩銀子賣了給小老兒。唉，總算回到故鄉啦，聽著人人說家鄉話，心裏就說不出的受用，慚愧得緊，小老兒自己可都不會說啦。」

那靑衣少女低頭托著一隻木盤，在林平之等人面前放了杯筷，將三壺酒放在桌上，又低著頭走開，始終不敢向客人瞧上一眼。

林平之見這少女身形婀娜，膚色卻黑黝黝地甚是粗糙，臉上似有不少痘瘢，容貌甚醜，想是她初做這賣酒勾當，舉止生硬，當下也不在意。

史鏢頭拿了一隻野鷄、一隻黃兔，交給薩老頭道：「洗剝乾淨了，去炒兩大盆。」薩老頭道：「是，是！爺們要下酒，先用些牛肉、蠶豆、花生。」宛兒也不等爺爺吩咐，便將牛肉、蠶豆之類端上桌來。鄭鏢頭道：「這位林公子，是福威鏢局的少鏢頭，少年英雄，行俠仗義，揮金如土。你這兩盤菜倘若炒得合了他少鏢頭的胃口，你那三十兩銀子的本錢，不用一兩個月便賺回來啦。」薩老頭道：「是，是！多謝，多謝！」提了野鷄、黃兔去了。

鄭鏢頭在林平之、史鏢頭和自己的杯中斟了酒，端起酒杯，仰脖子一口喝乾，伸舌頭舐了舐嘴唇，說道：「酒店換了主兒，酒味倒沒變。」又斟了一杯酒，正待再喝，忽聽得馬蹄聲響，兩乘馬自北邊官道上奔來。

兩匹馬來得好快，倏忽間到了酒店外，只聽一人道：「這裏有酒店，喝兩碗去！」史鏢頭聽話聲是川西人氏，轉頭張去，見兩個漢子身穿青布長袍，將坐騎繫在店前的大榕樹下，走進店來，向林平之等晃了一眼，便即大剌剌的坐下。

這兩人頭上都纏了白布，一身青袍，似是斯文打扮，卻光著兩條腿，腳下赤足，穿著無耳麻鞋。史鏢頭知道川人大都如此裝束，頭上所纏白布，乃當年諸葛亮逝世，川人爲他戴孝，武侯遺愛甚深，是以千年之下，白布仍不去首。林平之卻不免希奇，心想：「這兩人文不文、武不武的，模樣兒可透著古怪。」

只聽那年輕漢子叫道：「拿酒來！格老子福建的山貞多，硬是把馬也累壞了。」

宛兒低頭走到兩人桌前，低聲問：「要甚麼酒？」聲音雖低，卻清脆動聽。那年輕漢子一怔，突然伸出右手，托向宛兒的下頦，笑道：「可惜，可惜！」宛兒吃了一驚，急忙退後。另一名漢子笑道：「余兄弟，這花姑娘的身材硬是要得，一張臉蛋嘛，卻是釘鞋踏爛泥，翻轉石榴皮，格老子好一張大麻皮。」那姓余的哈哈大笑。

林平之氣往上衝，伸右手往桌上重重一拍，說道：「甚麼東西！兩個不帶眼的狗崽子，卻到我們福州府來撒野！」

那姓余的年輕漢子笑道：「賈老二，人家在罵街哪，你猜這兔兒爺是在罵誰？」林平之相貌像他母親，眉清目秀，甚是俊美，平日只消有那個男人向他擠眉弄眼的瞧上一眼，勢必一個耳光打了過去，此刻聽這漢子叫他「兔兒爺」，那裏還忍耐得住？提起桌上的一把錫酒壺，兜頭摔將過去。那姓余漢子一避，錫酒壺直摔到酒店門外的草地上，酒水濺了一地。史鏢頭和鄭鏢頭站起身來，搶到那二人身旁。

那姓余的笑道：「這小子上台去唱花旦，倒眞勾引得人，要打架可還不成！」鄭鏢頭喝道：「這位是福威鏢局的林少鏢頭，你天大膽子，到太歲頭上動土？」這「土」字剛出口，左手一拳已向他臉上猛擊過去。那姓余漢子左手上翻，搭上了鄭鏢頭的脈門，回力一拖，鄭鏢頭站立不定，身子向板桌急衝。那姓余漢子左肘重重往下一頓，撞在鄭鏢頭的後頸。喀喇喇一聲，鄭鏢頭撞垮板桌，連人帶桌的摔倒。

鄭鏢頭在福威鏢局之中雖算不得是好手，卻也不是膿包腳色，史鏢頭見他竟讓這人一招之間便即撞倒，足見對方頗有來頭，問道：「尊駕是誰？既是武林同道，難道就不將福威鏢局瞧在眼裏麼？」

那姓余漢子冷笑道：「福威鏢局？從來沒聽見過！那是幹甚麼的？」

林平之縱身而上，喝道：「專打狗崽子的！」左掌擊出，不等招術使老，右掌已從左掌底下穿出，正是祖傳「翻天掌」中的一招「雲裏乾坤」。那姓余的道：「小花旦倒還有兩下子。」揮掌格開，右手來抓林平之肩頭。林平之右肩微沉，左手揮拳擊出。那姓余的側頭避開，不料林平之左拳突然張開，拳開變掌，直擊變成橫掃，一招「霧裏看花」，啪的一聲，打了他個耳光。姓余的大怒，飛腳向林平之踢來。林平之衝向右側，還腳踢出。

這時史鏢頭也已和那姓賈的動上了手，白二將鄭鏢頭扶起。鄭鏢頭破口大罵，上前夾擊那姓余的。林平之道：「幫史鏢頭，這狗賊我料理得了。」鄭鏢頭知他要強好勝，不願旁人相助，順手拾起地下的一條板桌斷腿，向那姓賈的頭上打去。

兩個趟子手奔到門外，一個從馬鞍旁取下林平之的長劍，一個提了一桿獵叉，指著那姓余的大罵。鏢局中的趟子手武藝平庸，但喊慣了鏢號，個個嗓子洪亮。他二人罵的是福州土話，那兩個四川人一句也不懂，但知總不會是好話。

林平之將父親親傳的「翻天掌」一招一式使將出來，只鬥得十餘招，便驕氣漸挫，驚覺對方手底下甚是硬朗。那人手上拆解，口中仍在不三不四：「小兄弟，我越瞧你越不像男人，準是個大姑娘喬裝改扮的。你這臉蛋兒又紅又白，給我香個面孔，格老子咱們不打了，好不好？」

林平之心下愈怒，斜眼瞧史、鄭二名鏢師時，見他二人雙鬥那姓賈的，仍然落了下風。鄭鏢頭鼻子上給重重打了一拳，鼻血直流，衣襟上滿是鮮血。林平之出掌更快，驀然間啪的一聲響，又打了那姓余的一個耳光，這一下出手甚重，那姓余的大怒，喝道：「不識好歹的龜兒子，老子瞧你生得大姑娘一般，跟你逗著玩兒，龜兒子卻當眞打起老子來！」拳法一變，驀然如狂風驟雨般直上直下的打來。兩人一路鬥到了酒店外。

林平之見對方一拳中宮直進，記起父親所傳的「卸」字訣，當即伸左手擋格，將他拳力卸開，不料這姓余的膂力甚強，這一卸竟沒卸開，砰的一拳，正中胸口。林平之身子一晃，領口已讓他左手抓住。那人臂力一沉，將林平之的上身撳得彎了下去，跟著右臂使招「鐵門檻」，橫架在他後頸，狂笑說道：「龜兒子，你磕三個頭，叫我三聲好叔叔，這才放你！」

史鄭二鏢頭大驚，便欲撇下對手搶過來相救，但那姓賈的拳腳齊施，不容他二人走開。趟子手白二提起獵叉，向那姓余的後心戳來，叫道：「還不放手？你到底有幾個腦……」那姓余的左足反踢，將獵叉踢得震出數丈，右足連環反踢，將白二踢得連打七八個滾，半天爬不起來。陳七破口大罵：「烏龜王八蛋，他媽的小雜種，你奶奶的不生眼珠子！」罵一句，退一步，連罵八九句，退開了八九步。

那姓余的笑道：「大姑娘，你磕不磕頭！」臂上加勁，將林平之的頭直壓下去，越壓越低，額頭幾欲觸及地面。林平之反手出拳去擊他小腹，始終差了數寸，沒法打到，只覺頸骨奇痛，似欲折斷，眼前金星亂冒，耳中嗡嗡之聲大作。他雙手亂抓亂打，突然碰到自己腿肚上一件硬物，情急之下，更不思索，隨手一拔，使勁向前送去，插入了那姓余漢子的小腹。

那姓余漢子大叫一聲，鬆開雙手，退後兩步，臉上現出恐怖之極的神色，只見他小腹上已多了一把匕首，直沒至柄。他臉朝西方，夕陽照在匕首黃金的柄上，閃閃發光。他張開了口想要說話，卻說不出來，伸手想去拔那匕首，卻又不敢。

林平之也嚇得一顆心似要從口腔中跳了出來，急退數步。那姓賈的和史鄭二鏢頭住手不鬥，驚愕異常的瞧著那姓余漢子。

只見他身子晃了幾晃，右手抓住了匕首柄，用力一拔，匕首離腹，登時鮮血直噴出數尺之外，旁觀數人大聲驚呼。那姓余漢子叫道：「賈……賈……跟爹爹說……給……

給我報……」右手向後一揮，擲出匕首。那姓賈的叫道：「余兄弟，余兄弟！」急步搶過去。那姓余的撲地俯跌，身子抽搐了幾下，就此不動了。

史鏢頭低聲道：「抄傢伙！」奔到馬旁，取了兵刃在手。他江湖閱歷豐富，眼見鬧出了人命，那姓賈的非拚命不可。

那姓賈的向林平之瞪視半晌，搶過去拾起匕首，奔到馬旁，躍上馬背，不及解韁，匕首一揮，便割斷了韁繩，雙腿力夾，縱馬向北疾馳而去。

陳七走過去在那姓余的屍身上踢了一腳，踢得屍身翻了起來，只見傷口中鮮血兀自汩汩流個不住，說道：「你得罪咱們少鏢頭，這不是活得不耐煩了？那才叫活該！」

林平之從沒殺過人，這時已嚇得臉上全無血色，顫聲道：「史……史鏢頭，那……那怎麼辦？我本來……本來沒想殺他。」

史鏢頭心下尋思：「福威鏢局三代走鏢，江湖上鬥毆殺人，事所難免，但所殺傷的沒一個不是黑道人物，且這等兇毆鬥殺必是在山高林密之處，殺了人後就地一埋，就此了事，總不見劫鏢的盜賊會向官府告福威鏢局一狀？然這次所殺的顯然不是盜賊，又近城郊，人命關天，非同小可，別說是鏢局子的少鏢頭，就算總督、巡按的公子殺了人，可也不能輕易了結。」皺眉道：「咱們快將屍首挪到酒店裏，這裏鄰近大道，莫讓人見了。」好在其時天色向晚，道上並無別人。白二、陳七將屍身抬入店中。史鏢頭低聲道：「少鏢頭，身邊有銀子沒有？」林平之忙道：「有，有，有！」將懷中帶著的二十幾兩碎銀子都掏了出來。

史鏢頭伸手接過，走進酒店，放在桌上，向薩老頭道：「薩老頭，這外路人調戲你家姑娘，我家少鏢頭仗義相助，迫於無奈，這才殺了他。大家都親眼瞧見的。這件事由你身上而起，倘若鬧了出來，誰都脫不了干係。這些銀子你先使著，大夥兒先將屍首埋了，再慢慢兒想法子遮掩。」薩老頭道：「是！是！是！」鄭鏢頭道：「咱們福威鏢局在外走鏢，殺幾個綠林盜賊，當眞稀鬆平常。這兩隻川耗子，鬼頭鬼腦的，我瞧不是江洋大盜，便是採花大賊，多半是到福州府來做案的。咱們少鏢頭招子明亮，才把這大盜料理了，保得福州府一方平安，本可到官府領賞，只是少鏢頭怕麻煩，不圖這個虛名。老頭兒，你這張嘴可得緊些，漏了口風出來，我們便說這兩個大盜是你勾引來的，你開酒店是假的，做眼線是眞。聽你口音，半點也不像本地人。否則爲甚麼這二人遲不來，早不來，你一開酒店便來。天下的事情那有這門子巧法？」薩老頭連聲答應。

史鏢頭帶著白二、陳七，將屍首埋入酒店後面的菜園，又將店門前的血跡用鋤頭鋤得乾乾淨淨，覆到了土下。鄭鏢頭向薩老頭道：「十天之內，我們要是沒聽到消息走漏，再送五十兩銀子來給你做棺材本。你若亂嚼舌根，哼哼，福威鏢局刀下殺的賊子沒一千，也有八百，再殺你一老一少，也不過是在你菜園子的土底再添兩具死屍。」

薩老頭道：「多謝，多謝！不敢說，不敢說！」

待得料理妥當，天已全黑。林平之心下略寬，忐忑不安的回到鏢局子中。一進大廳，只見父親坐在太師椅中，正自閉目沉思，林平之神色不定，叫道：「爹！」

林震南面色甚愉，問道：「去打獵了？打到野豬沒有？」林平之道：「沒有。」林震南舉起手中煙袋，突然向他肩頭擊下，笑喝：「還招！」林平之知道父親常出其不意的考較自己功夫，如在平日，見他使出這招「辟邪劍法」第二十六招的「流星飛墮」，便會應以第四十六招「花開見佛」，但此刻他心神不定，只道小酒店中殺人之事已給父親知悉，是以用煙袋責打自己，竟不敢避，叫道：「爹！」

林震南的煙袋桿將要擊上兒子肩頭，在離他衣衫三寸處硬生生的凝招不下，問道：「怎麼啦？江湖上如遇到了勁敵，應變竟也這等遲鈍，你這條肩膀還在麼？」話中雖含責怪之意，臉上卻仍帶著笑容。

林平之道：「是！」左肩一沉，滴溜溜一個轉身，繞到了父親背後，順手抓起茶几上的鷄毛帚，便向父親背心刺去，正是那招「花開見佛」。

林震南點頭笑道：「這才是了。」反手以煙袋格開，還了一招「江上弄笛」。林平之打起精神，以一招「紫氣東來」拆解。父子倆拆到五十餘招後，林震南煙袋疾出，在兒子左乳下輕輕一點，林平之招架不及，只覺右臂一酸，鷄毛帚脫手落地。

林震南笑道：「很好，很好，這一個月來每天都有長進，今兒又拆多了四招！」回身坐入椅中，在煙袋中裝上了煙絲，說道：「平兒，好教你得知，咱們鏢局子今兒得到了一個喜訊。」林平之取出火刀火石，給父親點著了紙媒，道：「爹又接到一筆大生意？」林震南搖頭笑道：「只要咱們鏢局子底子硬，大生意怕不上門？怕的倒是大生意來到門前，咱們沒本事接。」他長長的噴了口煙，說道：「剛才張鏢頭從湖南送了信來，說道川西青城派松風觀余觀主已收了咱們送去的禮物。」

林平之聽到「川西」和「余觀主」幾個字，心中突的一跳，道：「收了咱們的禮物？」

林震南道：「鏢局子的事，我向來不大跟你說，你也不明白。不過你年紀漸漸大了，爹爹挑著的這副重擔子，終究要移到你肩上，此後也得多理會些局子裏的事才是。孩子，咱們三代走鏢，一來仗著你曾祖父當年闖下的威名，二來靠著咱們家傳的玩藝兒不算含糊，才有今日的局面，成爲大江以南首屈一指的大鏢局。江湖上提到『福威鏢局』四字，誰都要翹起大拇指，說一聲：『好福氣！好威風！』江湖上的事，名頭佔了兩成，功夫佔了兩成，餘下的六成，卻要靠黑白兩道的朋友們賞臉了。你想，福威鏢局的鏢車行走十省，倘若每一趟都得跟人家廝殺較量，那有這許多性命去拚？就算每一趟都打勝仗，常言道：『殺敵一千，自傷八百』，鏢師若有傷亡，單是給家屬撫卹金，所收的鏢銀便不夠使，咱們的家當還有甚麼剩的？所以嘛，咱們吃鏢行飯的，第一須得人頭熟，手面寬，這『交情』二字，倒比眞刀眞槍的功夫還要緊些。」

林平之應道：「是！」若在往日，聽得父親說鏢局的重擔終究要移上他肩頭，必定十分興奮，和父親談論不休，此刻心中卻似十五隻吊桶打水，七上八下，只想著「川西」和「余觀主」那幾個字。

林震南又噴了一口煙，說道：「你爹爹手底下的武功，自是勝不過你曾祖父，也未必及得上你爺爺，然而這份經營鏢局子的本事，卻可說是強爺勝祖了。從福建往南到廣東，往北到浙江、江蘇，這四省的基業，是你曾祖闖出來的。山東、河北、兩湖、江西和廣西六省的天下，卻是你爹爹手裏創的。那有甚麼秘訣？說穿了，也不過是『多交朋友，少結冤家』八個字而已。福威，福威，『福』字在上，『威』字在下，那是說福氣比威風要緊。福氣便從『多交朋友，少結冤家』這八個字而來，倘若改作了『威福』，那可就變成作威作福了。哈哈，哈哈！」

林平之陪著父親乾笑了幾聲，但笑聲中殊無歡愉之意。

林震南並未發覺兒子怔忡不安，又道：「古人說道：既得隴，復望蜀。你爹爹卻是既得鄂，復望蜀。咱們一路鏢自福建向西走，從江西、湖南，到了湖北，那便止步啦，可爲甚麼不溯江而西，再上四川呢？四川是天府之國，那可富庶得很哪。咱們走通了四川這一路，北上陝西，南下雲貴，生意少說也得再多做三成。只不過四川省是臥虎藏龍之地，高人著實不少，福威鏢局的鏢車要去四川，非得跟青城、峨嵋兩派打上交道不可。我打從三年前，每年春秋兩節，總是備了厚禮，專誠派人送去青城派的松風觀、峨嵋派的金頂寺，可是這兩派的掌門人從來不收。峨嵋派的金光上人，還肯接見我派去的鏢頭，謝上幾句，請吃一餐素齋，然後將禮物原封不動的退了回來。松風觀的余觀主哪，可就厲害了，咱們送禮的鏢頭只上到半山，就給擋了駕，說道余觀主閉門坐關，不見外客，觀中百物俱備，不收禮物。咱們的鏢頭別說見不到余觀主，連松風觀的大門是朝南朝北也說不上來。每一次派去送禮的鏢頭總是氣呼呼的回來，說道若不是我嚴加囑咐，不論對方如何無禮，咱們可必須恭敬，他們受了這肚子悶氣，還不媽天娘地、甚麼難聽的話也罵出來？只怕大架也早打過好幾場了。」

說到這裏，他十分得意，站起身來，說道：「那知道這一次，余觀主居然收了咱們的禮物，還說派了四名弟子到福建來回拜……」林平之道：「是四個？不是兩個？」林震南道：「是啊，四名弟子！你想余觀主這等隆重其事，福威鏢局可不是臉上光采之極？剛才我已派出快馬去通知江西、湖南、湖北各處分局，對這四位青城派的上賓，可得好好接待。」

林平之忽問：「爹，四川人說話，是不是總是叫別人『龜兒子』，自稱『老子』？」

林震南笑道：「四川粗人才這麼說話。普天下那裏沒粗人？這些人嘴裏自然就不乾不淨。你聽聽咱們局子裏趟子手賭錢之時，說的話可還好聽得了？你為甚麼問這話？」林平之道：「沒甚麼。」林震南道：「那四位青城弟子來到這裏之時，你可得和他們多親近親近，學些名家弟子的風範，結交上這四位朋友，日後可是受用不盡。」

爺兒倆說了一會子話，林平之始終拿不定主意，不知該不該將殺了人之事告知爹爹，終於心想還是先跟娘說了，再跟爹爹說。

吃過晚飯，林震南一家三口在後廳閒話，林震南跟夫人商量，大舅子是六月初的生日，該打點禮物送去了，可是要讓洛陽金刀王家瞧得上眼的東西，可還眞不容易找。

說到這裏，忽聽得廳外人聲喧嘩，跟著幾個人腳步急促，奔了進來。林震南眉頭一皺，說道：「沒點規矩！」只見奔進來的是三個趟子手，為首一人氣急敗壞的道：「總……總鏢頭……」林震南喝道：「甚麼事大驚小怪？」趟子手陳七道：「白……白二死了。」林震南吃了一驚，問道：「是誰殺的？你們賭錢打架，是不是？」心下好生著惱：「這些在江湖上闖慣了的漢子可眞難以管束，動不動就出刀子，拔拳頭，這裏府城之地，出了人命可大大的痲煩。」

陳七道：「不是的，不是的。剛才小李上茅廁，見到白二躺在茅廁旁的菜園裏，身上沒一點傷痕，全身卻已冰冷，可不知是怎麼死的。怕是生了甚麼急病。」林震南呼了口氣，心下登時寬了，道：「我去瞧瞧。」當即走向菜園。林平之跟在後面。

到得菜園中，只見七八名鏢師和趟子手圍成一團。衆人見到總鏢頭來到，都讓了開來。林震南看白二的屍身，見他衣裳已讓人解開，身上並無血跡，問站在旁邊的祝鏢頭道：「沒傷痕？」祝鏢頭道：「我仔細查過了，全身一點傷痕也沒有，看來也不是中毒。」林震南點頭道：「通知帳房董先生，叫他給白二料理喪事，給白二家送一百兩銀子去。」

一名趟子手因病死亡，林震南也不如何放在心上，轉身回到大廳，向兒子道：「白二今天沒跟你去打獵嗎？」林平之道：「去的，回來時還好端端的，不知怎的突然生了急病。」林震南道：「嗯，世上的好事壞事，往往都是突如其來。我總想要打開四川這條路子，只怕還得用上十年功夫，那料得到余觀主忽然心血來潮，收了我的禮不算，還派了四名弟子，千里迢迢的來回拜。」

林平之道：「爹，青城派雖是武林中的名門大派，福威鏢局和爹爹的威名，在江湖上可也不弱。咱們年年去四川送禮，余觀主派人到咱們這裏，那也不過是禮尚往來。」

林震南笑道：「你知道甚麼？四川省的青城、峨嵋兩派，立派數百年，門下英才濟濟，著實了不起，雖趕不上少林、武當，可是跟嵩山、泰山、衡山、華山、恆山這五嶽劍派，已算得上並駕齊驅。你曾祖遠圖公創下七十二路辟邪劍法，當年威震江湖，當眞說得上打遍天下無敵手，但傳到你祖父手裏，威名就不及遠圖公了。你爹爹只怕又差了些。咱林家三代都是一線單傳，連師兄弟也沒一個。咱爺兒倆，可及不上人家人多勢衆了。」

林平之道：「咱們十省鏢局中一衆英雄好漢聚在一起，難道還敵不過甚麼少林、武當、峨嵋、青城和五嶽劍派麼？」

林震南笑道：「孩子，你這句話跟爹爹說說，自然不要緊，倘若在外面一說，傳進了旁人耳中，立時便惹上麻煩。咱們十處鏢局，八十四位鏢頭各有各的玩藝兒，聚在一起，自然不會輸給了人。可是打勝了人家，又有甚麼好處？常言道和氣生財，咱們吃鏢行飯，更加要讓人家一步。自己矮著一截，讓人家去稱雄逞強，咱們又少不了甚麼。」

忽聽得有人驚呼：「啊喲，鄭鏢頭又死了！」

林震南父子同時一驚。林平之從椅中直跳起來，顫聲道：「是他們來報……」這「仇」字沒說出口，便即縮住。其時林震南已迎到廳口，沒留心兒子的話，只見趟子手陳七氣急敗壞的奔進來，叫道：「總……總鏢頭，不好了！鄭鏢頭……鄭鏢頭又給那四川惡鬼索了……討了命去啦。」林震南臉一沉，喝道：「甚麼四川惡鬼，胡說八道。」

陳七道：「是，是！那四川惡鬼……這川娃子活著已這般強兇霸道，死了自然更加厲害……」他遇到總鏢頭怒目而視的嚴峻眼色，不敢再說下去，只是向林平之瞧去，臉上一副哀懇害怕的神氣。林震南道：「你說鄭鏢頭死了？屍首在那裏？怎麼死的？」

這時又有幾名鏢師、趟子手奔進廳來。一名鏢師皺眉道：「鄭兄弟死在馬廄裏，便跟白二一模一樣，身上也沒半點傷痕，七孔既不流血，臉上也沒甚麼青紫浮腫，莫非……莫非剛才隨少鏢頭出去打獵，眞的撞了邪，沖……沖撞了甚麼邪神惡鬼。」

林震南哼了一聲，道：「我一生在江湖上闖蕩，可從來沒見過甚麼鬼。咱們瞧瞧去。」說著拔步出廳，走向馬廄。只見鄭鏢頭躺在地下，雙手抓住一個馬鞍，顯是他正在卸鞍，突然之間便即倒斃，絕無與人爭鬥廝打的跡象。

這時天色已黑，林震南教人提了燈籠在旁照著，親手解開鄭鏢頭的衣褲，前前後後仔細察看，連他周身骨骼也都捏了一遍，果然沒半點傷痕，手指骨也沒斷折一根。林震南素來不信鬼神，白二忽然暴斃，那也罷了，但鄭鏢頭又是一模一樣的死去，這其中便大有蹊蹺，若是黑死病之類的瘟疫，怎地全身渾沒黑斑紅點？心想此事多半與兒子今日出獵途中所遇有關，轉身問林平之：「今兒隨你去打獵的，除了鄭鏢頭和白二外，還有史鏢頭和他？」說著向陳七一指。林平之點了點頭，林震南道：「你們兩個隨我來。」吩咐一名趟子手：「請史鏢頭到東廂房說話。」

三人到得東廂房，林震南問兒子：「到底是怎麼回事？」

林平之當下便將如何打獵回來在小酒店中喝酒；如何兩個四川人戲侮賣酒少女，因而言語衝突；又如何動起手來，那漢子揪住自己頭頸，要自己磕頭；如何在驚慌氣惱之中，拔出靴筒中的匕首，殺了那個漢子；又如何將他埋在菜園之中，給了銀兩，命那賣酒的老兒不可洩漏風聲等情，一一照實說了。

林震南越聽越知事情不對，但跟人鬥毆，殺了個異鄉人，也不是天坍下來的大事。他不動聲色的聽兒子說完了，沉吟道：「這兩個漢子沒說是那個門派，或者是那個幫會的？」林平之道：「沒有！」林震南問：「他們言語舉止之中，有甚麼特異之處？」林平之道：「也不見有甚麼古怪，那姓余的漢子……」一言未畢，林震南接口問道：「你殺的那漢子姓余？」林平之道：「是！我聽得另外那人叫他余兄弟，可不知是人未余，還是人則俞。外鄉口音，卻也聽不準。」林震南搖搖頭，自言自語：「不會，不會這樣巧法。余觀主說要派人來，那有這麼快就到了福州府，又不是身上長了翅膀。」

林平之一凜，問道：「爹，你說這兩人會是青城派的？」林震南不答，伸手比劃，問道：「你用『翻天掌』這一式打他，他怎麼拆解？」林平之道：「他沒能拆得了，給我重重打了個耳光。」林震南一笑，連說：「很好！很好！很好！」廂房中本來一片肅然驚惶之氣，林震南這麼一笑，林平之忍不住也笑了笑，登時大為寬心。

林震南又問：「你用這一式打他，他又怎麼還擊？」仍一面說，一面比劃。林平之道：「當時孩兒氣惱頭上，也記不清楚，似乎這麼一來，又在他胸口打了一拳。」林震南顏色更和，道：「好，這一招原該如此打！他連這一招也拆架不開，決不會是名滿天下的青城派松風觀余觀主的子姪。」他連說「很好」，倒不是稱讚兒子的拳腳不錯，而是大爲放心，四川一省姓余的不知有多少，這姓余的漢子爲兒子所殺，武藝自然不高，跟青城派決扯不上甚麼干係。他伸出右手中指，在桌面上不住敲擊，又問：「他又怎地揪住了你腦袋？」林平之伸手比劃，怎生給他揪住了動彈不得。

陳七膽子大了些，插嘴道：「白二用鋼叉去搠那傢伙，給他反腳踢去鋼叉，又踢了個觔斗。」林震南心頭一震，問道：「他反腳將白二踢倒，又踢去了他手中鋼叉？那……那是怎生踢法的？」陳七道：「好像是如此這般。」雙手揪住椅背，右足反腳一踢，身子一跳，左足又反腳一踢。這兩踢姿式拙劣，像是馬匹反腳踢人一般。

林平之見他踢得難看，忍不住好笑，說道：「爹，你瞧……」卻見父親臉上大有驚恐之色，便停了口。林震南道：「這兩下反踢，有些像青城派的絕技『無影幻腿』，孩兒，到底他這兩腿是怎樣踢的？」林平之道：「那時候我給他揪住了頭，看不見他反踢。」

林震南道：「是了，要問史鏢頭才行。」走出房門，叫道：「來人哪！史鏢頭呢？怎麼請了他這許久還不見人？」兩名趟子手聞聲趕來，說道到處找史鏢頭不到。

林震南在花廳中踱來踱去，心下沉吟：「這兩腳反踢倘若眞是『無影幻腿』，那麼這漢子縱使不是余觀主的子姪，跟青城派總也有些干係。到底是甚麼人？非得親自去瞧一瞧不可。」說道：「請崔鏢頭、季鏢頭來！」

崔、季兩個鏢師向來辦事穩妥，老成持重，是林震南的親信。他二人見鄭鏢頭暴斃，史鏢頭又人影不見，早就等在廳外，聽候差遣，一聽林震南這麼說，當即走進廳來。

林震南道：「咱們去辦一件事。崔季二位，孩兒和陳七跟我來。」

五人騎了馬出城，一行向北。林平之縱馬在前領路。

不多時，五乘馬來到小酒店前，見店門已然關上。林平之上前敲門，叫道：「薩老頭，薩老頭，開門。」敲了好一會，店中竟沒半點聲息。崔鏢頭望著林震南，雙手作個撞門的姿勢。林震南點了點頭，崔鏢頭雙掌拍出，喀喇一聲，門閂折斷，兩扇門板向後張開，隨即又自行合上，再向後張開，如此前後搖晃，發出吱吱聲響。

崔鏢頭一撞開門，便拉林平之閃在一旁，見屋中並無動靜，晃亮火摺，走進屋去，點著了桌上的油燈，又點了兩盞燈籠。幾個人裏裏外外的走了一遍，不見有人，屋中的被褥、箱籠等一干雜物卻均未搬走。

林震南點頭道：「老頭兒怕事，這裏殺傷了人命，屍體又埋在他菜園子裏，他怕受到牽連，就此一走了之。」走到菜園裏，指著倚在牆邊的一把鋤頭，說道：「陳七，把死屍掘出來瞧瞧。」陳七早認定是惡鬼作崇，只鋤得兩下，手足俱軟，直欲癱瘓在地。

季鏢頭道：「有個屁用？虧你是吃鏢行飯的！」一手接過鋤頭，將燈籠交在他手裏，舉鋤扒開泥土，鋤不多久，便露出死屍身上的衣服，又扒了幾下，將鋤頭伸到屍身下，用力一挑，挑起死屍。陳七轉過了頭，不敢觀看，卻聽得四人齊聲驚呼，陳七一驚之下，失手拋下燈籠，燭火熄滅，菜園中登時一片漆黑。

林平之顫聲道：「咱們明明埋的是那四川人，怎地……怎地……」林震南道：「快點燈籠！」他一直鎮定，此刻語音中也有了驚惶之意。崔鏢頭晃火摺點亮燈籠，林震南彎腰察看死屍，過了半晌，道：「身上也沒傷痕，一模一樣的死法。」陳七鼓起勇氣，向死屍瞧了一眼，尖聲大叫：「史鏢頭，史鏢頭！」

地下掘出來的竟是史鏢頭的屍身，那四川漢子的屍首卻已不知去向。

林震南道：「這姓薩的老頭兒定有古怪。」搶過燈籠，奔進屋中查看，從灶下的酒罈、鐵鑊，直到廳房中的桌椅都細細查了一遍，不見有異。崔季二鏢頭和林平之也分別查看。突然聽得林平之叫道：「咦！爹爹，你來看。」

林震南循聲過去，見兒子站在那少女房中，手中拿著一塊綠色帕子。林平之道：「爹，一個貧家女子，怎會有這種東西？」林震南接過手來，一股淡淡幽香立時傳入鼻中，那帕子甚是軟滑，沉甸甸的，顯是上等絲緞，再一細看，見帕子邊緣以綠絲線圍了三道邊，一角上繡著一枝小小的紅色珊瑚枝，繡工甚爲精致。

林震南問：「這帕子那裏找出來的？」林平之道：「掉在床底下的角落裏，多半是他們匆匆離去，收拾東西時沒瞧見。」林震南提著燈籠俯身又到床底照著，不見別物，沉吟道：「你說那賣酒的姑娘相貌甚醜，衣衫質料想來不會華貴，但是不是穿得十分整潔？」林平之道：「當時我沒留心，但不見得污穢，倘若很髒，她來斟酒之時我定會覺得。」

林震南向崔鏢頭道：「老崔，你以爲怎樣？」崔鏢頭道：「我看史鏢頭、鄭鏢頭、與白二之死，定和這一老一少二人有關，說不定還是他們下的毒手。」季鏢頭道：「那兩個四川人多半跟他們是一路，否則他們幹麼要將他屍身搬走？」

林平之道：「那姓余的明明動手動腳，欺侮那個姑娘，否則我也不會罵他，他們不會是一路的。」崔鏢頭道：「少鏢頭有所不知，江湖上人心險惡，他們常布下了圈套等人去鑽。兩個人假裝打架，引得第三者過來勸架，那兩個正在打架的突然合力對付勸架之人，那是常常有的。」季鏢頭道：「總鏢頭，你瞧怎樣？」林震南道：「這賣酒的老頭和那姑娘，定是衝著咱們而來，只不知跟那兩個四川漢子是不是一路。」林平之道：「爹爹，你說松風觀余觀主派了四個人來，他們……他們不是一起四個人嗎？」

這一言提醒了林震南，他呆了一呆，沉吟道：「福威鏢局對青城派禮數有加，從來沒甚麼地方開罪了他們。余觀主派人來尋我晦氣，那爲了甚麼？」

四個人你瞧瞧我，我瞧瞧你，半晌都說不出話來。隔了良久，林震南才道：「把史鏢頭的屍身先移到屋中再說。這件事回到局中之後，誰也別提，免得驚動官府，多生事端。哼，姓林的對人客氣，不願開罪朋友，卻也不是任打不還手的懦夫。」季鏢頭大聲道：「總鏢頭，養兵千日，用在一朝，大夥兒奮力上前，總不能損了咱們鏢局的威名。」林震南點頭道：「是！多謝了！」

五人縱馬回城，將到鏢局，遠遠望見大門外火把照耀，聚集多人。林震南心中一動，催馬上前。好幾人說道：「總鏢頭回來啦！」林震南縱身下馬，只見妻子林夫人鐵青著臉，道：「你瞧！哼，人家這麼欺上門來啦。」

只見地下橫著兩段旗桿、兩面錦旗，正是鏢局子門前的大旗，連著半截旗桿，給人弄倒在地。旗桿斷截處甚是平整，顯是以寶刀利劍一下子就即砍斷。

林夫人身邊未帶兵刃，從丈夫腰間抽出長劍，嗤嗤兩聲響，將兩面錦旗沿著旗桿割了下來，搓成一團，拿著進了大門。林震南吩咐：「崔鏢頭，把這兩根半截旗桿索性都砍了！哼，要挑了福威鏢局，可沒這麼容易！」崔鏢頭道：「是！」季鏢頭罵道：「他媽的，狗賊就是沒種，乘著總鏢頭不在家，上門來偷偷摸摸的幹這等下三濫勾當！」林震南向兒子招招手，兩人回進局去，季鏢頭兀自在「狗強盜，臭雜種」的破口大罵。

父子兩人來到東廂房中，見林夫人已將兩面錦旗平鋪在兩張桌上，一面旗上所繡的那頭黃獅雙眼為人剜去，露出了兩個空洞，另一面旗上「福威鏢局」四字之中，那個

「威」字也已給剜去。林震南便涵養再好，也已難以再忍，啪的一聲，伸手在桌上重重一拍，喀喇一聲響，那張花梨木八仙桌的桌腿震斷了一條。

林平之顫聲道：「爹，都……都是我不好，惹出了這麼大的禍事來！」林震南高聲道：「咱們姓林的殺了人便殺了，又怎麼樣？這種人倘若撞在你爹爹手裏，一般的也殺了。」林夫人問道：「殺了甚麼人？」林震南道：「平兒，說給你母親知道。」

林平之於是將日間如何殺了那四川漢子、史鏢頭又如何死在那小酒店中等情一一說了。白二和鄭鏢頭暴斃之事，林夫人早已知道，聽說史鏢頭又離奇斃命，林夫人不驚反怒，拍案而起，說道：「大哥，福威鏢局豈能讓人這等上門欺辱？咱們邀集人手，上四川跟青城派評評這個理去。連我爹爹、我哥哥和兄弟都請了去。」林夫人自幼是一股霹靂火爆的脾氣，做閨女之時，動不動便拔刀傷人，她洛陽金刀門藝高勢大，誰都瞧在她父親金刀無敵王元霸的臉上讓她三分。她現下兒子這麼大了，當年火性仍然不減。

林震南道：「對頭是誰，眼下還拿不準，未必便是青城派。我看他們不會只砍倒兩根旗桿，殺了兩名鏢師，就此了事……」林夫人插口道：「他們還待怎樣？」林震南向兒子瞧了一眼，林夫人明白了丈夫的用意，心頭怦怦而跳，登時臉上變色。

林平之道：「這件事是孩兒做出來的，大丈夫一人做事一身當，孩兒也……也不害怕。」他口中說不怕，其實不得不怕，話聲發顫，洩漏了內心的惶懼之情。

林夫人道：「哼，他們要想動你一根寒毛，除非先將你娘殺了。林家福威鏢局這桿鏢旗立了三代，可從未折過半點威風。」轉頭向林震南道：「這口氣倘若出不了，咱們也不用做人啦。」林震南點了點頭，道：「我去派人到城裏城外各處查察，看有何面生的江湖道，再加派人手，在鏢局子內外巡查。你陪著平兒在這裏等我，別讓他出去亂走。」林夫人道：「是了，我理會得。」他夫婦心下明白，敵人下一步便會向兒子下手，敵暗我明，林平之只須踏出福威鏢局一步，立時便能有殺身之禍。

林震南來到大廳，邀集鏢師，分派各人探查巡衛。衆鏢師早已得訊，福威鏢局的旗桿給人砍倒，那是給每個人打上個老大耳光，人人敵愾同仇，早已勁裝結束，攜帶兵刃，一得總鏢頭吩咐，便即出發。

林震南見局中上下齊心，合力抗敵，稍覺寬懷，回入內堂，向兒子道：「平兒，你母親這幾日身子不大舒服，又有大敵到來，你這幾晚便睡在咱們房外的榻上，保護母親。」林夫人笑道：「嘿，我要他……」話說得一半，猛地省悟，丈夫要兒子保護自己是假，實則是夫婦倆就近保護兒子，這寶貝兒子心高氣傲，要他依附於父母庇護之下，說不定他心懷不忿，自行出去向敵人挑戰，那便危險之極，當即改口道：「正是！平兒，媽媽這幾日發風濕，手足酸軟，你爹爹照顧全局，不能整天陪我，若有敵人侵入內堂，媽媽只怕抵擋不住。」林平之道：「我陪著媽媽就是。」

當晚林平之睡在父母房外榻上。林震南夫婦打開了房門，將兵刃放在枕邊，連衣服鞋襪都不脫下，只身上蓋一張薄被，只待一有警兆，立即躍起迎敵。

這一晚卻太平無事。第二日天剛亮，有人在窗外低聲叫道：「少鏢頭，少鏢頭！」林平之半夜沒好睡，黎明時分睡得正熟，一時未醒。林震南道：「甚麼事？」外面那人道：「少鏢頭的馬……那匹馬死啦。」這匹白馬林平之十分喜愛，負責照看的馬夫一見馬死，慌不迭來稟報。林平之矇矇矓矓中聽到了，翻身坐起，忙道：「我去瞧瞧。」林震南知事有蹊蹺，一起快步走向馬廐，只見那匹白馬橫臥在地，早已氣絕，身上卻也沒半點傷痕。

林震南問道：「夜裏沒聽到馬叫？有甚麼響動？」那馬夫道：「沒有。」林震南拉著兒子的手道：「不用可惜，爹爹叫人另行去設法買一匹駿馬給你。」林平之撫摸馬屍，怔怔的掉下淚來。

突然間趟子手陳七急奔過來，氣急敗壞的道：「總……總鏢頭不好……不好啦！那些鏢頭……鏢頭們，都給惡鬼討了命去啦。」林震南和林平之齊聲驚問：「甚麼？」

陳七只是道：「死了，都死了！」林平之怒道：「甚麼都死了？」伸手抓住他胸口，搖晃了幾下。陳七道：「少……少鏢頭……死了。」林震南聽他說「少鏢頭死了」，這不祥之言入耳，說不出的厭悶煩惡，但若由此斥罵，更著形跡。只聽得外面人聲嘈雜，有的說：「總鏢頭呢？快稟報他老人家。」有的說：「這惡鬼如此厲害，那……那怎麼辦？」

林震南大聲道：「我在這裏，甚麼事？」兩名鏢師、三名趟子手聞聲奔來。爲首一名鏢師道：「總鏢頭，咱們派出去的衆兄弟，一個也沒回來。」林震南先前聽得人聲，料到又有人暴斃，但昨晚派出去查訪的鏢師和趟子手共有二十二人之多，豈有全軍覆沒之理，忙問：「有人死了麼？多半他們還在打聽，沒來得及回來。」那鏢師搖頭道：「已發現了十七具屍體……」林震南和林平之齊聲驚道：「十七具屍體？」

那鏢師一臉驚恐之色，道：「正是，一十七具，其中有富鏢頭、錢鏢頭、施鏢頭。屍首停在大廳上。」林震南更不打話，快步來到大廳，只見廳上原來擺著的桌子椅子都已挪開，橫七豎八的停放著十七具屍首。

饒是林震南一生經歷過無數風浪，陡然間見到這等情景，雙手也禁不住劇烈發抖，膝蓋痠軟，幾乎站不直身子，問道：「爲……爲……爲……」喉頭乾枯，發不出聲音。

只聽得廳外有人道：「唉，高鏢頭爲人向來忠厚，想不到也給惡鬼索了命去。」只見四五名附近街坊，用門板抬了一具屍首進來。爲首的一名中年人道：「小人今天打開門板，見到這人死在街上，認得是貴局的高鏢頭，想是發了瘟疫，中了邪，特地送來。」林震南拱手道：「多謝，多謝。」向一名趟子手道：「這幾位高鄰，每位送三兩銀子，你到帳房去支來。」這幾名街坊見到滿廳屍首，不敢多留，領了銀子謝了自去。

過不多時，又有人送來三名鏢師的屍首，林震南核點人數，昨晚派出去二十二人，眼下已有二十一具屍首，只褚鏢師的屍首尚未發現，然料想那也是轉眼間之事。

他回到東廂房中，喝了杯熱茶，心亂如麻，始終定不下神來，走出大門，見兩根旗桿已齊根截去，心下更是煩惱，直到此刻，敵人已下手殺了鏢局中二十餘人，卻始終沒露面，亦未正式叫陣，表明身分。他回過頭來，向著大門上那塊書著「福威鏢局」四字的金字招牌凝望半晌，心想：「福威鏢局在江湖上揚威數十年，想不到今日要敗在我手裏。」

忽聽得街上馬蹄聲響，一匹馬緩緩行來，馬背上橫臥著一人。林震南心中料到了三分，縱身過去，果見馬背上橫臥著一具死屍，正是褚鏢頭，自是在途中讓人殺了，將屍首放在馬上，這馬識得歸途，自行回來。

林震南長嘆一聲，眼淚滾滾而下，落在褚鏢頭身上，抱著他的屍身，走進廳去，說道：「褚賢弟，我若不給你報仇，誓不為人，只可惜……只可惜，唉，你去得太快，沒來得及說出仇人的姓名。」這褚鏢頭在鏢局子中也無過人之處，和林震南並無特別交情，林震南心情激盪之下，忍不住落淚，這些眼淚之中，其實氣憤猶多於傷痛。

只見林夫人站在廳口，左手抱著金刀，右手指著天井，大聲斥罵：「下三濫的狗強盜，就只會偷偷摸摸的暗箭傷人，倘若眞是英雄好漢，就光明正大的到福威鏢局來，明刀明槍的決一死戰。這般鬼鬼祟祟的幹這等鼠竊勾當，武林中有誰瞧得起你？」林震南低聲道：「娘子，瞧見了甚麼動靜？」一面將褚鏢頭的屍身放在地下。

林夫人大聲道：「就是沒見到動靜呀！這些狗賊，就怕了我林家七十二路辟邪劍法！」右手握住金刀刀柄，在空中虛削一圈，喝道：「也怕了老娘手中這口金刀！」忽聽得屋角上有人嘿嘿冷笑，嗤的一聲，一件暗器激射而下，噹的一響，正打在金刀的刀背上。林夫人手臂一麻，拿捏不住，金刀脫手，餘勢不衰，那刀直滾到天井中去。

林震南一聲輕叱，青光閃動，已拔劍在手，雙足力點，上了屋頂，一招「掃蕩羣魔」，劍點如飛花般散了開來，疾向敵人發射暗器之處刺到。他受了極大悶氣，始終未見到敵人一面，這一招竭盡平生之力，絲毫沒留餘地。那知這一劍卻刺了個空，屋角邊空蕩蕩地，那裏有半個人影？他矮身躍到了東廂屋頂，仍不見敵人蹤跡。

林夫人和林平之手提兵刃，上來接應。林夫人暴跳如雷，大叫：「狗崽子，有種的便出來決個死戰，偷偷摸摸的，是那一門不要臉的狗雜種？」向丈夫連問：「狗崽子逃走了？是怎麼樣的傢伙？」林震南搖了搖頭，低聲道：「別驚動了旁人。」三個人又在屋頂尋覓一遍，這才躍入天井。林震南低聲問道：「是甚麼暗器打了你的金刀？」林夫人罵道：「這狗崽子！不知道！」三人在天井中一找，不見有何暗器，只見桂花樹下有無數極細的磚粒，散了一地，顯而易見，敵人是用一小塊磚頭打落了林夫人手中的金刀。

林夫人本在滿口「狗崽子，臭雜種」的亂罵，見到這些細碎的磚粒，氣惱之情不由得轉而為恐懼，呆了半晌，一言不發的走進廂房，待丈夫和兒子跟著進來，便即掩上了房門，低聲道：「敵人武功甚是了得，咱們不是敵手，那便如何……如何……」

林震南道：「向朋友求救！武林之中，患難相助，那也是尋常之事。」林夫人道：「咱們交情深厚的朋友固然不少，但武功高過咱夫妻的卻沒幾個。比咱倆還差一點的，邀來了也沒用處。」林震南道：「話是不錯，但人衆主意多，邀些朋友來商量商量，也是好的。」林夫人道：「也罷！你說該邀那些人？」林震南道：「就近的先邀，咱們先把杭州、南昌、廣州三處鏢局中的好手調來，再把閩、浙、粵、贛四省的武林同道邀上些。」

林夫人皺眉道：「這麼事急求救，江湖上傳了開去，實是大大墮了福威鏢局的名頭。」林震南忽道：「娘子，你今年三十九歲罷？」林夫人啐道：「呸！這當兒還來問我年紀？我屬虎，你不知道我幾歲嗎？」林震南道：「我發帖子出去，便說是給你做四十歲的大生日……」林夫人道：「為甚麼好端端給我添上一歲年紀？我還老得不夠快麼？」林震南搖頭道：「你幾時老了？頭上白髮也還沒一根。我說給你做生日，那麼請些至親好友，誰也不會起疑。等到客人來了，咱們只揀相好的暗中一說，那便跟鏢局子的名頭無損。」林夫人側頭想了一會，道：「好罷，且由得你。那你送甚麼禮物給我？」林震南在她耳邊低聲道：「送一份大禮，明年咱們再生個大胖兒子！」

林夫人呸的一聲，臉上一紅，啐道：「老沒正經的，這當兒還有心情說這些話。」林震南哈哈一笑，走向帳房，命人寫帖子去邀請朋友，其實他憂心忡忡，說幾句笑話，不過意在消滅妻子心中的驚懼而已，心下暗忖：「遠水難救近火，多半便在今晚，鏢局中又會有事發生，等到所邀的朋友們到來，不知世上還有沒有福威鏢局？」

他走到帳房門前，只見兩名男僕臉上神色十分驚恐，顫聲道：「總……總……鏢頭……這……這不好了。」林震南道：「怎麼啦？」一名男僕道：「剛才帳房先生叫林福去買棺材，他……他……出門剛走到東小街轉角，就倒在地上死了。」林震南道：「有這等事？他人呢？」那男僕道：「便倒在街上。」林震南道：「去把他屍首抬來。」心想：「光天化日之下，敵人竟在鬧市殺人，當眞膽大妄爲之極。」那兩名男僕道：「是……是……」卻不動身。林震南道：「怎麼了？」一名男僕道：「請總鏢頭去看……看……」

林震南情知又出了古怪，哼的一聲，走向大門，只見門口三名鏢師、五名趟子手望著門外，臉色灰白，極是驚惶。林震南道：「怎麼了？」不等旁人回答，已知就裏，只見大門外青石板上，淋淋漓漓的鮮血寫著六個大字：「出門十步者死」。離門約莫十步之處，畫著一條寬約寸許的血線。

林震南問道：「甚麼時候寫的？難道沒人瞧見麼？」一名鏢師道：「剛才林福死在東小街上，大家擁了過去看，門前沒人，就不知誰寫了，開這玩笑！」林震南提高嗓子，朗聲說道：「姓林的活得不耐煩了，倒要看看怎地出門十步者死！」大踏步走出門去。

兩名鏢師同時叫道：「總鏢頭！」林震南將手一揮，逕自邁步跨過了血線，瞧那血字血線，兀自未乾，伸足將六個血字擦得一片模糊，這才回進大門，向三名鏢師道：「這是嚇人的玩意兒，怕他甚麼？三位兄弟，便請去棺材鋪走一趟，再到西城天寧寺，去請班和尚來作幾日法事，超度亡靈，驅除瘟疫。」

三名鏢師眼見總鏢頭跨過血線，安然無事，當下答應了，整一整身上兵刃，並肩走出門去。林震南望著他們過了血線，轉過街角，又待了一會，這才進內。

他走進帳房，向帳房黃先生道：「黃夫子，請你寫幾張帖子，是給夫人做壽的，邀請親友們來喝杯壽酒。」黃先生道：「是，不知是那一天？」忽聽得腳步聲急，一人奔將進來，林震南探頭出去，聽得砰的一聲，有人摔倒在地。林震南循聲搶過去，見是適才奉命去棺材鋪三名鏢頭中的狄鏢頭，身子尚在扭動。林震南伸手扶起，忙問：「狄兄弟，怎樣了？」狄鏢頭道：「他們死了，我……我逃了回來。」林震南道：「敵人甚麼樣子？」狄鏢頭道：「不……不知……不知……」一陣痙攣，便即氣絕。

片刻之間，鏢局中人人俱已得訊。林夫人和林平之都從內堂出來，只聽得每個人口中低聲說的都是「出門十步者死」這六個字。林震南道：「我去把那兩位鏢師的屍首揹回來。」帳房黃先生道：「總……總鏢頭……去不得，重賞之下，必有勇夫。誰……誰去揹回屍首，賞三十兩銀子。」他說了三遍，卻無一人作聲。

林夫人突然叫道：「咦，平兒呢？平兒，平兒！」最後一聲已叫得甚是惶急。衆人跟著都呼喊起來：「少鏢頭，少鏢頭！」

忽聽得林平之的聲音在門外響起：「我在這裏！」衆人大喜，奔到門口，只見林平之高高的身形正從街角轉將出來，雙肩上各負一具屍身，正是死在街上的那兩名鏢師。林震南和林夫人雙雙搶出，手中各挺兵刃，過了血線，護著林平之回來。

衆鏢師和趟子手齊聲喝采：「少鏢頭少年英雄，膽識過人！」

林震南和林夫人心下也十分得意。林夫人埋怨道：「孩子，做事便這麼莽撞！這兩位鏢頭雖是好朋友，然而總是死了，不値得冒這麼大的險。」

林平之笑了笑，心下說不出的難過：「都爲了我一時忍不住氣，殺了一人，以致這許多人爲我而死。我若再貪生怕死，何以爲人？」

忽聽得後堂有人呼喚起來：「華師傅怎地好端端的也死了？」

林震南喝問：「怎麼啦？」局中的管事臉色慘白，畏畏縮縮的過來，說道：「總鏢頭，華師傅從後門出去買菜，卻死在十步之外。後門口也有這……這六個血字。」那華師傅是鏢局中的廚子，烹飪功夫著實不差，幾味冬瓜盅、佛跳牆、糟魚、肉皮餛飩，馳譽福州，是林震南結交達官富商的本錢之一。林震南心頭一震，尋思：「他只是尋常一名廚子，並非鏢師、趟子手。江湖道的規矩，劫鏢之時，車夫、轎夫、騾夫、挑夫，一概不殺。敵人下手卻如此狠辣，竟是要滅我福威鏢局滿門麼？」向眾人道：「大家休得驚慌。哼，這些狗強盜，就只會乘人不防下手。你們大家都親眼見到的，剛才少鏢頭和我夫婦明明走出了大門十步之外，那些狗強盜又敢怎樣？」

眾人唯唯稱是，卻也無一人敢再出門一步。林震南和林夫人愁眉相對，束手無策。

當晚林震南安排了眾鏢師守夜，那知自己仗劍巡查之時，見十多名鏢師竟自團團坐在廳上，沒一人在外把守。眾鏢師見到總鏢頭，都訕訕的站起身來，卻仍無一人移動腳步。林震南心想敵人實在太強，局中已死了這樣多人，自己始終一籌莫展，也怪不得眾人膽怯，當下安慰了幾句，命人送酒菜來，陪著眾鏢師在廳上喝酒。眾人心頭煩惱，誰也不多說話，只喝悶酒，過不多時，便已醉倒了數人。

次日午後，忽聽得馬蹄聲響，有幾騎馬從鏢局中奔了出去。林震南一查，原來是五名鏢師耐不住這局面，不告而別。他搖頭嘆道：「大難來時各自飛。姓林的無力照顧眾位兄弟，大家要去便去罷。」餘下眾鏢師有的七張八嘴，指斥那五人太沒義氣；有幾人卻默不作聲，只是嘆氣，暗自盤算：「我怎麼不走？」

傍晚時分，五匹馬又馱了五具屍首回來。這五名鏢師意欲逃離險地，反先送了性命。林平之悲憤難當，提著長劍衝出門去，站在那條血線的三步之外，朗聲說道：「大丈夫一人做事一人當，那姓余的四川人，是我林平之殺的，可跟旁人毫不相干。要報仇，儘管衝著林平之來好了，千刀萬剮，死而無怨，你們一而再、再而三的殺害良善，算是甚麼英雄好漢？我林平之在這裏，有本事儘管來殺！不敢現身便是無膽匪類，是烏龜忘八羔子！」他越叫越大聲，解開衣襟，袒露了胸膛，拍胸叫道：「堂堂男兒，死便死了，有種的便一刀砍過來，爲甚麼連見我一面也不敢？沒膽子的狗崽子，賊畜生！」

他紅了雙眼，拍胸大叫，街上行人遠遠瞧著，又有誰敢走近鏢局觀看。

林震南夫婦聽到兒子叫聲，雙雙搶到門外。他二人這幾日來心中也憋得狠了，滿腔子的惱恨，眞連肚子也要氣炸，聽得林平之如此向敵人叫陣，也即大聲喝罵。

衆鏢師面面相覷，都佩服他三人膽氣，均想：「總鏢頭英雄了得，夫人是女中丈夫，那也罷了。少鏢頭生得大姑娘似的，居然這般天不怕、地不怕的向敵人喝罵。」

林震南等三人罵了半天，四下裏始終鴉雀無聲。林平之叫道：「甚麼出門十步者死，我偏偏再多走幾步，瞧你們又怎麼奈何我？」說著向外跨了幾步，橫劍而立，傲視四方。

林夫人道：「好啦，狗強盜欺善怕惡，便是不敢惹我孩兒。」拉著林平之的手，回進大門。林平之兀自氣得全身發抖，回入臥室之後再也忍耐不住，伏在榻上，放聲大哭。林震南撫著他頭，說道：「孩兒，你膽子不小，不愧是我林家的好男兒，敵人就是不敢露面，咱們又有甚麼法子？你且睡一陣。」

林平之哭了一會，迷迷糊糊的便睡著了。吃過晚飯後，聽得父親和母親低聲說話，卻是局中有幾名鏢師異想天開，要從後園中挖地道出去，通過十步之外的血線逃生，否則困在鏢局子中，早晚送了性命。林夫人冷笑道：「他們要挖地道，且由得他們。只怕……只怕……哼！」林震南父子都明白她話中之意，那是說只怕便跟那五名騎馬逃命的鏢師一般，徒然提早送了性命。林震南沉吟道：「我去瞧瞧，倘若這是條生路，讓大夥兒走了也好。」他出去一會，回進房來，說道：「這些人只嘴裏說得熱鬧，可是誰也不敢眞的動手挖掘。」

當晚三人一早便睡了。鏢局中人人都打著聽天由命的念頭，也沒人巡查守夜。

林平之睡到中夜，忽覺有人輕拍自己肩頭，他一躍而起，伸手去抽枕底長劍，卻聽母親的聲音說道：「平兒，是我。你爹出去了半天沒回來，咱們找找他去。」林平之吃了一驚：「爹到那裏去了？」林夫人道：「不知道！」

二人手提兵刃，走出房來，先到大廳外一張，只見廳中燈燭明亮，十幾名鏢師正在擲骰子賭博。大家提心吊膽的過了數日，都覺反正無能為力，索性將生死置之度外。林夫人打個手勢，轉身便去，母子倆到處找尋，始終不見林震南的影蹤，二人心中越來越驚，卻不敢聲張，局中人心惶惶之際，一聞總鏢頭失蹤，勢必亂得不可收拾。兩人尋到後進，林平之忽聽得左首兵器間發出喀的一聲輕響，窗格上又有燈光透出。他縱身過去，伸指戳破窗紙，往裏一望，喜呼：「爹爹，原來你在這裏。」

林震南本來彎著腰，臉朝裏壁，聞聲回過頭來。林平之見到父親臉上神情恐怖之極，心中一震，本來滿臉喜色登時僵住了，張大了嘴，發不出聲音。

林夫人推開室門，闖了進去，只見滿地是血，三張並列的長凳上臥著一人，全身赤裸，胸膛肚腹均已剖開，看這死屍之臉，認得是霍鏢頭，他日間和四名鏢頭一起乘馬逃走，卻讓馬匹馱了屍體回來。林平之也走進兵器間，反手帶上房門。林震南從死人胸膛中拿起了一顆血淋淋的人心，說道：「一顆心給震成了八九片，果然是……果然是……」林夫人接口道：「果然是青城派的『摧心掌』！」林震南點了點頭，默然不語。

林平之這才明白，父親原來是在剖屍查驗被害各人的死因。

林震南放回人心，將死屍裹入油布，拋在牆角，洗了手上血跡，和妻兒回入臥房，說道：「對頭確是青城派的高手。娘子，你說該怎麼辦？」

林平之氣憤憤的道：「此事由孩兒身上而起，孩兒明天再出去叫陣，和他決一死戰。倘若不敵，給他殺死也就是了。」林震南搖頭道：「此人一掌便將人心震成八九塊，死者身體外卻不留半點傷痕，此人武功之高，就在青城派中，也是數一數二的人物，他要殺你，早就殺了。我瞧敵人用心陰狠，決不肯爽爽快快將咱一家三口殺了。」林平之道：「他要怎樣？」林震南道：「這狗賊是貓捉老鼠，要玩弄個夠，將老鼠嚇得心膽俱裂，自行嚇死，他方快心意。」林平之怒道：「哼，這狗賊竟將咱們福威鏢局視若無物。」

林震南道：「他確是將福威鏢局視若無物。」林平之道：「說不定他是怕了爹爹的七十二路辟邪劍法，否則為甚麼始終不敢明劍明槍的交手，只是乘人不備，暗中害人？」林震南搖頭道：「平兒，爹爹的辟邪劍法用以對付黑道的盜賊，那是綽綽有餘，但此人的摧心掌功夫，實遠遠勝過了你爹爹。我……我向不服人，可是見了霍鏢頭的那顆心，卻是……唉！」林平之見父親神情頹喪，和平時大異，不敢再說甚麼。

林夫人道：「既然對頭厲害，大丈夫能屈能伸，咱們便暫且避他一避。」林震南點頭道：「我也這麼想。」林夫人道：「咱們連夜動身去洛陽，好在已知敵人來歷，君子報仇，十年未晚。」林震南道：「不錯！岳父交友遍天下，定能給咱們拿個主意。收拾些細軟，這便動身。」林平之道：「咱們一走，丟下鏢局中這許多人沒人理會，那可如何是好？」林震南道：「敵人跟他們無冤無仇，咱們一走，鏢局中眾人反而太平無事了。」

林平之心道：「爹爹這話有理，敵人害死鏢局中這許多人，其實只為了我一人。我脫身一走，敵人決不會再跟這些不相干的鏢師、趟子手為難。」當下回到自己房中收拾。心想說不定敵人一把火便將鏢局燒個精光，看著一件件衣飾玩物，只覺這樣捨不得，那件丟不下，竟打了老大兩個包裹，兀自覺得留下東西太多，左手又取過案上一隻玉馬，右手捲了張豹皮，那是從他親手打死的花豹身上剝下來的，背負包裹，來到父母房中。

林夫人見了不禁好笑，說道：「咱們是逃難，可不是搬家，帶這許多勞什子幹麼？」林震南嘆了一口氣，搖了搖頭，心想：「我們雖是武學世家，但兒子自小養尊處優，除了學過一些武功之外，跟尋常富貴人家的紈袴子弟也沒甚麼分別，今日猝逢大難，倉皇應變，卻也難怪得他。」不由得愛憐之心，油然而生，說道：「你外公家裏甚麼東西都有，不必攜帶太多物件。咱們只須多帶些黃金銀兩，值錢的珠寶也帶一些。此去到江西、湖南、湖北都有分局，還怕路上討飯麼？包裹越輕越好，身上輕一兩，動手時便靈便一分。」林平之無奈，只得將包裹放下。

林夫人道：「咱們騎馬從大門正大光明的衝出去，還是從後門悄悄溜出去？」

林震南坐在太師椅上，閉起雙目，將旱煙管抽得呼呼直響，過了半天，才睜開眼來，說道：「平兒，你去通知局中上下人等，大家收拾收拾，天明時一齊離去。叫帳房給大家分發銀兩。待瘟疫過後，大家再回來。」林平之應道：「是！」心下好生奇怪，怎地父親忽然又改變了主意。林夫人道：「你說要大家一鬨而散？這鏢局子誰來照看？」林震南道：「不用看了，這座鬧鬼的凶宅，誰敢進來送死？再說，咱三人一走，餘下各人難道不走？」當下林平之出房傳訊，局中登時四下裏都亂了起來。

林震南待兒子出房，才道：「娘子，咱父子換上趟子手的衣服，你就扮作個僕婦，天明時一百多人一鬨而散，敵人武功再高，也不過一兩個人，他又去追誰好？」林夫人拍掌讚道：「此計極高。」便去取了兩套趟子手的污穢衣衫，待林平之回來，給他父子倆換上，自己也換了套青布衣裳，頭上包了塊藍花布帕，除了膚色太過白皙，宛然便是個粗作僕婦。林平之只覺身上的衣衫臭不可當，心中老大不願意，卻也無可奈何。

黎明時分，林震南吩咐打開大門，向眾人說道：「今年我時運不利，局中疫鬼為患，大夥兒只好避一避。眾位兄弟倘若仍願幹保鏢這一行的，請到杭州府、南昌府去投咱們的浙江分局、江西分局，那邊劉鏢頭、易鏢頭自不會怠慢了各位。咱們走罷！」當下一百餘人在院子中紛紛上馬，擁出大門。

林震南將大門上了鎖，一聲呼叱，十餘騎馬衝過血線，人多膽壯，大家已不如何害怕，都覺早一刻離開鏢局，便多一分安全。蹄聲雜沓，齊向北門奔去，眾人大都無甚打算，見旁人向北，便也縱馬跟去。

林震南在街角邊打個手勢，叫夫人和兒子留下，低聲道：「讓他們向北，咱們卻向南行。」林夫人道：「去洛陽啊，怎地往南？」林震南道：「敵人料想咱們必去洛陽，定在北門外攔截，咱們卻偏偏向南，兜個大圈子再轉而向北，叫狗賊攔一個空。」

林平之道：「爹！」林震南道：「怎麼？」林平之道：「孩兒還是想出北門，這狗賊害死了咱們這許多人，不跟他拚個你死我活，這口惡氣如何咽得下去？」林夫人道：「這番大仇，自然是要報的，但憑你這點兒本領，抵擋得了人家的摧心掌麼？」林平之氣忿忿的道：「最多也不過像霍鏢頭那樣，給他一掌碎了心臟，也就是啦。」

林震南臉色鐵青，道：「我林家三代，倘若都似你這般逞那匹夫之勇，福威鏢局不用等人來挑，早就自己垮啦。」

林平之不敢再說，隨著父母逕向南行，出城後折向西南，過閩江後，到了南嶼。

這大半日奔馳，可說馬不停蹄，直到過午，才到路旁一家小飯鋪打尖。林震南吩咐賣飯的漢子有甚麼菜餚，將就著弄來下飯，越快越好。那漢子答應著去了。可是過了半天全無動靜。林震南急著趕路，叫道：「店家，你給快些！」叫了兩聲，無人答應。林夫人也叫：「店家，店家……」仍沒應聲。

林夫人霍地站起，急忙打開包裹，取出金刀，倒提在手，奔向後堂，只見那賣飯的漢子摔在地下，門檻上斜臥著一個婦人，是那漢子的妻子。林夫人探那漢子鼻息，已無呼吸，手指碰到他嘴唇，尚覺溫暖。

這時林震南父子也已抽出長劍，繞著飯鋪轉了一圈。這家小飯鋪獨家孤店，靠山而築，附近是一片松林，並無鄰家。三人站在店前，遠眺四方，不見半點異狀。

林震南橫劍身前，朗聲說道：「青城派的朋友，林某在此領死，便請現身相見。」叫了幾聲，只聽得山谷回聲：「現身相見，現身相見！」餘音嫋嫋，此外更無聲息。三人明知大敵窺伺在側，此處便是他們擇定的下手之處，心下雖是惴惴，但知立即便有了斷，反而定下神來。林平之大聲叫道：「我林平之就在這裏，你們來殺我啊！臭賊，狗崽子，我料你就是不敢現身！鬼鬼祟祟的，正是江湖上下三濫毛賊的勾當！」

突然之間，松林中發出一聲清朗的長笑，林平之眼睛一花，已見身前多了一人。他不及細看，長劍挺出，便是一招「直搗黃龍」，向那人胸口疾刺。那人側身避開。林平之橫劍疾削，那人嘿的一聲冷笑，繞到林平之左側。林平之左手反拍一掌，迴劍刺去。

林震南和林夫人各提兵刃，本已搶上，然見兒子連出數招，劍法井井有條，此番乍逢強敵，竟絲毫不亂，當即都退後兩步，見敵人一身青衫，腰間懸劍，一張長臉，約莫二十三四歲年紀，臉上滿是不屑的神情。

林平之蓄憤已久，將辟邪劍法使將開來，橫削直擊，全是奮不顧身的拚命打法。那人空著雙手，只是閃避，並不還招，待林平之刺出二十餘招劍，這才冷笑道：「辟邪劍法，不過如此！」伸指一彈，錚的一聲響，林平之只覺虎口劇痛，長劍落地。那人飛起一腿，將林平之踢得連翻幾個觔斗。

林震南夫婦並肩一立，遮住了兒子。林震南道：「閣下尊姓大名？可是青城派的麼？」那人冷笑道：「憑你福威鏢局的這點兒玩藝，還不配問我姓名。不過今日是爲報仇而來，須得讓你知道，不錯，老子是青城派的。」

林震南劍尖指地，左手搭在右手手背，說道：「在下對松風觀余觀主好生敬重，每年派遣鏢頭前赴青城，向來不敢缺了禮數，今年余觀主還遣派了四位弟子要到福州來。卻不知甚麼地方得罪了閣下？」那青年抬頭向天，嘿嘿冷笑，隔了半天才道：「不錯，我師父派了四名弟子到福州來，我便是其中之一。」林震南道：「那好得很啊，不知閣下高姓大名？」那青年似是不屑置答，又哼了一聲，這才說道：「我姓于，叫于人豪。」林震南點了點頭，道：「『英雄豪傑，青城四秀』，原來閣下是松風觀四大弟子之一，無怪摧心掌的造詣如此高明。殺人不見血，佩服，佩服！于英雄遠道來訪，林某未曾迎迓，好生失禮。」

于人豪冷冷的道：「那摧心掌嗎，嘿嘿……你沒曾迎接，你這位武藝高強的賢公子卻迎接過了，連我師父的愛子都殺了，也已不算怎麼失禮。」

林震南一聽，一陣寒意從背脊上直透下來，本想兒子誤殺之人若是青城派的尋常弟子，那麼挽出武林中大有面子之人出來調解說項，向對方道歉賠罪，或許尚有轉圜餘地，原來此人竟是松風觀觀主余滄海的親生愛子，那麼除了一拚死活之外，更無第二條路好走了。他長劍一擺，仰天打個哈哈，說道：「好笑，于少俠說笑話了。」于人豪白眼一翻，傲然道：「我說甚麼笑話？」林震南道：「久仰余觀主武術通神，家教謹嚴，江湖上無不敬佩。但犬子誤殺之人，卻是個在酒肆之中調戲良家少女的無賴，既爲犬子所殺，武功平庸也就可想而知。似這等人，豈能是余觀主的公子，卻不是于少俠說笑麼？」

于人豪臉一沉，一時無言可答。忽然松林中有人說道：「常言道得好：雙拳難敵四手。在那小酒店之中，林少鏢頭率領了福威鏢局二十四個鏢頭，突然向我余師弟圍攻……」他一面說，一面走了出來，此人小頭小腦，手中搖著一柄摺扇，接著說道：「倘若明刀明槍的動手，那也罷了，福威鏢局縱然人多，老實說那也無用。可是林少鏢頭既在我余師弟的酒中下了毒，又放了一十七種餵毒暗器，嘿嘿，這龜兒子硬是這麼狠毒。我們一番好意前來拜訪，可料不到人家會突施暗算哪。」

林震南道：「閣下尊姓大名？」那人道：「不敢，區區在下方人智。」

林平之拾起了長劍，怒氣勃勃的站在一旁，只待父親交代過幾句場面話，便要撲上去再鬥，聽得這方人智一派胡言，當即怒喝：「放你的屁！我跟他無冤無仇，從來沒見過面，根本便不知他是青城派的，害他幹甚麼？」

方人智搖頭晃腦的說道：「放屁，放屁！好臭，好臭！你既跟我余師弟無冤無仇，爲甚麼在小酒店外又埋伏了三十餘名鏢頭、趟子手？我余師弟見你調戲良家少女，路見不平，將你打倒，教訓你一番，饒了你性命，可是你不但不感恩圖報，爲甚麼反而命那些狗鏢頭向我余師弟羣起而攻？」林平之氣得肺都要炸了，大聲叫道：「原來青城派都是些顛倒是非的潑皮無賴！」方人智笑嘻嘻的道：「龜兒子，你罵人！」林平之怒道：

「我罵你便怎樣？」方人智點頭道：「你罵好了，不相干，沒關係。」

林平之一愕，他這兩句話倒大出自己意料之外，突然之間，只聽得呼的一聲，有人撲向身前。林平之左掌急揮，待要出擊，終於慢了一步，啪的一響，右頰上已重重吃了個耳光，眼前金星亂冒，幾欲暈去。方人智迅捷之極的打了一掌，退回原地，伸手撫摸自己右頰，怒道：「小子，怎麼你動手打人？好痛，好痛，哈哈！」

林夫人見兒子受辱，唰的一刀，便向那人砍去，一招「野火燒天」，出招既穩且勁，那人一閃身，刀鋒從他右臂之側砍下，相距不過四寸。那人吃了一驚，罵道：「好婆娘！」不敢再行輕敵，從腰間拔出長劍，待林夫人第二刀又再砍到，挺劍還擊。

林震南長劍一挺，道：「青城派要挑了福威鏢局，那是容易之極，但武林之中，是非自有公論。于少俠請！」于人豪一按劍鞘，嗆啷一聲，長劍出鞘，道：「林總鏢頭請。」

林震南心想：「久聞他青城派松風劍法剛勁輕靈，兼而有之，說甚麼如松之勁，如風之輕。我只有佔得先機，方有取勝之望。」當下更不客氣，劍尖一點，長劍橫揮過去，正是辟邪劍法中的一招「羣邪辟易」。于人豪見他這一劍來勢甚兇，閃身避開。林震南一招未曾使老，第二招「鍾馗抉目」，劍尖直刺對方雙目。于人豪提足後躍。林震南第三劍跟著又已刺到，于人豪舉劍擋格，噹的一響，兩人手臂都是一震。

林震南心道：「還道你青城派如何了得，卻也不過如此。憑你這點功夫，難道便打得出那麼厲害的摧心掌？那決無可能，多半他另有大援在後。」想到此處，心中不禁一凜。于人豪長劍圈轉，倏地刺出，銀星點點，劍尖連刺七個方位。林震南還招也是極快，奮力搶攻。兩人忽進忽退，二十餘招間竟難分上下。

那邊林夫人和方人智相鬥卻接連遇險，一柄金刀擋不住對方迅速之極的劍招。

林平之見母親大落下風，忙提劍奔向方人智，舉劍往他頭頂劈落。方人智斜身閃開，林平之勢如瘋漢，又即撲上，突然間腳下一個踉蹌，不知被甚麼絆了一下，登時跌倒，只聽得一人說道：「躺下罷！」一隻腳重重踏在他身上，跟著背上有件尖利之物刺到。他眼中瞧出來的只是地下塵土，但聽得母親尖聲大叫：「別殺他，別殺他！」又聽得方人智喝道：「你也躺下！」

原來正當林平之母子雙鬥方人智之時，一人從背後掩來，舉腳橫掃，將林平之絆倒，跟著拔出匕首，指住了他後心。林夫人本已不敵，心慌意亂之下，更加刀法鬆散，給方人智回肘撞出，登時摔倒。方人智搶將上去，點了二人穴道。那絆倒林平之的，便是在福州城外小酒店中與兩名鏢頭動手的姓賈漢子。

林震南見妻子和兒子都爲敵人制住，心下驚惶，唰唰唰急攻數劍。于人豪一聲長笑，連出數招，盡數搶了先機。林震南心下大駭：「此人怎地知道我的辟邪劍法？」于人豪笑道：「我的辟邪劍法怎麼樣？」林震南道：「你……你……怎麼會使辟邪劍……」

方人智笑道：「你這辟邪劍法有甚麼了不起？我也會使！」長劍晃動，「羣邪辟易」、「鍾馗抉目」、「飛燕穿柳」，接連三招，正都是辟邪劍法。

霎時之間，林震南似乎見到了天下最可怖的情景，萬萬料想不到，自己的家傳絕學辟邪劍法，對方竟然也都會使，就在這茫然失措之際，鬥志全消。于人豪喝道：「著！」林震南右膝中劍，膝蓋酸軟，右腿跪倒。他立即躍起，于人豪長劍上挑，已指住他胸口。只聽賈人達大聲喝采：「于師哥，好一招『流星趕月』！」

這一招「流星趕月」，也正是辟邪劍法中的一招。

林震南長嘆一聲，拋下長劍，說道：「你……你……會使辟邪劍法……給咱們一個爽快的罷！」背心上一麻，已給方人智用劍柄撞了穴道，聽他說道：「哼，天下那有這樣便宜的事？先人板板，姓林的龜兒、龜婆、龜孫子，你們一家三口，一起去見我師父罷。」

賈人達左手抓住林平之的背心，一把提起，左右開弓，重重打了他兩個耳光，罵道：「兔崽子，從今天起，老子每天打你十八頓，一路打到四川青城山上，打得你一張花旦臉變成大花面！」林平之狂怒之下，一口唾沫向他吐了過去。兩人相距不過尺許，賈人達竟不及避開，啪的一聲，正中他鼻樑。賈人達怒極，將他重重往地下一摔，舉腳便向他背心上猛踢。方人智笑道：「夠了，夠了！踢死了他，師父面前怎麼交代？這小子大姑娘般的，可經不起你的三拳兩腳。」

賈人達武藝平庸，人品猥瑣，師父固對他素來不喜，同門師兄弟也誰都瞧他不起，聽方人智這麼說，倒也不敢再踢，只得在林平之身上連連吐涎，以洩怒火。

方于二人將林震南一家三口提入飯店，拋在地下。方人智道：「咱們吃一餐飯再走，賈師弟，勞你駕去煮飯罷。」賈人達道：「好。」于人豪道：「方師哥，可得防這三個傢伙逃了。這老的武功還過得去，你得想個計較。」方人智笑道：「那容易！吃過飯後，把三人手筋都挑斷了，用繩子穿在三個龜兒的琵琶骨裏，串做一串螃蟹，包你逃不了。」

林平之破口大罵：「有種的就趕快把老爺三人殺了，使這些鬼門道，那是下三濫的行逕！」方人智笑嘻嘻的道：「你這小雜種再罵一句，我便去找些牛糞狗屎來，塞在你嘴裏。」這句話倒眞有效，林平之雖氣得幾欲昏去，卻登時閉口，再也不敢罵一句了。

方人智笑道：「于師弟，師父教了咱們這七十二路辟邪劍法，咱哥兒倆果然使得似模似樣，林鏢頭一見，登時便魂飛魄散，全身酸軟。林鏢頭，我猜你這時候一定在想：他青城派怎麼會使我林家的辟邪劍法。是不是啊？」

林震南這時心中的確在想：「他青城派怎麼會使我林家的辟邪劍法？」

賣唱老者慢慢走到矮胖子身前，側頭瞧了他半晌。那矮胖子怒道：「老頭子幹甚麼？」那老者搖頭道：「你胡說八道！」轉身走開。矮胖子大怒，伸手往他後心抓去。

二　聆秘

林平之只想掙扎起身，撲上去和方人智、于人豪一拚，但後心遭點了幾處穴道，下半身全然不能動彈，心想手筋如給挑斷，又再穿了琵琶骨，從此成爲廢人，不如就此死了乾淨。突然之間，後面灶間裏傳來「啊啊」兩下長聲慘呼，卻是賈人達的聲音。

方人智和于人豪同時跳起，手挺長劍，衝向後進。大門口人影一閃，一人悄沒聲的竄了進來，一把抓住林平之的後領，提了起來。林平之「啊」的一聲低呼，見這人滿臉凹凹凸凸的盡是痘瘢，正是因她而起禍的那賣酒醜女。

那醜女抓著他向門外拖去，到得大樹下繫馬之處，左手又抓住他後腰，雙手提著他放上一匹馬的馬背。林平之正詫愕間，見那醜女手中已多了一柄長劍，隨即白光閃動，那醜女揮劍割斷馬韁，又在馬臀上輕輕一劍。那馬吃痛，一聲悲嘶，放開四蹄，狂奔入林。

林平之大叫：「媽，爹！」心中記掛著父母，不肯就此獨自逃生，雙手在馬背上拚命一撐，滾下馬來，幾個打滾，摔入了長草之中。那馬卻毫不停留，遠遠奔馳而去。林平之拉住灌木上的樹枝，想要站起，雙足卻沒半分力氣，只撐起尺許，便即摔倒，跟著又覺腰間臀上同時劇痛，卻是摔下馬背時撞到了林中的樹根、石塊。

只聽得幾聲呼叱，腳步聲響，有人追了過來，林平之忙伏入草叢之中。但聽得兵刃交加聲大作，有幾人激烈相鬥，林平之悄悄伸頭，從草叢空隙向前瞧去，只見相鬥雙方一邊是青城派的于人豪與方人智，另一邊便是那醜女，還有一個男子，卻用黑布蒙住了臉，頭髮花白，是個老者。林平之一怔之間，便知是那醜女的祖父、那姓薩的老頭，尋思：「我先前只道這兩人也是青城派的，那知這姑娘卻來救我。唉，早知她武功了得，我又何必強自出頭，去打甚麼抱不平，沒來由的惹上這場大禍。」又想：「他們鬥得正緊，我這就去相救爹爹、媽媽。」可是背心上穴道未解，說甚麼也動彈不得。

方人智連聲喝問：「你……你到底是誰？怎地會使我青城派劍法？」那老者不答，驀地裏白光閃動，方人智手中長劍脫手飛起。方人智急忙後躍，于人豪搶上擋住。那蒙面老者急出數招。于人豪叫道：「你……你……」語音顯得甚是驚惶，突然錚的一聲，長劍又給絞得脫手。那醜女搶上一步，挺劍疾刺。那蒙面老者揮劍擋住，叫道：「別傷他性命！」那醜女道：「他們好不狠毒，殺了這許多人。」那老者道：「咱們走罷！」

那醜女有些遲疑。那老者道：「別忘了師父的吩咐。」那醜女點點頭，說道：「便宜了他們。」縱身穿林而去。那蒙面老者跟在她身後，頃刻間便奔得遠了。

方于二人驚魂稍定，分別拾起自己長劍。于人豪道：「當眞邪門！怎地這傢伙會使咱們的劍法？」方人智道：「他也只會幾招，不過……不過這招『鴻飛冥冥』，可眞使得……唉！」于人豪道：「他們把那姓林的小子救去了……」方人智道：「啊喲，可別中了調虎離山之計。林震南夫婦！」于人豪道：「是！」兩人轉身飛步奔回。

過了一會，馬蹄聲緩緩響起，兩乘馬走入林中，方人智與于人豪分別牽了一匹。馬背上縛著的赫然是林震南和林夫人。林平之張口欲叫「媽！爹！」幸好立時硬生生的縮住，心知這時倘若發出半點聲音，非但枉自送了性命，也失卻了相救父母的機會。

離開兩匹馬數丈，一跛一拐的走著一人，卻是賈人達。他頭上纏的白布上滿是鮮血，口中不住咒罵：「格老子，入你的先人板板，你龜兒救了那兔兒爺去，這兩隻老兔兒總救不去了罷？老子每天在兩隻老兔兒身上割一刀，咱們挨到青城山，瞧他們還有幾條性命……」方人智大聲道：「賈師弟，這對姓林的夫婦，是師父他老人家千叮萬囑要拿到手的，他們要是有了三長兩短，瞧師父剝你幾層皮下來？」賈人達哼了一聲，不敢再作聲了。

林平之耳聽得青城派三人擄劫了父母而去，心下反而稍感寬慰：「他們拿了我爹媽去青城山，這一路上又不敢太難爲我爹媽。從福建到四川青城山，萬里迢迢，說甚麼也得想法子救爹媽出來。」又想：「到了分局子裏，派人趕去洛陽給外公送信。」

他在草叢中躺著靜靜不動，蚊蚋來叮，也沒法理會，過了好幾個時辰，天色已黑，背上遭封的穴道終於解開，這才掙扎著爬起，慢慢回到飯鋪之前，尋思：「我須得易容改裝，叫兩個惡人當面見到也認不出來，否則一下子便給殺了，那裏還救得到爹媽？」

走入飯店主人房中，打火點燃了油燈，想找一套衣服，豈知山鄉窮人窮得出奇，連一套替換的衣衫也無。只見飯鋪主人夫婦的屍首兀自躺在地下，心道：「說不得，只好換上死人的衣服。」除下死人衣衫，拿在手中，但覺穢臭衝鼻，心想該當洗上一洗，再行換上，轉念又想：「我如爲了貪圖一時清潔，躭誤得一時半刻，錯過良機，以致救不得爹爹媽媽，豈不成爲千古大恨？」咬牙將全身衣衫脫得清光，穿上了死人衣衫。

點了一根火把，四下裏照視，見自己和父親的長劍、母親的金刀，都拋在地下。他拾起父親的長劍，包上一塊破布，插在背後衣內，走出店門，只聽得山澗中青蛙閣閣之聲隱隱傳來，突然間感到一陣淒涼，忍不住便要放聲大哭。他舉手擲出，火把在黑影中劃了一道紅弧，嗤的一聲，跌入了池塘，登時熄滅，四周又是一片黑暗。

他心道：「林平之啊林平之，你若不小心，稍不忍耐，再落入青城派惡賊手中，便如這火把跌入臭水池塘中一般。」舉袖擦了擦眼睛，衣袖碰到臉上，臭氣直衝，幾欲嘔吐，大聲道：「連這點臭氣也耐不了，枉自稱為男子漢大丈夫了。」當下拔足而行。

走不了幾步，腰間又劇痛起來，他咬緊牙關，反走得更快了。在山嶺間七高八低的亂走，也不知父母是否由此道而去。行到黎明，太陽光迎面照來，耀眼生花，林平之心中一凜：「那兩個惡賊押了爹爹媽媽去青城山，四川在福建之西，我怎麼反而東行？」急忙轉身，背著日光疾走，尋思：「爹媽已去了大半日，我又背道行了半夜，跟他們離得更加遠了，須得去買一匹坐騎才好，只不知要多少銀子。」一摸口袋，不由得連聲價叫苦，此番出來，金銀珠寶都放在馬鞍旁的皮囊中，林震南和林夫人身邊都有銀兩，他身上卻一兩銀子也無。他急上加急，頓足叫道：「那便如何是好？那便如何是好？」呆了一陣，心想：「搭救父母要緊，總不成便餓死了。」邁步向嶺下走去。

到得午間，腹中已餓得咕咕直叫，見路旁幾株龍眼樹上生滿了青色的龍眼，雖然未熟，也可充飢。走到樹下，伸手便要去摘，隨即心想：「這些龍眼是有主之物，不告而取，便是作賊。林家三代幹的是保護身家財產的行當，一直和綠林盜賊作對，我怎麼能作盜賊勾當？倘若給人見到，當著我爹爹之面罵我一聲小賊，教我爹爹如何做人？福威鏢局的招牌從此再也豎不起來了。」他幼稟庭訓，知大盜都由小賊變來，而小賊最初竊物，往往也不過一瓜一果之微，由小而多，終於積重難返，泥足深陷而不能自拔。想到此處，不由得背上出了一片冷汗，立下念頭：「終有一日，爹爹和我要重振福威鏢局的聲威，大丈夫須當立定腳跟做人，寧做乞兒，不作盜賊。」

邁開大步，向前急行，再不向道旁的龍眼樹多瞧一眼。行出數里，來到一個小村，他走向一家人家，囁囁嚅嚅的乞討食物。他一生茶來伸手，飯來張口，那裏曾向旁人乞求過甚麼？只說得三句話，已脹紅了臉。

那農家的農婦剛和丈夫嘔氣，給漢子打了一頓，滿肚子正沒好氣，聽得林平之乞食，便罵了他個狗血淋頭，提起掃帚，喝道：「你這小賊，鬼鬼祟祟的不是好人。老娘不見了一隻母鷄，定是你偷去吃了，還想來偷鷄摸狗。老娘便有米飯，也不施捨你這下流胚子。你偷了我家的鷄，害得我家那天殺的大發脾氣，揍得老娘周身都是烏青……」

那農婦罵一句，林平之退一步。那農婦罵得興起，提起掃帚向林平之臉上拍來。林平之大怒，斜身一閃，舉掌便欲向她擊去，陡然動念：「我求食不遂，卻去毆打這鄉下蠢婦，豈不笑話？」硬生生將這一掌收轉，豈知用力大了，收掌不易，一個踉蹌，左腳踹上了一堆牛糞，腳下一滑，仰天便倒。那農婦哈哈大笑，罵道：「小毛賊，教你跌個好的！」一掃帚拍在他頭上，再在他身上吐了口唾涎，這才轉身回屋。

林平之受此羞辱，憤懣難言，掙扎著爬起，背上手上都是牛糞。正狼狽間，那農婦從屋中出來，拿著四枝煮熟的玉米棒子，交在他手裏，笑罵：「小鬼頭，這就吃吧！老天爺生了你這樣一張俊臉蛋，比人家新媳婦還好看，偏就是不學好，好吃懶做，有個屁用？」林平之大怒，便要將玉米棒子摔出。那農婦笑道：「好，你摔，你摔！你有種不怕餓死，就把玉米棒子摔掉，餓死你這小賊。」林平之心想：「要救爹爹媽媽，報此大仇，重振福威鏢局，今後須得百忍千忍，再艱難恥辱的事，也當咬緊牙關，狠狠忍住。給這鄉下女人羞辱一番，又算得甚麼？」便道：「多謝你了！」張口便往玉米棒子咬去。那農婦笑道：「我料你不肯摔。」轉身走開，自言自語：「這小鬼餓得這樣厲害，我那隻鷄看來不是他偷的。唉，我家這天殺的，能有他一半好脾氣，也就好了。」

林平之一路乞食，有時則在山野間採摘野果充飢，好在這一年福建省年歲甚熟，五穀豐登，民間頗有餘糧，他雖然將臉孔塗得污穢，但面目俊秀，言語文雅，得人好感，求食倒也不難。沿路打聽父母的音訊，卻那裏有半點消息。

行得八九日後，已到了江西境內，他問明途徑，逕赴南昌，心想南昌有鏢局的分局，該當有些消息，至不濟也可取些盤纏，討匹快馬。

到得南昌城內，一問福威鏢局，那行人說道：「福威鏢局？你問來幹麼？鏢局子早燒成了一片白地，連累左鄰右舍數十人家都讓燒得精光。」林平之心中暗叫一聲苦，來到鏢局的所在，果見整條街都是焦木赤磚，遍地瓦礫。他悄立半晌，心道：「那自是青城派的惡賊們幹的。此仇不報，枉自爲人。」在南昌更不躭擱，即日西行。

不一日來到湖南省會長沙，他料想長沙分局也必給青城派的人燒了。豈知問起福威鏢局出了甚麼事，幾個行人都茫然不知。林平之大喜，問明了所在，大踏步向鏢局走去。

來到鏢局門口，只見這湖南分局雖不及福州總局的威風，卻也是朱漆大門，門畔蹲著兩隻石獅，好生堂皇，林平之向門內一望，不見有人，心下躊躇：「我如此襤褸狼狽的來到分局，豈不教局中的鏢頭們看小了？」

抬起頭來，只見門首那塊「福威鏢局湘局」的金字招牌竟然倒轉著懸掛，他好生奇怪：「分局的鏢頭們怎地如此粗心大意，連招牌也會倒掛？」轉頭去看旗桿上的旗子時，不由得倒抽一口涼氣，只見左首旗桿上懸著一對爛草鞋，右首旗桿掛著的竟是一條女子花褲，撕得破破爛爛的，卻兀自在迎風招展。

正錯愕間，只聽得腳步聲響，局裏走出一人，喝道：「龜兒子在這裏探頭探腦的，想偷甚麼東西？」林平之聽他口音便和方人智、賈人達等一夥人相似，乃是川人，不敢向他瞧去，便即走開，突然屁股上一痛，已讓人踢了一腳。林平之大怒，回身便欲相鬥，但心念電轉：「這裏的鏢局定是給青城派佔了，我正可從此打探爹爹媽媽的訊息，怎地沉不住氣？」當即假裝不會武功，撲身摔倒，半天爬不起來。那人哈哈大笑，又罵了幾聲「龜兒子」。

林平之慢慢掙扎著起來，到小巷中討了碗冷飯吃了，尋思：「敵人便在身畔，可千萬大意不得。」更在地下找些煤灰，將一張臉塗得漆黑，在牆角落裏抱頭而睡。

等到二更時分，他取出長劍，插在腰間，繞到鏢局後門，側耳聽得牆內並無聲息，這才躍上牆頭，見牆內是個果園，輕輕躍下，挨著牆邊一步步掩將過去。四下裏黑沉沉地，既無燈火，又無人聲。林平之心中怦怦大跳，摸壁而行，唯恐腳下踏著柴草磚石，發出聲音，走過了兩個院子，見東邊廂房窗中透出燈光，走近幾步，便聽到有人說話。他極緩極緩的踏步，弓身走到窗下，屏住呼吸，一寸一寸的蹲低，靠牆而坐。

剛坐到地下，便聽得一人說道：「咱們明天一早，便將這龜兒鏢局一把火燒了，免得留在這兒現眼。」另一人道：「不行！不能燒。皮師哥他們在南昌一把火燒了龜兒鏢局，聽說連累鄰居的房子也燒了幾十間，於咱們青城派俠義道的名頭可不大好聽。這一件事多半要受師父責罰。」林平之暗罵：「果然是青城派幹的好事，還自稱俠義道呢！好不要臉。」只聽先前那人道：「是，這可燒不得！那就好端端給他留著麼？」另一人笑道：「吉師弟，你想想，咱們倒掛了這狗賊的鏢局招牌，又給他旗桿上掛一條女人爛褲，福威鏢局的名字在江湖上可整個毀啦。這條爛褲掛得越久越好，又何必一把火給它燒了？」那姓吉的笑道：「申師哥說得是。嘿嘿，這條爛褲，眞叫他福威鏢局倒足了霉，三百年也不得翻身。」

兩人笑了一陣。那姓吉的道：「咱們明日去衡山給劉正風道喜，得帶些甚麼禮物才好？禮物要是小了，青城派臉上可不大好看。」那姓申的笑道：「禮物我早備下了，你放心，包你不丟青城派的臉。說不定劉正風這次金盆洗手的席上，咱們的禮物還要大出風頭呢。」那姓吉的喜道：「那是甚麼禮物？我怎麼一點也不知道？」那姓申的笑了幾聲，甚是得意，說道：「咱們借花獻佛，可不用自己掏腰包。你瞧瞧，這份禮夠不夠光采？」只聽得房中簌簌有聲，當是在打開甚麼包裹。那姓吉的一聲驚呼，叫道：「了不起！申師哥神通廣大，那裏去弄來這麼貴重的東西？」

林平之真想探眼到窗縫中去瞧瞧，到底是甚麼禮物，但想一伸頭，窗上便有黑影，給敵人發現了可大事不妙，只得強自克制。只聽那姓申的笑道：「咱們佔這福威鏢局，難道是白佔的？這一對玉馬，我本來想孝敬師父的，眼下說不得，只好便宜了劉正風這老兒了。」林平之又是一陣氣惱：「原來他搶了我鏢局中的珍寶，自己去做人情，那不是盜賊的行逕麼？長沙分局自己那有甚麼珍寶，自然是給人家保的鏢了。這對玉馬必定價值不菲，倘若要不回來，還不是要爹爹設法張羅著去賠償東主。」

那姓申的又笑道：「這裏四包東西，一包孝敬眾位師娘，一包分給眾位師兄弟，一包是你的，一包是我的。你揀一包罷！」那姓吉的道：「那是甚麼？」過得片刻，突然「嘩」的一聲驚呼，道：「都是金銀珠寶，咱們這可發了大財啦。龜兒子這福威鏢局，入他個先人板板，搜刮得可真不少。師哥，你從那裏找出來的？我裏裏外外找了十幾遍，差點兒給他地皮一塊塊撬開來，也只找到一百多兩碎銀子，你怎地不動聲色，格老子把寶藏搜了出來？」那姓申的甚是得意，笑道：「鏢局中的金銀珠寶，豈能隨隨便便放在尋常地方？這幾天我瞧你開抽屜，劈箱子，拆牆壁，忙得不亦樂乎，早料到是瞎忙，只不過說了你也不信，反正也忙不壞你這小子。」

那姓吉的道：「佩服，佩服！申師哥，你從那裏找出來的？」那姓申的道：「你倒想想，這鏢局子中有一樣東西很不合道理，那是甚麼？」姓吉的道：「不合道理？我瞧這龜兒子鏢局不合道理的東西多得很。他媽的功夫稀鬆平常，卻在門口旗桿之上，高高扯起一隻威風凜凜的大獅子。」那姓申的笑道：「大獅子給換上條爛褲子，那就挺合道理了。你再想想，這鏢局子裏還有甚麼希奇古怪的事兒？」那姓吉的一拍大腿，說道：「這些湖南驢子幹的邪門事兒太多。你想這姓張的鏢頭是這裏一局之主，他睡覺的房間隔壁屋裏，卻去放上一口死人棺材，豈不活該倒霉，哈哈！」姓申的笑道：「你得動動腦筋啊。他爲甚麼在隔壁房裏放口棺材？難道棺材裏的死人是他老婆兒子，他捨不得嗎？恐怕不見得。是不是在棺材裏收藏了甚麼要緊東西，以便掩人耳目……」

那姓吉的「啊」的一聲，跳了起來，叫道：「對，對！這些金銀珠寶，便就藏在棺材之中？妙極，妙極，他媽的，先人板板，走鏢的龜兒花樣眞多。」又道：「申師哥，這兩包一般多少，我怎能跟你平分？你該多要些才是。」只聽得玎璫簌簌聲響，想是他從一包金銀珠寶之中抓了些，放入另一包中。那姓申的也不推辭，只笑了幾聲。那姓吉的道：「申師哥，我去打盆水來，咱們洗腳，這便睡了。」說著打了個呵欠，推門出來。

林平之縮在窗下，一動也不敢動，斜眼見那姓吉的漢子身材矮矮胖胖，多半便是那日間在他屁股上踢了一腳的。

過了一會，這姓吉的端了一盆熱水進房，說道：「申師哥，師父這次派了咱們師兄弟幾十人出來，看來還是咱二人所得最多，托了你的福，連我臉上也有光采。蔣師哥他們去挑廣州分局，馬師哥他們去挑杭州分局，他們莽莽撞撞的，就算見到了棺材，也想不到其中藏有金銀財物。」那姓申的笑道：「方師哥、于師弟、賈人達他們挑了福州總局，虜獲想必比咱哥兒倆更多，只是將師娘寶貝兒子的一條性命送在福州，說來還是過大於功。」那姓吉的道：「攻打福威鏢局總局，是師父親自押陣的，方師哥、于師弟他們不過做先行官。余師弟喪命，師父多半也不會怎麼責怪方師哥他們照料不周。咱們這次大舉出動，大夥兒在總局和各省分局一起動手，想不到林家的玩藝兒徒有虛名，單憑方師哥他們三個先鋒，就將林震南夫妻捉了來。這一次，可連師父也走了眼啦。哈哈！」

林平之只聽得額頭冷汗涔涔而下，尋思：「原來青城派早就深謀遠慮，同時攻我總局和各省分局。倒不是因我殺了那姓余的而起禍。我即使不殺這姓余的惡徒，他們一樣要對我鏢局下手。余滄海還親自到了福州，怪不得那摧心掌如此厲害。但不知我鏢局甚麼地方得罪了青城派，他們竟下手這等狠毒？」一時自咎之情雖然略減，氣憤之意卻更直湧上來，若不是自知武功不及對方，眞欲破窗而入，刃此二獠。

但聽得房內水響，兩人正自洗腳。又聽那姓申的道：「倒不是師父走眼，當年福威鏢局威震東南，似乎確有眞實本事，辟邪劍法在武林中得享大名，不能全靠騙人。多半後代子孫不肖，沒學到祖宗的玩藝兒。」林平之黑暗中面紅過耳，大感慚愧。

那姓申的又道：「咱們下山之前，師父跟我們拆解辟邪劍法，雖然幾個月內難以學得周全，但我看這套劍法確是潛力不小，只不易發揮罷了。吉師弟，你領悟到了多少？」那姓吉的笑道：「我聽師父說，連林震南自己也沒能領悟到劍法要旨，那我也懶得多用心思啦。申師哥，師父傳下號令，命本門弟子回到衡山取齊，那麼方師哥他們要押著林震南夫婦到衡山了。不知那辟邪劍法的傳人是怎樣一副德性？」

林平之聽到父母健在，卻給人押解去衡山，心頭大震之下，旣感歡喜，又覺難受。

那姓申的笑道：「再過幾天，你就見到了，不妨向他領教領教辟邪劍法的功夫。」

突然喀的一聲，窗格推開。林平之吃了一驚，只道被他們發見了行跡，待要奔逃，突然間豁喇一聲，一盆熱水兜頭潑下，他險些驚呼出聲，跟著眼前一黑，房內熄了燈火。

林平之驚魂未定，只覺一條條水流從臉上淋下，臭烘烘地，才知是姓吉的將洗腳水從窗中潑將出來，淋了他一身。對方雖非故意，自己受辱卻也不小，但想旣探知了父母的消息，別說是洗腳水，便是尿水糞水，淋得一身又有何妨？此刻萬籟俱寂，倘若就此走開，只怕給二人知覺，且待他們睡熟了再說。當下仍靠在窗下的牆上不動，過了好一會，聽得房中鼾聲響起，這才慢慢站起。

一回頭，猛見一個長長的影子映在窗上，一晃一晃的抖動，他惕然心驚，急忙矮身，見窗格兀自擺動，原來那姓吉的倒了洗腳水後沒將窗格閂上。林平之心想：「報仇雪恨，正是良機！」右手拔出腰間長劍，左手輕輕拉起窗格，輕跨入房，放下窗格。月光從窗紙中透將進來，只見兩邊床上各睡著一人。一人朝裏而臥，頭髮微禿，另一人仰天睡著，頦下生著一叢如亂茅草般的短鬚。床前的桌上放著五個包裹，兩柄長劍。

林平之提起長劍，心想：「一劍一個，猶如探囊取物一般。」正要向那仰天睡著的漢子頸中砍去，心下又想：「我此刻偷偷摸摸的殺此二人，豈是英雄好漢的行逕？他日我練成了家傳武功，再來誅滅青城羣賊，方是大丈夫所為。」當下慢慢將五個包裹提去放在靠窗桌上，輕輕推開窗格，跨了出來，將長劍揷在腰裏，取過包裹，將三個負在背上縛好，雙手各提一個，一步步走向後院，生恐發出聲響，驚醒了二人。

他打開後門，走出鏢局，辨明方向，來到南門。其時城門未開，走到城牆邊的一個土丘之後，倚著土丘養神，唯恐青城派二人知覺，追趕前來，心中不住怦怦而跳。直等到天亮開城，他一出城門，立時發足疾奔，一口氣奔了十數里，這才心下大定，自離福州城以來，直至此刻，胸懷方得一暢。見前面道旁有家小麵店，進店去買碗麵吃，他仍不敢多有躭擱，吃完麵後，伸手到包裹中去取銀兩會鈔，摸到一小錠銀子付帳。店家將店中所有銅錢拿出來做找頭，兀自不足。林平之一路上低聲下氣，受人欺辱，這時候將手一擺，大聲道：「都收下罷，不用找了！」終於回復了大少爺、少鏢頭的豪闊氣概。

又行三十餘里後，來到一個大鎮，林平之到客店中開了間上房，閂門關窗，打開五個包裹，見四個包裹中都是黃金白銀、珠寶首飾，第五個小包中是隻錦緞盒子，裝著一對五寸來高的羊脂玉馬，心想：「我鏢局一間長沙分局，便存有這許多財寶，也難怪青城派要生覬覦之心。」當下將一些碎銀兩取出放在身邊，將五個包裹併作一包，負在背上，到市上買了兩匹好馬，兩匹馬替換乘坐，每日只睡兩三個時辰，連日連夜的趕路。

不一日到了衡山，一進城，便見街上來來去去的甚多江湖漢子，林平之只怕撞到方人智等人，低下了頭，逕去投店。那知連問了數家，都已住滿了。店小二道：「再過兩天，便是劉大爺金盆洗手的好日子，小店住滿了賀客，你家到別處問問罷！」

林平之只得往僻靜的街道上找去，又找了三處客店，才尋得一間小房，尋思：「我雖塗污了臉，但方人智那廝甚是機靈，只怕還是給他認了出來。」到藥店中買了三張膏藥，貼在臉上，把雙眉拉得垂了下來，又將左邊嘴角拉得翻了上去，露出半副牙齒，在鏡中一照，但見這副尊容說不出的猥葸，自己也覺可憎之極；又將那裝滿金銀珠寶的大包裹貼肉縛好，再在外面罩上布衫，微微彎腰，登時變成了一個背脊隆起的駝子，心想：「我這麼一副怪模樣，便爹媽見了也認我不出，那就再也不用躭心了。」

吃了一碗排骨大麵，便到街上閒蕩，心想最好能撞到父母，否則只須探聽到青城派的一些訊息，也大有裨益。走了半日，忽然淅淅瀝瀝的下起雨來。他在街邊買了個洪油斗笠，戴在頭上，眼見天邊黑沉沉地，殊無停雨之象，轉過一條街，見一間茶館中坐滿了人，便進去找了個座頭。茶博士泡了壺茶，端上一碟南瓜子、一碟蠶豆。

他喝了杯茶，咬著瓜子解悶，忽聽有人說道：「駝子，大夥兒坐坐行不行？」那人也不等林平之回答，大剌剌便坐將下來，跟著又有兩人打橫坐下。

林平之初時渾沒想到那人是對自己說話，一怔之下，才想到「駝子」乃是自己，忙陪笑道：「行，行！請坐，請坐！」只見這三人都身穿黑衣，腰間掛著兵刃。

這三條漢子自顧自的喝茶聊天，再也沒去理會林平之。一個年輕漢子道：「這次劉三爺金盆洗手，場面當眞不小，離正日還有兩天，衡山城裏就已擠滿了賀客。」另一個瞎了一隻眼的漢子道：「那自然啦。衡山派本身已有多大威名，再加五嶽劍派聯手，聲勢浩大，那一個不想跟他們結交結交？再說，劉正風劉三爺武功了得，三十六手『迴風落雁劍』，號稱衡山派第二把高手，只比掌門人莫大先生稍遜一籌。平時早有人想跟他套交情了。只是他一不做壽，二不娶媳，三不嫁女，沒甚麼交情好套。這一次金盆洗手的大喜事，武林羣豪自然聞風而集。我看明後兩日，衡山城中還有得熱鬧呢。」

另一個花白鬍子道：「若說都是來跟劉正風套交情，那倒不見得，咱哥兒三個就並非爲此而來，是不是？劉正風金盆洗手，那是說從今而後再也不出拳動劍，決不過問武林中的是非恩怨，江湖上算是沒了這號人物。他既立誓決不使劍，他那三十六路『迴風落雁劍』的劍招再高，又有甚麼用處？一個會家子金盆洗手，便跟常人無異，再強的高手也如廢人了。旁人跟他套交情，又圖他個甚麼？」那年輕人道：「劉三爺今後雖不再出拳使劍，但他總是衡山派中坐第二把交椅的人物。交上了劉三爺，便是交上了衡山派，也就是交上了五嶽劍派哪！」那花白鬍子冷笑道：「結交五嶽劍派，你配麼？」

那瞎子道：「彭大哥，話可不是這麼說。人在江湖，多一個朋友不多，少一個冤家不少。五嶽劍派雖然武藝高，聲勢大，人家可也沒將江湖上的朋友瞧低了。他們若眞驕傲自大，不將旁人放在眼裏，怎麼衡山城中又有這許多賀客呢？」

那姓彭的花白鬍子哼了一聲，不再說話，過了一會，才輕聲道：「多半是趨炎附勢之徒，老子瞧著心頭有氣。」

林平之只盼這三人不停談下去，或許能聽到些青城派的訊息，那知這三人話不投機，各自喝茶，卻不再說話了。

忽聽得背後有人低聲說道：「王二叔，聽說衡山派這位劉三爺還只五十來歲，正當武功鼎盛的時候，爲甚麼忽然要金盆洗手？那不是辜負了這副好身手嗎？」一個蒼老的聲音道：「武林中人金盆洗手，原因很多。倘若是黑道上的大盜，一生作的孽多，洗手之後，這打家劫舍、殺人放火的勾當算是從此不幹了，那一來是改過遷善，給兒孫們留個好名聲；二來地方上如有大案發生，也好洗脫了自己嫌疑。劉三爺家財富厚，衡山劉家已發了幾代，這一節當然跟他沒干係。」另一人道：「是啊，那是全不相干。」

那王二叔道：「學武的人，一輩子動刀動槍，不免殺傷人命，多結冤家。一個人臨到老來，想到江湖上仇家衆多，不免有點兒寢食不安，像劉三爺這般廣邀賓客，揚言天下，說道從今而後再也不動刀劍了，那意思是說，他的仇家不必躭心他再去報復，卻也盼他們別再來找他麻煩。」那年輕人道：「王二叔，我瞧這樣幹很是吃虧。」那王二叔道：「爲甚麼吃虧？」那年輕人道：「劉三爺固然是不去找人家了，人家卻隨時可來找他。如有人要害他性命，劉三爺不動刀動劍，豈不是任人宰割，沒法還手麼？」那王二叔笑道：「後生家當眞沒見識。人家眞要殺你，又那有不還手的？再說，像衡山派那樣的聲勢，劉三爺那樣高的武功，他不去找人家麻煩，別人早已拜神還願、上上大吉了，那裏有人吃了獅子心、豹子膽，敢去找他老人家的麻煩？就算劉三爺他自己不動手，劉門弟子衆多，又有那一個是好惹的？你這可眞叫做杞人憂天了。」

坐在林平之對面的花白鬍子自言自語：「強中更有強中手，能人之上有能人。又有誰敢自稱天下無敵？」他說的聲音甚低，後面二人沒聽見。

只聽那王二叔又道：「還有些開鏢局子的，要是賺得夠了，急流勇退，乘早收業，金盆洗手，不再在刀頭上找這賣命錢，也算得是聰明見機之舉。」這幾句話鑽入林平之耳中，當眞驚心動魄：「我爹爹倘若早幾年便急流勇退，金盆洗手，卻又如何？」

只聽那花白鬍子又在自言自語：「瓦罐不離井上破，將軍難免陣上亡。可是當局者迷，這『急流勇退』四字，卻又談何容易？」那瞎子道：「是啊，因此這幾天我老聽人家說：『劉三爺的聲名正當如日中天，突然急流勇退，委實了不起，令人好生欽佩。』」

突然間左首桌上有個身穿綢衫的中年漢子說道：「兄弟日前在武漢三鎭，聽得武林中的同道說起，劉三爺金盆洗手，退出武林，實有不得已的苦衷。」那瞎子轉身道：「武漢的朋友們卻怎樣說，這位朋友可否見告？」那人笑了笑，說道：「這種話在武漢說說不打緊，到得衡山城中，就不能隨便亂說了。」

另一個矮胖子粗聲粗氣的道：「這件事知道的人著實不少，你又何必裝得莫測高深？大家都在說，劉三爺只因武功太高，人緣太好，這才不得不金盆洗手。」

他說話聲音很大，茶館中登時有許多眼光都射向他的臉上。好幾個人齊聲問道：「爲甚麼武功太高，人緣太好，便須退出武林，這豈不奇怪？」

那矮胖漢子得意洋洋的道：「不知內情的人自然覺得奇怪，知道了卻毫不希奇了。」有人便問：「那是甚麼內情？」那矮胖子只微笑不語。隔著幾張桌子的一個瘦子冷冷的道：「你們多問甚麼？他自己也不知道，就只信口胡吹。」那矮胖子受激不過，大聲道：「誰說我不知道？劉三爺金盆洗手，那是爲了顧全大局，免得衡山派中發生門戶之爭。」

好幾人七張八嘴的道：「甚麼顧全大局？」「甚麼門戶之爭？」「難道他們師兄弟之間有意見麼？」

那矮胖子道：「外邊的人雖說劉三爺是衡山派的第二把高手，可是衡山派自己，上上下下卻都知道，劉三爺在這三十六路『迴風落雁劍』上的造詣，早已高出掌門人莫大先生很多。莫大先生一劍能刺落三頭大雁，劉三爺一劍卻能刺落五頭。劉三爺門下的弟子，個個又勝過莫大先生門下的。眼下形勢已越來越不對，再過得幾年，莫大先生的聲勢一定會給劉三爺壓了下去，聽說雙方在暗中已衝突過好幾次。劉三爺家大業大，不願跟師兄爭這虛名，因此要金盆洗手，以後便安安穩穩做他的富家翁了。」

好幾人點頭道：「原來如此。劉三爺深明大義，很難得啊！」又有人道：「那莫大先生可就不對了，他逼得劉三爺退出武林，豈不是削弱了自己衡山派的聲勢？」那身穿綢衫的中年漢子冷笑道：「天下事情，那有面面都顧得周全的？我只要坐穩掌門人的位子，本派聲勢增強也好，削弱也好，那是管他娘的了。」

那矮胖子喝了幾口茶，將茶壺蓋敲得噹噹直響，叫道：「沖茶，沖茶！」又道：「所以哪，這明明是衡山派中的大事，各門各派都有賀客到來，可是衡山派自己……」

他說到這裏，忽然門口咿咿呀呀的響起胡琴之聲，有人唱道：「嘆楊家，秉忠心，大宋……扶保……」嗓門拉得長長的，聲音甚是蒼涼。衆人一齊轉頭望去，只見一張板桌旁坐了個身材瘦長的老者，臉色枯槁，披一件青布長衫，洗得青中泛白，形狀落拓，顯是個唱戲討錢的。那矮胖子喝道：「鬼叫一般，嘈些甚麼？打斷了老子的話頭。」那老者立時放低了琴聲，口中仍哼著：「金沙灘……雙龍會……一戰敗了……」

有人問道：「這位朋友，剛才你說各門各派都有賀客到來，衡山派自己卻又怎樣？」那矮胖子道：「劉三爺的弟子們，當然在衡山城中到處迎客招呼。但除了劉三爺的親傳弟子之外，你們在城中可遇著了衡山派的其他弟子沒有？」衆人你瞧瞧我，我瞧瞧你，都道：「是啊，怎麼一個也不見？這豈非太不給劉三爺面子嗎？」

那矮胖子向那身穿綢衫的漢子笑道：「所以哪，我說你膽小怕事，不敢提衡山派中的門戶之爭，其實有甚麼相干？衡山派的人壓根兒不會來，又有誰聽見了？」

忽然間胡琴之聲漸響，調門一轉，那老者唱道：「小東人，闖下了，滔天大禍……」一個年輕人喝道：「別在這裏惹厭了，拿錢去罷！」手一揚，一串銅錢飛將過去，啪的一聲，不偏不倚的正落在那老者面前，手法甚準。那老者道了聲謝，收起銅錢。

那矮胖子讚道：「原來老弟是暗器名家，這一手可帥得很哪！」那年輕人笑了笑，道：「不算得甚麼？這位大哥，照你說來，莫大先生當然不會來了！」那矮胖子道：「他怎麼會來？莫大先生和劉三爺師兄弟倆勢成水火，一見面便要拔劍動手。劉三爺既然讓了一步，他也該心滿意足了。」

那賣唱老者忽然站起，慢慢走到他身前，側頭瞧了他半晌。那矮胖子怒道：「老頭子幹甚麼？」那老者搖頭道：「你胡說八道！」轉身走開。矮胖子大怒，伸手正要往他後心抓去，忽然眼前青光一閃，一柄細細的長劍晃向桌上，叮叮叮的響了幾下。

那矮胖子大吃一驚，縱身後躍，生怕長劍刺到他身上，卻見那老者緩緩將長劍從胡琴底部插入，劍身盡沒。原來這柄劍藏在胡琴之中，劍刃通入胡琴的把手，從外表看來，誰也不知這把殘舊的胡琴內竟會藏有兵刃。那老者又搖了搖頭，說道：「你胡說八道！」緩緩走出茶館。眾人目送他背影在雨中消失，蒼涼的胡琴聲隱隱約約傳來。

忽然有人「啊」的一聲驚呼，叫道：「你們看，你們看！」眾人順著他手指所指之處瞧去，只見那矮胖子桌上放著的七隻茶杯，每一隻都給削去了半寸來高的一圈。七個瓷圈跌在茶杯之旁，茶杯卻一隻也沒傾倒。

茶館中的幾十個人都圍了攏來，紛紛議論。有人道：「這人是誰？劍法如此厲害？」有人道：「一劍削斷七隻茶杯，茶杯卻一隻不倒，當眞神乎其技。」有人向那矮胖子道：「幸虧那位老先生劍下留情，否則老兄的頭頸，也和這七隻茶杯一模一樣了。」又有人道：「這老先生當然是位成名的高手，又怎能跟常人一般見識？」

那矮胖子瞧著七隻半截茶杯，只怔怔發呆，臉上已沒半點血色，對旁人的言語一句也沒聽進耳中。那身穿綢衫的中年人道：「是麼？我早勸你少說幾句，是非只爲多開口，煩惱皆因強出頭。眼前衡山城中臥虎藏龍，不知有多少高人到了。這位老先生定是莫大先生的好朋友，他聽得你背後議論莫大先生，自然要教訓教訓你了。」

那花白鬍子忽然冷冷的道：「甚麼莫大先生的好朋友？他自己就是衡山派掌門、『瀟湘夜雨』莫大先生！」

眾人又都一驚，齊問：「甚麼？他……他便是莫大先生？你怎麼知道？」

那花白鬍子道：「我自然知道。莫大先生愛拉胡琴，一曲〈瀟湘夜雨〉，聽得人眼淚也會掉下來。『琴中藏劍，劍發琴音』這八字，是他老先生武功的寫照。各位既到衡山城來，怎會不知？這位兄台剛才說甚麼劉三爺一劍能刺五頭大雁，莫大先生卻只能刺得三頭。他便一劍削斷七隻茶杯給你瞧瞧。茶杯都能削斷，刺雁又有何難？因此他要罵你胡說八道了。」

那矮胖子兀自驚魂未定，垂頭不敢作答。那穿綢衫的漢子會了茶錢，拉了他便走。

茶館中眾人見到「瀟湘夜雨」莫大先生顯露了這一手驚世駭俗的神功，無不心寒，均想適才那矮胖子稱讚劉正風而對莫大先生頗有微詞，自己不免隨聲附和，說不定便此惹禍上身，各人紛紛會了茶錢離去，頃刻之間，一座鬧鬨鬨的茶館登時冷冷清清。除了林平之外，便只角落裏有兩個人伏在桌上打盹。

林平之瞧著七隻半截茶杯和從茶杯上削下來的七個瓷圈，尋思：「這老人模樣猥蒽，似乎伸一根手指便能將他推倒，那知他長劍一晃，便削斷了七隻茶杯。我若不出福州，焉知世上竟有這等人物？我在福威鏢局中坐井觀天，只道江湖上再厲害的好手，至多也不過和我爹爹在伯仲之間。唉！我若能拜得此人爲師，苦練武功，或者尙能報得大仇，否則是終身無望了。」又想：「我何不去尋找這位莫大先生，苦苦哀懇，求他救我父母，收我爲弟子？」剛站起身來，突然又想：「他是衡山派掌門人，五嶽劍派和青城派互通聲氣，他怎肯爲我一個毫不相干之人去得罪朋友？」言念及此，復又頹然坐倒。

忽聽得一個淸脆嬌嫩的聲音說道：「二師哥，這雨老是不停，濺得我衣裳快濕透了，在這裏喝杯茶去。」

林平之心中一凜，認得便是救了他性命的那賣酒醜女的聲音，急忙低頭。只聽另一個蒼老的聲音說道：「好罷，喝杯熱茶暖暖肚。」兩個人走進茶館，坐在林平之斜對面的一個座頭。林平之斜眼瞧去，果見那賣酒少女一身青衣，背向著自己，打橫坐著的是那自稱姓薩、冒充少女祖父的老者，心道：「原來你二人是師兄妹，卻喬裝祖孫，到福州城來有所圖謀。卻不知他們又爲甚麼要救我？說不定他們知道我爹娘的下落。」

茶博士收拾了桌上的殘杯，泡上茶來。那老者一眼見到旁邊桌上的七隻半截茶杯，不禁「咦」的一聲低呼，道：「小師妹，你瞧！」那少女也十分驚奇，道：「這一手功夫好了得，是誰削斷了七隻茶杯？」

那老者低聲道：「小師妹，我考你一考，一劍七出，砍金斷玉，這七隻茶杯，是誰削斷的？」那少女微嗔道：「我又沒瞧見，怎知是誰削……」突然拍手笑道：「我知道啦！我知道啦！三十六路迴風落雁劍，第十七招『一劍落九雁』，這是劉正風劉三爺的傑作。」那老者笑著搖頭道：「只怕劉三爺的劍法還不到這造詣，你只猜中了一半。」那少女伸出食指，指著他笑道：「你別說下去，我知道了。這……這……這是『瀟湘夜雨』莫大先生！」

突然間六七個聲音一齊響起，有的拍手，有的轟笑，都道：「師妹好眼力。」

林平之吃了一驚：「那裏來了這許多人？」斜眼瞧去，只見本來伏在桌上打瞌睡的兩人已站了起來，另有四人從茶館內堂走出來，有的是腳夫打扮，有個手拿算盤，是個做買賣的模樣，更有個肩頭蹲著頭小猴兒，似是耍猴兒戲的。

那少女笑道：「哈，一批下三濫的原來都躲在這裏，倒嚇了我一大跳！大師哥呢？」

那耍猴兒的笑道：「怎麼一見面就罵我們是下三濫的？」那少女笑道：「偷偷躲起來嚇人，怎麼不是江湖上下三濫的勾當？大師哥怎的不跟你們在一起？」

那耍猴兒的笑道：「別的不問，就只問大師哥。見了面還沒說得兩三句話，就連問兩三句大師哥？怎麼又不問問你六師哥？」那少女頓足道：「呸！你這猴兒好端端的在這兒，又沒死，又沒爛，多問你幹麼？」那耍猴兒的笑道：「大師哥又沒死，又沒爛，你卻又問他幹麼？」那少女嗔道：「我不跟你說了。四師哥，只有你是好人，大師哥呢？」那腳夫打扮的人還未回答，已有幾個人齊聲笑道：「只有四師哥是好人，我們都是壞人了。老四，偏不跟她說。」那少女道：「希罕嗎？不說就不說。你們不說，我和二師哥在路上遇見一連串希奇古怪的事兒，也別想我告訴你們半句。」

那腳夫打扮的人一直沒跟她說笑，似是個淳樸木訥之人，這時才道：「我們昨兒跟大師哥在衡陽分手，他叫我們先來。這會兒多半他酒也醒了，就會趕來。」那少女微微皺眉，道：「又喝醉了？」那腳夫打扮的人道：「是。」那手拿算盤的道：「這一會可喝得好痛快，從早晨喝到中午，又從中午喝到傍晚，少說也喝了二三十斤好酒！」那少女道：「這豈不喝壞了身子？你怎不勸勸他？」那拿算盤的人伸了伸舌頭，道：「大師哥肯聽人勸，眞是太陽從西邊出啦。除非小師妹勸他，他或許還這麼少喝一斤半斤。」眾人都笑了起來。

那少女道：「爲甚麼又大喝起來？遇到了甚麼高興事麼？」那拿算盤的道：「這可得問大師哥自己了。他多半知道到得衡山城，就可和小師妹見面，一開心，便大喝特喝起來。」那少女道：「胡說八道！」但言下顯然頗爲歡喜。

林平之聽著他們師兄妹說笑，尋思：「聽他們話中說來，這姑娘對她大師兄似乎頗有情意。然而這二師哥已這樣老，大師哥當然更加老了，這姑娘不過十六七歲，怎麼去愛上個糟老頭兒？」轉念一想，登時明白：「啊，是了。這姑娘滿臉麻皮，相貌實在太過難看，誰也瞧她不上，因此只好去愛上一個老年喪偶的酒鬼。」

只聽那少女又問：「大師哥昨天一早便喝酒了？」

那耍猴兒的道：「不跟你說個一淸二楚，反正你也不放過我們。昨兒一早，我們七個人正要動身，大師哥忽然聞到街上酒香撲鼻，一看之下，原來是個叫化子手拿葫蘆，一股勁兒的口對葫蘆喝酒。大師哥登時酒癮大發，上前和那化子攀談，讚他的酒好香，又問那是甚麼酒。那化子道：『這是猴兒酒！』大師哥道：『甚麼叫猴兒酒？』那化子說道：湘西山林中的猴兒會用果子釀酒。猴兒採的果子最鮮最甜，因此釀出來的酒也極好，那化子在山中遇上了，剛好猴羣不在，便偷了三葫蘆酒，還捉了一頭小猴兒，喏，就是這傢伙了。」說著指指肩頭上的猴兒。這猴兒的後腿給一根麻繩縛著，繫住在他手臂上，不住的摸頭搔腮，擠眉弄眼，神情甚是滑稽。

那少女瞧瞧那猴兒，笑道：「六師哥，難怪你外號叫作六猴兒，你和這隻小東西，眞個是一對兄弟。」

那六猴兒板起了臉，一本正經的道：「我們不是親兄弟，是師兄弟。這小東西是我的師哥，我是老二。」衆人聽了，都哈哈大笑起來。

那少女笑道：「好啊，你敢繞了彎子罵大師哥，瞧我不告你一狀，他不踢你幾個觔斗才怪！」又問：「怎麼你兄弟又到了你手裏？」六猴兒道：「我兄弟？你說這小畜生嗎？唉，說來話長，頭痛頭痛！」那少女笑道：「你不說我也猜得到，定是大師哥把這猴兒要了來，叫你照管，盼這小東西也釀一葫蘆酒給他喝！」六猴兒道：「果眞是一……」他似乎本想說「一屁彈著」，但只說了個「一」字，隨即忍住，轉口道：「是，是，你猜得對。」

那少女微笑道：「大師哥就愛搞這些古裏古怪的玩意兒。猴兒在山裏才會做酒，給人家捉住了，又怎肯去採果子釀酒？你放牠去採果子，牠怎不跑了？」她頓了一頓，笑道：「否則的話，怎麼又不見咱們的六猴兒釀酒呢？」

六猴兒板起臉道：「師妹，你不敬師兄，沒上沒下的亂說。」那少女笑道：「啊唷，這當兒擺起師兄架子來啦。六師哥，你還是沒說到正題，大師哥又怎地從早到晚喝個不停。」六猴兒道：「是了。當時大師哥也不嫌髒，就向那叫化子討酒喝，啊唷，這叫化子身上污垢足足有三寸厚，爛衫上白虱鑽進鑽出，眼淚鼻涕，滿臉都是，多半葫蘆中也有不少濃痰鼻涕……」那少女掩口皺眉，道：「別說啦，叫人聽得噁心。」六猴兒道：「你噁心，大師哥才不噁心呢！那化子說：三葫蘆猴兒酒，喝得只賸下這大半葫蘆，決不肯給人的。大師哥拿出一兩銀子來，說一兩銀子喝一口。」那少女又好氣，又好笑，啐道：「饞嘴鬼！」

那六猴兒道：「那化子這才答允了，接過銀子，說道：『只許一口，多喝可不成！』大師哥道：『說好一口，自然是一口！』他把葫蘆湊到嘴上，張口便喝。那知他這一口好長，只聽得骨嘟骨嘟直響，一口氣可就把大半葫蘆酒都喝乾了。原來大師哥使出師父所授的氣功來，竟不換氣，猶似烏龍取水，把大半葫蘆酒喝得滴酒不賸。」

衆人聽到這裏，一齊哈哈大笑。

六猴兒又道：「小師妹，昨天你如在衡陽，親眼見到大師哥喝酒的這一路功夫，那眞非叫你佩服得五體投地不可。他『神凝丹田，息遊紫府，身若凌虛而超華嶽，氣如沖霄而撼北辰』，這門氣功當眞使得出神入化，奧妙無窮。」

那少女笑得直打跌，罵道：「瞧你這貧嘴鬼，把大師哥形容得這般缺德。哼，你取笑咱們氣功的口訣，可小心些！」

六猴兒笑道：「我這可不是瞎說。這裏六位師兄師弟，大家都瞧見的。大師哥是不是使氣功喝那猴兒酒？」旁邊的幾人都點頭道：「小師妹，那確是眞的。」

那少女嘆了口氣，道：「這功夫可有多難，大家都不會，偏他一個人會，卻拿去騙叫化子的酒喝。」語氣中似頗有憾，卻也不無讚譽之意。

六猴兒道：「大師哥喝得葫蘆底朝天，那化子自然不依，拉住他衣衫直嚷，說道明明只許喝一口，怎地將大半葫蘆酒都喝乾了。大師哥笑道：『我確實只喝一口，你瞧我透過氣沒有？不換氣，就是一口。咱們又沒說是一大口，一小口。其實我還只喝了半口，一口也沒喝足。一口一兩銀子，半口只值五錢。還我五錢銀子來！』」

那少女笑道：「喝了人家的酒，還賴人家錢？」

六猴兒道：「那叫化急得要哭了。大師哥道：『老兄，瞧你這麼著急，定是個好酒的君子！來來來，我做東道，請你喝個大醉。』便拉著他上了街旁的酒樓，兩人你一碗我一碗的喝個不停。我們等到中午，他二人還在喝。大師哥向那化子要了猴兒，交給我照看。等到午後，那叫化醉倒在地，爬不起來了，大師哥獨個兒還在自斟自飲，不過說話的舌頭也大了，叫我們先來衡山，他隨後便來。」

那少女道：「原來這樣。」她沉吟半晌，道：「那叫化子是丐幫中的麼？」那腳夫模樣的人搖頭道：「不是！他不會武功，背上也沒口袋。」

那少女向外面望了一會，見雨兀自淅瀝不停，自言自語：「倘若昨兒跟大夥一起來了，今日便不用冒雨趕路。」

六猴兒道：「小師妹，你說你和二師哥在道上遇到許多希奇古怪的事兒，這好跟咱們說了罷。」那少女道：「你急甚麼？待會見到大師哥再說不遲，免得我又多說一遍。你們約好在那裏相會的？」六猴兒道：「沒約好。衡山城又沒多大，自然撞得到。好，你騙了我說大師哥喝猴兒酒的事，自己的事卻又不說了。」

那少女似乎有些心神不屬，道：「二師哥，請你跟六師哥他們說，好不好？」她向林平之的背影瞧了一眼，又道：「這裏耳目衆多，咱們先找客店，慢慢再說罷。」

另一個身材高高的人一直沒說話，此刻說道：「衡山城裏大大小小店棧都住滿了賀客，咱們又不願去打擾劉府，待會兒會到大師兄，大夥兒到城外寺廟祠堂歇足罷。二師哥，你說怎樣？」此時大師兄未至，這老者自成了衆同門的首領，他點頭說道：「好！咱們就在這裏等罷。」

六猴兒最是心急，低聲道：「這駝子多半是個顚子，坐在這裏半天了，動也不動，理他作甚？二師哥，你和小師妹到福州去，探到了甚麼？福威鏢局給青城派鏟了，那麼林家眞的沒眞實武功？」

林平之聽他們忽然說到自己鏢局，更加凝神傾聽。

那老者說道：「我和小師妹在長沙見到師父，師父他老人家叫我們到衡山城來，跟大師哥和衆位師弟相會。福州的事，且不忙說。莫大先生爲甚麼忽然在這裏使這招『一劍落九雁』？你們都瞧見了，是不是？」六猴兒道：「是啊。」搶著將衆人如何議論劉正風金盆洗手、莫大先生如何忽然出現、驚走衆人的情形一一說了。

那老者「嗯」了一聲，隔了半晌，才道：「江湖上都說莫大先生跟劉三爺不和，這次劉三爺金盆洗手，莫大先生卻又如此行蹤詭秘，眞叫人猜想不透其中緣由。」那手拿算盤的人道：「二師哥，聽說泰山派掌門人天門眞人親身駕到，已到了劉府。」那老者道：「天門眞人親身駕到？劉三爺好大的面子啊。天門眞人既在劉府歇足，要是衡山派莫劉師兄弟當眞內鬨，劉三爺有天門眞人這樣一位硬手撐腰，莫大先生就未必能討得了好去。」

那少女道：「二師哥，那麼青城派余觀主卻又幫誰？」

林平之聽到「青城派余觀主」六個字，胸口重重一震，便似被人當胸猛力搥了一拳。六猴兒等紛紛道：「余觀主也來了？」「請得動他下青城可眞不容易。」「這衡山城中可熱鬧啦，高手雲集，只怕要有一場龍爭虎鬥。」「小師妹，你聽誰說余觀主也來了？」

那少女道：「又用得著聽誰說？我親眼見到他來著。」六猴兒道：「你見到余觀主了？在衡山城？」那少女道：「不但在衡山城見到，在福建見到了，在江西也見到了。」

那手拿算盤的人道：「余觀主幹麼去福建？小師妹，你一定不知道的了。」

那少女道：「五師哥，你不用激我。我本來要說，你一激，我偏偏不說了。」六猴兒道：「這是青城派的事，就算給旁人聽去了也不打緊。二師哥，余觀主到福建去幹甚麼？你們怎麼見到他的？」

那老者道：「大師哥還沒來，雨又不停，左右無事，讓我從頭說起罷。大家知道了前因後果，日後遇上了青城派的人，也好心中有個底。去年臘月裏，大師哥在漢中打了青城派的侯人英、洪人雄……」

六猴兒突然「嘿」的一聲，笑了出來。那少女白了他一眼，道：「甚麼好笑？」六猴兒笑笑道：「我笑這兩個傢伙妄自尊大，甚麼人英、人雄的，居然給江湖上叫做甚麼『英雄豪傑，青城四秀』，反不如我老老實實的叫做『陸大有』，甚麼事也沒有。」那少女道：「怎麼會甚麼事也沒有？你倘若不姓陸，不叫陸大有，在同門中恰好又排行第六，外號怎麼會叫做六猴兒呢？」陸大有笑道：「好，打從今兒起，我改名為『陸大無』。」

另一人道：「你別打斷二師哥的話。」陸大有道：「不打斷就不打斷！」卻「嘿」的一聲，又笑了出來。那少女皺眉道：「又有甚麼好笑？你就愛搗亂！」

陸大有笑道：「我想起侯人英、洪人雄兩個傢伙給大師哥踢得連跌七八個觔斗，還不知踢他們的人是誰，更不知好端端的為甚麼挨打。原來大師哥只是聽到他們的名字就生氣，一面喝酒，一面大聲叫道：『狗熊野豬，青城四獸。』這侯洪二人自然大怒，上前動手，卻給大師哥從酒樓上直踢了下來，哈哈！」

林平之只聽得心懷大暢，對這個「大師哥」突然大生好感，他雖和侯人英、洪人雄素不相識，但這二人是方人智、于人豪的師兄弟，給這位「大師哥」踢得滾下酒樓，狼狽可知，正是代他出了一口惡氣。

那老者道：「大師哥打了侯洪二人，當時他們不知道大師哥是誰，事後自然查了出來。於是余觀主寫了封信給師父，措詞倒很客氣，說道自己管教弟子不嚴，得罪了貴派高足，特此馳書道歉甚麼的。」陸大有道：「這姓余的也當眞奸猾得緊，他寫信來道歉，其實還不是向師父告狀？害得大師哥在大門外跪了一日一夜，衆師兄弟一致求情，師父才饒了他。」那少女道：「甚麼饒了他，還不是打了三十下棍子？」陸大有道：「我陪著大師哥，也挨了十下。嘿嘿，不過瞧著侯人英、洪人雄那兩個小子滾下樓去的狼狽相，挨十下棍子也値得，哈哈，哈哈！」

那高個子道：「瞧你這副德性，一點也沒悔改之心，這十棍算是白打了。」陸大有道：「我怎麼悔改啊？大師哥要踢人下樓，我還有本事阻得住他麼？」那高個子道：「但你從旁勸幾句也是好的。師父說的一點不錯：『陸大有嘛，從旁勸解是決計不會的，多半還是推波助瀾的起鬨，打十棍！』哈哈，哈哈！」旁人跟著笑了起來。

陸大有道：「這一次師父可眞冤枉了我。你想大師哥出腳可有多快，這兩位大英雄分從左右搶上，大師哥舉起酒碗，骨嘟骨嘟的只喝酒。我叫道：『大師哥，小心！』卻聽得啪啪兩響，跟著呼呼兩聲，兩位大英雄從樓梯上披星戴月、馬不停蹄，撲通、撲通的一股勁兒往下滾。我只想看得仔細些，也好學一學大師哥這一腳『豹尾腳』的絕招，可是我看也來不及看，那裏還來得及學？推波助瀾，更加不消提了。」

那高個子道：「六猴兒，我問你，大師哥叫嚷『狗熊野豬，青城四獸』之時，你有沒有跟著叫？你跟我老實說。」陸大有嘻嘻一笑，道：「大師哥既然叫開了，咱們做師弟的，豈有不隨聲附和、以壯聲勢之理？難道你叫我反去幫青城派來罵大師哥麼？」那高個子笑道：「這麼著，師父他老人家就一點也沒冤枉了你。」

林平之心道：「這六猴兒倒也是個好人，不知他們是那一派的？」

那老者道：「師父他老人家訓誡大師哥的話，大家須得牢記心中。師父說道：江湖上學武之人的外號甚多，個個都是過甚其辭，甚麼『威震天南』，又是甚麼『追風俠』、『草上飛』等等，你又怎管得了這許多？人家要叫『英雄豪傑』，你儘管讓他叫。他的所作所爲倘若確是英雄豪傑行逕，咱們對他欽佩結交還來不及，怎能稍起仇視之心？但如他不是英雄豪傑，武林中自有公論，人人齒冷，咱們又何必理會？」衆人聽了，都點頭稱是。陸大有低聲道：「倒是我這『六猴兒』的外號好，包管沒人聽了生氣。」

那老者微笑道：「大師哥將侯人英、洪人雄踢下樓去，青城派視爲奇恥大辱，自然絕口不提，連本派弟子也少有人知道。師父諄諄告誡，不許咱們風聲外洩，以免惹起不和。從今而後，咱們也別談論了，提防給人家聽了去，傳揚開來。」

陸大有道：「其實青城派的功夫嘛，我瞧也不過是徒有虛名，得罪了他們，老實說也不怎麼打緊……」他一言未畢，那老者喝道：「六師弟，你別再胡說八道，小心我回去稟告師父，又打你十棍。大師哥以一招『豹尾腳』將人家踢下樓去，一來乘人不備，二來大師哥是我派出類拔萃的人物，非旁人可及。你有沒本事將人家踢下樓去？」

陸大有伸了伸舌頭，搖手道：「你別拿我跟大師哥比。」

那老者臉色鄭重，說道：「青城派掌門余觀主，實是當今武林中的奇才怪傑，誰要小覷了他，那就非倒霉不可。小師妹，你是見過余觀主的，你覺得他怎樣？」

那少女道：「余觀主嗎？他出手毒辣得很。我……我見了他很害怕，以後我……我再也不願見他了。」語音微微發顫，似乎猶有餘悸。陸大有道：「那余觀主出手毒辣？你見到他殺了人嗎？」那少女身子縮了縮，不答他的問話。

那老者道：「那天師父收了余觀主的信，大怒之下，重重責打大師哥和六師弟，次日寫了封信，命我送上青城山去……」

幾名弟子都叫了起來：「原來那日你匆匆離山，是上青城去了？」那老者道：「是啊，當日師父命我不可向眾位師兄弟說起，以免旁生枝節。」陸大有問道：「那有甚麼枝節可生？師父只是做事把細而已。師父他老人家吩咐下來的事，自然大有道理，又有誰能不服了？」

那高個子道：「你知道甚麼？二師哥倘若對你說了，你定會向大師哥多嘴。大師哥雖不敢違抗師命，但想些刁鑽古怪的事來再去跟青城派搗蛋，卻也大有可能。」

那老者道：「三師弟說得是。大師哥江湖上的朋友多，他眞要幹甚麼事，也不一定要自己出手。師父跟我說，信中都是向余觀主道歉的話，說頑徒胡鬧，十分痛恨，本該逐出師門，只是這麼一來，江湖上都道貴我兩派由此生了嫌隙，反爲不美，現下已將兩名頑徒……」說到此處，向陸大有瞟了一眼。

陸大有大有慍色，悻悻的道：「我也是頑徒了！」那少女道：「拿你跟大師哥並列，難道辱沒了你？」陸大有登時大爲高興，叫道：「對！對！拿酒來，拿酒來！」但茶館中賣茶不賣酒，茶博士奔將過來，說道：「哈你家，哈小店只有洞庭春、水仙、龍井、祁門、普洱、鐵觀音。哈你家，不賣酒，哈你家。」衡陽、衡山一帶之人，說話開頭往往帶個「哈」字，這茶博士尤其厲害。「你家」是「你老人家」的簡略，乃是尊稱。

陸大有道：「哈你家，哈你貴店不賣酒，哈我就喝茶不喝酒便了，哈你家！」那茶博士道：「是，是！哈你家！」在幾把茶壺中沖滿了滾水。

那老者又道：「師父信中說，現下已將兩名頑徒重重責打，原當命其親上青城，負荆請罪，只是兩名頑徒挨打後受傷甚重，難以行走，特命二弟子勞德諾前來領責。此番事端全由頑徒引起，務望余觀主看在青城、華山兩派素來交好份上，勿予介懷，日後相見，親自再向余觀主謝罪。」

林平之心道：「原來你叫勞德諾。你們是華山派，五嶽劍派之一。」想到信中說「兩派素來交好」，不禁慄慄心驚：「這勞德諾和醜姑娘見過我兩次，可別給他們認了出來。」只聽勞德諾又道：「我到得青城，那侯人英倒還罷了，那洪人雄卻心懷不忿，幾番出言譏嘲，伸手要和我較量……」

陸大有道：「他媽的，青城派的傢伙這麼惡！二師哥，較量就較量，怕他甚麼了？料這姓洪的也不是你對手。」勞德諾道：「師父命我上青城山去道歉謝罪，可不是惹事生非去的。當下我隱忍不發，在青城山待了六日，直到第七日上，才由余觀主接見。」陸大有道：「哼，好大的架子！二師哥，這六日六夜的日子，恐怕不大好過。」

勞德諾道：「青城弟子的冷嘲熱諷，自然受了不少。好在我心中知道，師父所以派我去幹這件事，不是因我武功上有甚麼過人之長，只是我年紀大，比起衆位師弟來沉得住氣，我越能忍耐，越能完成師命。他們可沒料到，讓我在青城山松風觀中多留六日，於他們卻沒甚麼好處。

「我住在松風觀裏，一直沒能見到余觀主，自是十分無聊，第三日上，一早便起身散步，暗中做些吐納功夫，以免將功課擱下荒疏了。我信步走到松風觀後練武場旁，只見青城派有幾十名弟子正在練把式。武林中觀看旁人練功，乃是大忌，我自然不便多看，當即掉頭回房。但便這麼一瞥之間，已引起了我老大疑心。這幾十名弟子人人使劍，顯而易見，是在練一路相同的劍法，各人都是新學乍練，因此出招之際都頗生硬，至於是甚麼劍招，這麼匆匆一瞥也瞧不清楚。我回房之後，越想越奇怪。青城派成名已久，許多弟子都是已入門一二十年，何況羣弟子入門有先有後，怎麼數十人同時起始學一路劍法？尤其練劍的數十人中，有號稱『青城四秀』的侯人英、洪人雄、于人豪和羅人傑四人在內。衆位師弟，你們要是見到這等情景，那便如何推測？」

那手拿算盤的人說道：「青城派或許是新得了一本劍法秘笈，又或許是余觀主新創了一路劍法，因此上傳授給衆弟子。」

勞德諾道：「那時我也這麼想，但仔細一想，卻又覺不對。以余觀主在劍法上的造詣修爲，倘若新創劍招，這些新招自是非同尋常。如是新得劍法秘笈遺篇，那麼其中所傳劍法一定甚高，否則他也決計瞧不上眼，要弟子習練，豈不練壞了本門劍法？既是高明的招數，那麼尋常弟子就沒法領悟，他多半是選擇三四名武功最高的弟子來傳授指點，決無四十餘人同時傳授之理。這倒似是教拳的武師開場子騙錢，那裏是名門正派的大宗師行逕？第二天早上，我又自觀前轉到觀後，經過練武場旁，見他們仍在練劍。我不敢停步，晃眼間一瞥，記住了兩招，想回來請師父指點。那時余觀主仍然沒接見我，我不免猜測青城派對我華山派大有仇視之心，他們新練劍招，說不定是爲了對付我派之用，那就不得不防備一二。」

那高個子道：「二師哥，他們會不會在練一個新排的劍陣？」

勞德諾道：「那當然也大有可能。只是當時我見到他們都是作對兒拆解，攻的守的，使的都是一般招數，頗不像是練劍陣。到得第三天早上，我又散步經過練武場時，卻見場上靜悄悄地，竟一個人也沒有了。我知他們是故意避我，心中只有疑慮更甚。我這樣信步走過，遠遠望上一眼，又能瞧得見甚麼隱秘？看來他們果是爲了對付本派而在練一門厲害劍法，否則何必對我如此顧忌？這天晚上，我睡在床上思前想後，一直沒法入睡，忽聽得遠處傳來隱隱的兵刃撞擊之聲。我吃了一驚，難道觀中來了強敵？我第一個念頭便想：莫非大師哥受了師父責備，心中有氣，殺進松風觀來啦？他一個人寡不敵衆，我說甚麼也得出去相助。這次上青城山，我沒攜帶兵刃，倉卒間無處找劍，只得赤手空拳的前往……」

陸大有突然讚道：「了不起！二師哥，你好膽色啊！叫我就不敢赤手空拳的去迎戰青城派掌門、松風觀觀主余滄海！」

勞德諾怒道：「六猴兒你說甚麼死話？我又不是說赤手空拳去迎戰余觀主，只是我躭心大師哥遇險，明知危難，也只得挺身而出。難道你叫我躲在被窩裏做縮頭烏龜麼？」

衆師弟一聽，都笑了起來。陸大有扮個鬼臉，笑道：「我是佩服你、稱讚你啊，你又何必發脾氣？」勞德諾道：「謝謝了，這等稱讚，聽著不見得怎麼受用。」幾名師弟齊聲道：「二師哥快說下去，別理六猴兒打岔。」

勞德諾續道：「當下我悄悄起來，循聲尋去，但聽得兵刃撞擊聲越來越密，我心中跳得越厲害，暗想：咱二人身處龍潭虎穴，大師哥武功高明，或許還能全身而退，我這可糟了。耳聽得兵刃撞擊聲是從後殿傳出，後殿窗子燈火明亮，我矮著身子，悄悄走近，從窗縫中向內一張，這才透了口大氣，險些兒失笑。原來我疑心生暗鬼，這幾日余觀主始終沒理我，我胡思亂想，總是往壞事上去想。這那裏是大師哥尋仇生事來了？只見殿中有兩對人在比劍，一對是侯人英和洪人雄，另一對是方人智和于人豪。」

陸大有道：「嘿！青城派的弟子好用功啊，晚間也不閒著，這叫作臨陣磨槍，又叫作平時不燒香，急來抱佛腳。」

勞德諾白了他一眼，微微一笑，續道：「只見後殿正中，坐著一個身穿青色道袍的矮小道人，約莫五十來歲年紀，臉孔瘦削，瞧他這副模樣，最多不過七八十斤重。武林中都說青城掌門是個矮小道人，但若非親見，怎知他竟是這般矮法，又怎能相信他便是名滿天下的余觀主？四周站滿了數十名弟子，都目不轉睛的瞧著四名弟子拆劍。我看得幾招，便知這四人所拆的，正是這幾天來他們所學的新招。

「我知當時處境十分危險，若讓青城派發覺了，不但我自身定會受重大羞辱，而傳揚了出去，於本派聲名也大有妨礙。大師哥一腳將位列『青城四秀』之首的侯人英、洪人雄踢下樓去，師父他老人家雖責打大師哥，說他不守門規，惹事生非，得罪了朋友，但在師父心中，恐怕也是歡喜的。畢竟大師哥為本派爭光，甚麼青城四秀，可擋不了本派大弟子的一腳。但如我偷窺人家隱秘，給人家拿獲，這可比偷人錢財還更不堪，回到山來，師父一氣之下，多半便會將我逐出門牆。

「但眼見人家鬥得熱鬧，此事說不定和我派大有干係，我又怎肯掉頭不顧？我心中只說：『只看幾招，立時便走。』可是看了幾招，又是幾招。眼見這四人所使的劍法甚為希奇古怪，我生平可從來沒見過，但說這些劍招有甚麼大威力，卻又不像。我只是奇怪：『這劍法並不見得有甚麼驚人之處，青城派幹麼要日以繼夜的加緊修習？難道這路劍法，竟然便是我華山派劍法的剋星麼？看來也不見得。』又看得幾招，實在不敢再看下去了，乘著那四人鬥得正緊，當即悄悄回房。等到他四人劍招一停，止了聲息，那便無法脫身了。以余觀主這等高強的武功，我在殿外只須跨出一步，只怕立時便給他發覺。

「那天晚上，劍擊聲雖不絕傳來，我卻不敢再去看了。其實，我若早知他們是在余觀主面前練劍，說甚麼也不敢去偷看，那也是陰錯陽差，剛好撞上而已。六師弟恭維我有膽色，這可受之有愧。那天晚上你要是見到我嚇得面無人色的那副德行，不罵二師哥是天下第一膽小鬼，我已多謝你啦。」

陸大有道：「不敢，不敢！二師哥你最多是天下第二。不過如果換了我，倒也不怕給余觀主發覺。那時我嚇得全身僵硬，大氣不透，寸步難移，早就跟殭屍沒甚麼分別。余觀主本領再高，也決不會知道長窗之外，有我陸大有這麼一號英雄殭屍。」衆人盡皆絕倒。

勞德諾續道：「後來余觀主終於接見我了，他言語說得很客氣，說師父重責大師哥，未免太過見外了。華山、青城兩派素來交好，弟子們一時鬧著玩，就如小孩子打架一般，大人何必當眞？當晚設筵請了我。次日淸晨我向他告辭，余觀主還一直送到松風觀大門口。我是小輩，辭別時自須跪下磕頭。我左膝一跪，余觀主右手輕輕一托，就將我托了起來。他這股勁力當眞了不起，我只覺全身虛飄飄地，半點力氣也使不出來，他若要將我摔出十餘丈外，或者將我連翻七八個觔斗，當時我是連半點反抗餘地也沒有。他微微一笑，問道：『你大師哥比你入師門早了幾年？你是帶藝投師的，是不是？』我當時給他這麼一托，一口氣換不過來，隔了好半天才答：『是，弟子是帶藝投師的。弟子拜入華山派時，大師哥已在恩師門下十二年了。』余觀主又笑了笑，說道：『多十二年，嗯，多十二年！』」

那少女問道：「他說『多十二年』，那是甚麼意思？」勞德諾道：「他當時臉上神氣挺古怪，依我猜想，當是說我武功平平，大師哥就算比我多練了十二年功夫，也未必能好得了多少。」那少女嗯了一聲，不再言語。

勞德諾續道：「我回到山上，向師父呈上余觀主的回書。那封信寫得禮貌周到，十分謙下，師父看後很高興，問起松風觀中的情狀。我將青城羣弟子夤夜練劍的事說了，師父命我照式試演。我只記得七八式，當即演了出來。師父一看之後，便道：『這是福威鏢局林家的辟邪劍法！』」

林平之聽到這句話，忍不住身子一顫。

門帘掀處，一個小尼姑悄步走進花廳。但見她清秀絕俗，容色照人，身形婀娜，雖裹在一襲寬大緇衣之中，仍掩不住窈窕娉婷之態。她走到定逸身前，盈盈拜倒。

三 救難

勞德諾又道：「當時我問師父：『林家這辟邪劍法威力很大麼？青城派爲甚麼這麼用心修習？』師父不答，閉眼沉思半晌，才道：『德諾，你入我門之前，已在江湖上闖蕩多年，可曾聽得武林之中，對福威鏢局總鏢頭林震南的武功，如何評論？』我道：『武林中朋友們說，林震南手面闊，交朋友夠義氣，大家都賣他的帳，不去動他的鏢。至於手底下眞實功夫怎樣，卻不大淸楚。』師父道：『是了！福威鏢局這些年來興旺發達，倒是江湖上朋友給面子的居多。你可曾聽說，余觀主的師父長青子少年之時，曾栽在林遠圖的辟邪劍下？』我道：『林……林遠圖？是林震南的父親？』

「師父道：『不，林遠圖是林震南的祖父，福威鏢局是他一手創辦的。當年林遠圖以七十二路辟邪劍法開創鏢局，當眞是打遍黑道無敵手。其時白道上英雄見他太過威風，也有去找他比試武藝的，長青子便因此而在他辟邪劍法下輸了幾招。』我道：『如此說來，辟邪劍法果然厲害得很了？』師父道：『長青子輸招之事，雙方都守口如瓶，因此武林中都不知道。長青子前輩和你師祖是好朋友，曾對你師祖說起過，他自認這是他畢生的奇恥大辱，但自忖敵不過林遠圖，此仇終於難報。你師祖曾和他拆解辟邪劍法，想助他找出這劍法中的破綻，然而這七十二路劍法看似平平無奇，中間卻藏有許多旁人猜測不透的奧妙，突然之間會變得迅速無比，如鬼似魅，令人難防。兩人鑽研了數月，一直沒破解的把握。那時我剛入師門，還只是個十來歲的少年，在旁斟茶侍候，看得熟了，你一試演，我便知這是辟邪劍法。唉，歲月如流，那是許多年前的事了。』」

林平之自給青城派弟子打得毫無招架之功，對家傳武功早已信心全失，只盼另投明師，再報此仇，此刻聽得勞德諾說起自己曾祖林遠圖的威風，不由得精神大振，心道：「原來我家的辟邪劍法果然非同小可，當年青城派和華山派的首腦人物尚且敵不過。然則爹爹怎麼又鬥不過青城派的後生小子？多半是爹爹沒學到這劍法的奧妙厲害之處。」

只聽勞德諾道：「我問師父：『長青子前輩後來報了此仇沒有？』師父道：『比武輸招，其實也算不得是甚麼仇怨。何況那時候林遠圖早已成名多年，是武林中衆所欽服的前輩英雄，長青子卻是個剛出道的小道士。後生小子輸在前輩手下，又算得了甚麼？你師祖勸解了他一番，此事也就不再提了。後來長青子在三十六歲上便即逝世，說不定心中放不開此事，以此鬱鬱而終。事隔數十年，余滄海忽然率領羣弟子一起練那辟邪劍法，那是甚麼緣故？德諾，你想那是甚麼緣故？』

「我說：『瞧著松風觀中衆人練劍情形，人人神色鄭重，難道余觀主是要大舉去找福威鏢局的晦氣，以報上代之仇？』師父點頭道：『我也這麼想。長青子胸襟極狹，自視又高，輸在林遠圖劍底這件事，一定令他耿耿於懷，多半臨死時對余滄海有甚麼遺命。林遠圖比長青子先死，余滄海要報師仇，只有去找林遠圖的兒子林仲雄，但不知如何，直挨到今日才動手。余滄海城府甚深，謀定後動，這一次青城派與福威鏢局可要有一場大鬥了。』

「我問師父：『你老人家看來，這場爭鬥誰勝誰敗？』師父笑道：『余滄海的武功青出於藍而勝於藍，造詣已在長青子之上。林震南的功夫外人雖不知底細，卻多半及不上乃祖。一進一退，再加上青城派在暗而福威鏢局在明，還沒動上手，福威鏢局已輸了七成。倘若林震南事先得知訊息，邀得洛陽金刀王元霸相助，那麼還可鬥上一鬥。德諾，你想不想去瞧瞧熱鬧？』我自是欣然奉命。師父便教了我幾招青城派的得意劍法，以作防身之用。」

陸大有道：「咦，師父怎地會使青城派劍法？啊，是了，當年長青子跟咱們師祖爺爺拆招，要用青城派劍法對付辟邪劍法，師父在旁邊都見到了。」

勞德諾道：「六師弟，師父他老人家武功的來歷，咱們做弟子的不必多加推測。師父又命我不可和衆同門說起，以免洩露了風聲。但小師妹畢竟機靈，卻給她探知訊息，纏著師父許她和我同行。我二人喬扮改裝，假作在福州城外賣酒，每日到福威鏢局去察看動靜。別的沒看到，就看到林震南教他兒子林平之練劍。小師妹瞧得直搖頭，跟我說：『這那裏是辟邪劍法了？這是邪辟劍法，邪魔一到，這位林公子便得辟易遠避。』」

在華山羣弟子鬨笑聲中，林平之滿臉通紅，羞慚得無地自容，尋思：「原來他二人早就到我局中來窺看多次，我們卻毫不知覺，也眞算得無能。」

勞德諾續道：「我二人在福州城外躭不了幾天，青城派的弟子們就陸續到了。最先來的是方人智和于人豪二人。他二人每天到鏢局中踹盤子，我和小師妹怕撞見他們，就沒再去。那一日也是眞巧，這位林公子居然到我和師妹開設的大寶號來光顧，小師妹只好送酒給他們喝了。當時我們還躭心是給他瞧破了，故意上門來點穿的，但跟他一搭上口，才知他全然蒙在鼓裏。這紈袴弟子甚麼也不懂，跟白痴也差不了甚麼。便在那時，青城派中兩個最不成話的余人彥和賈人達，也到我們大寶號來光顧……」

陸大有鼓掌道：「二師哥，你和小師妹開設的大寶號，當眞是生意興隆通四海，財源茂盛達三江。你們在福建可發了大財哪！」

那少女笑道：「那還用說麼？二師哥早成了大財主，我托他大老闆的福，可也撈了不少油水。」衆人盡皆大笑。

勞德諾笑道：「別瞧那林少鏢頭武功稀鬆平常，給咱們小師妹做徒兒也還不配，倒是挺有骨氣。余滄海那不成材的小兒子余人彥瞎了眼睛，對小師妹動手動腳，口出調笑之言，那林公子居然伸手來抱打不平……」

林平之又慚愧，又憤怒，尋思：「原來青城派處心積慮，向我鏢局動手，是爲了報上代敗劍之辱。來到福州的其實遠不止方人智等四人。我殺不殺余人彥，可說毫不相干。」他心緒煩擾，勞德諾述說他如何殺死余人彥，就沒怎麼聽進耳去，但聽得勞德諾一面說，衆人一面笑，顯是譏笑他武功甚低，所使招數全不成話。

只聽勞德諾又道：「當天晚上，我和小師妹又上福威鏢局去察看，見余觀主率領了侯人英、洪人雄等十多個大弟子都已到了。我們怕給青城派的人發覺，站得遠遠的瞧熱鬧，眼見他們將局中的鏢頭和趟子手一個個殺了，鏢局派出去求援的衆鏢頭，也都給他們治死了，一具具屍首送了回來，下的手可也眞狠毒。當時我想，青城派上代長青子和林遠圖比劍而敗，余觀主要報此仇，只須去跟林震南父子比劍，勝了他們，也就是了，卻何以下手如此狠毒？那定是爲了給余人彥報仇。可是他們偏偏放過了林震南夫妻和林平之三人不殺，只將他們逼出鏢局。林家三口和鏢局人衆前腳出了鏢局，余觀主後腳就進去，大模大樣的往大廳正中太師椅上一坐，這福威鏢局算是教他青城派給佔啦。」

陸大有道：「他青城派想接手開鏢局了，余滄海要做總鏢頭！」眾人都哈哈一笑。

勞德諾道：「林家三口喬裝改扮，青城派早就瞧在眼裏，方人智、于人豪、賈人達三人奉命追蹤擒拿。小師妹定要跟著去瞧熱鬧，於是我們兩個又跟在方人智他們後面。到了福州城南山裏的一家小飯鋪中，方人智、于人豪、賈人達三個露臉出來，將林家三口都擒住了。小師妹說：『林公子所以殺余人彥，是由我身上而起，咱們可不能見死不救。』我極力勸阻，說道咱們一出手，必定傷了青城、華山兩家和氣，何況余觀主便在福州，我二人別要鬧個灰頭土臉。」

陸大有道：「二師哥上了幾歲年紀，做事自然把細穩重，那豈不掃了小師妹的興致？」勞德諾笑道：「小師妹興致勃勃，二師哥便要掃她的興，可也掃不掉。當下小師妹先到灶間去，將那賈人達打得頭破血流，哇哇大叫，引開了方于二人，她又繞到前面去救了林公子，放他逃生。」

陸大有拍手道：「妙極，妙極！我知道啦，小師妹可不是為了救那姓林的小子。她心中卻另有一番用意。很好，很好！」那少女道：「我另有甚麼用意？你又來胡說八道。」陸大有道：「我為了青城派而挨師父的棍子，小師妹心中氣不過，因此去揍青城派的人，為我報仇出氣，多謝啦……」說著站起身來，向那少女深深一揖。那少女噗哧一笑，還了一禮，笑道：「六猴兒師哥不用多禮。」

那手拿算盤的人笑道：「小師妹揍青城弟子確是爲人出氣。是不是爲你，那可大有研究。挨師父棍子的，不見得只你六猴兒一個。」勞德諾笑道：「這一次六師弟說得對了，小師妹揍那賈人達，的的確確淨是爲了給六師弟出氣。日後師父問起來，她也這麼說。」陸大有連連搖手，說道：「這……這個人情我可不敢領，別拉在我身上，教我再挨十下八下棍子。」

那高個兒問道：「那方人智和于人豪沒追來嗎？」

那少女道：「怎麼沒追？可是二師哥學過青城派的劍法，只一招『鴻飛冥冥』，便將他二人的長劍絞得飛上了天。只可惜二師哥當時用黑布蒙上了臉，方于二人到這時也不知是敗在我華山派手下。」

勞德諾道：「不知道最好，否則可又有老大一場風波。倘若只憑眞實功夫，我也未必鬥得過方于二人，不過我突然使出青城派劍法，攻的又是他們劍法中的破綻，他哥兒倆大吃一驚，就這麼著，咱們又佔了一次上風。」

衆弟子紛紛議論，都說大師哥知道了這回事後，定然十分高興。

其時雨聲如洒豆一般，越下越大。只見一副餛飩擔從雨中挑來，到得茶館屋簷下，歇下來躲雨。賣餛飩的老人篤篤篤敲著竹片，鍋中水氣熱騰騰的上冒。

華山羣弟子早就餓了，見到餛飩擔，都臉現喜色。陸大有叫道：「喂，給咱們煮八碗餛飩，另加鷄蛋。」那老人應道：「是，是！」揭開鍋蓋，將餛飩抛入熱湯中，過不多時，便煮好了五碗，熱烘烘的端了上來。

陸大有倒很守規矩，第一碗先給二師兄勞德諾，第二碗給三師兄梁發，以下依次奉給四師兄施戴子、五師兄高根明，第五碗本該他自己吃的，他端起放在那少女面前，說道：「小師妹，你先吃。」那少女一直和他說笑，叫他六猴兒，但見他端過餛飩，卻站了起來，說道：「多謝師哥。」

林平之在旁偷眼相瞧，心想多半他們師門規矩甚嚴，平時雖可說笑，卻不能廢了長幼的規矩。勞德諾等都吃了起來，那少女卻等陸大有及其他兩個師兄都有了餛飩，這才同吃。

梁發問道：「二師哥，你剛才說到余觀主佔了福威鏢局，後來怎樣？」

勞德諾道：「小師妹救了林少鏢頭後，本想暗中掇著方人智他們，俟機再將林震南夫婦救出。我勸她說：余人彥當日對你無禮，林少鏢頭仗義出手，你感他的情，救他一命，已足以報答。青城派與福威鏢局是上代結下的怨仇，咱們又何必插手？小師妹依了。當下咱二人又回到福州城，只見十餘名青城弟子在福威鏢局前前後後嚴密把守。「這可就奇了。鏢局中衆人早就一鬨而散，連林震南夫婦也走了，青城派還忌憚甚麼？我和小師妹好奇心起，便想去察看。我們想青城弟子守得如此把細，夜裏進去可不大容易，傍晚時分，便在他們換班吃飯之時，閃進菜園子躲了起來。後來出來偷瞧，只見許多青城弟子到處翻箱倒篋，鑽牆挖壁，幾乎將偌大一座福威鏢局從頭至尾都翻了個身。鏢局中自有不少來不及攜去的金銀財寶，但這些人找到後隨手放在一旁，並不怎樣重視。我當時便想：他們是在找尋一件十分重要的東西，那是甚麼呢？」

三四個華山弟子齊聲道：「辟邪劍法的劍譜！」

勞德諾道：「不錯，我和小師妹也這麼想。瞧這模樣，顯然他們佔了福威鏢局之後，便即大抄而特抄。眼見他們忙得滿頭大汗，擺明了勞而無功。」陸大有問道：「後來他們抄到了沒有？」勞德諾道：「我和小師妹都想看個水落石出，但青城派這些人東找西抄，連茅廁也不放過，我和小師妹實在無處可躲，只好溜走了。」

五弟子高根明道：「二師哥，這次余滄海親自出馬，你看是不是有點兒小題大作？」

勞德諾道：「余觀主的師父曾敗在林遠圖的辟邪劍下，到底林震南是不肖子孫，還是強爺勝祖，外人不知虛實。余觀主如單派幾名弟子來找回這個樑子，未免過於托大，他親自出馬，事先又督率眾弟子練劍，有備而發，倒也不算小題大作。不過我瞧他神情，此番來到福州，報仇倒是次要，主旨卻是在得那部劍譜。」

四弟子施戴子道：「二師哥，你在松風觀中見到他們齊練辟邪劍法，這路劍法他們既然已會使了，又何必再去找尋這劍法的劍譜？說不定是找別的東西。」

勞德諾搖頭道：「不會。以余觀主這等高人，除了武功秘訣之外，世上更有甚麼是他志在必得之物？後來在江西玉山，我和小師妹又見到他們一次。聽到余觀主在查問從浙江、廣東各地趕來報訊的弟子，問他們有沒有找到那東西，神色焦慮，看來大家都沒找到。」

施戴子仍是不解，搔頭道：「他們明明會使這路劍法，又去找這劍譜作甚？眞是奇哉怪也！」勞德諾道：「四弟你倒想想，林遠圖當年既能打敗長青子，劍法自是極高明的了。可是長青子當時記在心中而傳下來的辟邪劍法固平平無奇，而余觀主今日親眼目睹，林氏父子的武功更殊不足道。這中間一定有甚麼不對頭的了。」施戴子問道：「甚麼不對頭？」勞德諾道：「那自然是林家的辟邪劍法之中，另有一套訣竅，劍法招式雖不過如此，威力卻極強大，這套訣竅，林震南就沒學到。」

施戴子想了一會，點頭道：「原來如此。不過劍法口訣，都是師父親口傳授的。林遠圖死了幾十年啦，便找到他的棺材，翻出他死屍來，也沒用了。」

勞德諾道：「本派的劍訣是師徒口傳，不落文字，別家別派的武功卻未必都這樣。」

施戴子道：「二師哥，我還是不明白。倘若在從前，他們要找辟邪劍法的秘訣是有道理的，知己知彼，百戰百勝，要勝過辟邪劍法，自須明白其中的竅訣所在。可是眼下青城派將林震南夫婦都已捉了去，福威鏢局總局分局，也一古腦兒給他們挑得一乾二淨，還有甚麼仇沒報？就算辟邪劍法之中眞有秘訣，他們找了來又幹甚麼？」

勞德諾道：「四弟，青城派的武功，比之咱們五嶽劍派怎麼樣？」施戴子道：「我不知道。」過了一會，又道：「恐怕不及罷？」勞德諾道：「是了，恐怕有所不及。你想，余觀主是何等心高氣傲之人，豈不想在武林中揚眉吐氣，出人頭地？要是林家的確另有秘訣，能將招數平平的辟邪劍法變得威力奇大，那麼將這秘訣用在青城劍法之上，卻又如何？」

施戴子呆了半晌，突然伸掌在桌上大力一拍，站起身來，叫道：「這才明白了！原來余滄海要使得青城劍法天下無敵！」

便在此時，只聽得街上腳步聲響，有一羣人奔來，落足輕捷，顯是武林中人。衆人轉頭向街外望去，只見急雨之中有十餘人迅速過來。

這些人身上都披了油布雨衣，奔近之時，看清楚原來是一羣尼姑。當先的老尼姑身材甚高，在茶館前一站，大聲喝道：「令狐冲，出來！」

勞德諾等一見此人，都認得這老尼姑道號定逸，是恆山白雲庵庵主，恆山派掌門定閒師太的師妹，不但在恆山派中威名甚盛，武林中也誰都忌憚她三分，當即站起，一齊恭恭敬敬的躬身行禮。勞德諾朗聲說道：「參見師叔。」

定逸師太眼光在衆人臉上掠過，粗聲粗氣的叫道：「令狐冲躱到那裏去啦？快給我滾出來。」聲音比男子漢還粗豪幾分。

勞德諾道：「啓稟師叔，令狐師兄不在這兒。弟子等一直在此相候，他尙未到來。」

林平之尋思：「原來他們說了半天的大師哥名叫令狐冲。此人也眞多事，不知怎地，卻又得罪這老尼姑了。」

定逸目光在茶館中一掃，目光射到那少女臉上時，說道：「你是靈珊麼？怎地裝扮成這副怪相嚇人？」那少女笑道：「有惡人要跟我爲難，只好裝扮了避他一避。」

定逸哼了一聲，說道：「你華山派的門規越來越鬆了，你爹爹老是縱容弟子，在外面胡鬧，此間事情一了，我親自上華山來評這個理。」靈珊急道：「師叔，你可千萬別去。大師哥最近挨了爹爹三十下棍子，打得他路也走不動。你去跟爹爹一說，他又得挨六十棍，那不打死了他麼？」定逸道：「這畜生打死得愈早愈好。靈珊，你也來當面跟我撒謊！甚麼令狐冲路也走不動？他走不動路，怎地會將我的小徒兒擄了去？」

她此言一出，華山羣弟子盡皆失色。靈珊急得幾乎哭了出來，忙道：「師叔，不會的！大師哥再膽大妄爲，也決不敢冒犯貴派的師姊。定是有人造謠，在師叔面前挑撥。」

定逸大聲道：「你還要賴？儀光，泰山派的人跟你說甚麼來？」

一個中年尼姑走上一步，說道：「泰山派的師兄們說，天松道長在衡陽城中，親眼見到令狐冲師兄，和儀琳師妹一起在一家酒樓上飲酒。那酒樓叫做甚麼迴雁樓。儀琳師妹顯然是受了令狐冲師兄的挾持，不敢不飲，神情……神情甚是苦惱。跟他二人在一起飲酒的，還有那個……那個……無惡不作的田……田伯光。」

定逸早已知道此事，此刻第二次聽到，仍一般的暴怒，伸掌在桌上重重拍落，兩隻餛飩碗跳將起來，嗆啷啷數聲，在地下跌得粉碎。

華山羣弟子個個神色十分尷尬。靈珊只急得淚水在眼眶中滾來滾去，顫聲道：「他們定是撒謊，又不然……又不然，是天松師叔看錯了人。」

定逸大聲道：「泰山派天松道人是甚麼人，怎會看錯了人？又怎會胡說八道？令狐冲這畜生，居然去跟田伯光這等惡徒爲伍，墮落得還成甚麼樣子？你們師父就算護犢不理，我可不能輕饒。這萬里獨行田伯光貽害江湖，老尼非爲天下除此大害不可。只是我得到訊息趕去時，田伯光和令狐冲卻已挾制了儀琳去啦！我……我……到處找他們不到……」她說到後來，聲音已甚爲嘶啞，連連頓足，嘆道：「唉，儀琳這孩子，儀琳這孩子！」

華山派衆弟子心頭怦怦亂跳，均想：「大師哥拉了恆山派門下的尼姑到酒樓飲酒，敗壞出家人的淸譽，已然大違門規，再和田伯光這等人交結，那更是糟之透頂了。」隔了良久，勞德諾才道：「師叔，只怕令狐師兄和田伯光也只是邂逅相遇，並無交結。令狐師兄這幾日喝得醺醺大醉，神智迷糊，醉人幹事，作不得準……」

定逸怒道：「酒醉三分醒，這麼大一個人，連是非好歹也不分麼？」勞德諾道：「是，是！只不知令狐師兄到了何處，師姪等急盼找到他，責以大義，先來向師叔磕頭謝罪，再行稟告我師父，重重責罰。」

定逸怒道：「我來給你們管師兄的嗎？」突然伸手，抓住了靈珊的手腕。靈珊腕上便如套上一個鐵箍，「啊」的一聲，驚叫出來，顫聲道：「師……師叔！」

定逸喝道：「你們華山派擄了我儀琳去。我也擄你們華山派一個女弟子作抵。你們把我儀琳放出來還我，我便也放了靈珊！」一轉身，拉了她便走。靈珊只覺上半身一片酸麻，身不由主，跌跌撞撞的跟著她走到街上。

勞德諾和梁發同時搶上，攔在定逸師太面前。勞德諾躬身道：「師叔，我大師兄得罪了師叔，難怪師叔生氣。不過這件事的確跟小師妹無關，還請師叔高抬貴手。」

定逸喝道：「好，我就高抬貴手！」右臂抬起，橫掠了出去。

勞德諾和梁發只覺一股極強的勁風逼將過來，氣爲之閉，身不由主的向後直飛了出去。勞德諾背脊撞在茶館對面一家店鋪的門板之上，喀喇一聲，將門板撞斷了兩塊。梁發卻向那餛飩擔飛了過去。

眼見他勢將把餛飩擔撞翻，鍋中滾水濺得滿身都是，非受重傷不可。那賣餛飩的老人伸出左手，在梁發背上一托，梁發登時平平穩穩的站定。

定逸師太回過頭來，向那賣餛飩的老人瞪了一眼，說道：「原來是你！」那老人笑道：「不錯，是我！師太的脾氣也忒大了些。」定逸道：「你管得著麼？」

便在此時，街頭有兩個人張著油紙雨傘，提著燈籠，快步奔來，叫道：「這位是恆山派的神尼麼？」定逸道：「不敢，恆山定逸在此。尊駕是誰？」

那二人奔到臨近，只見他們手中所提燈籠上都寫著「劉府」兩個紅字。當先一人道：「晚輩奉敝業師之命，邀請定逸師伯和眾位師姊，同到敝處奉齋。晚輩未得眾位來到衡山的訊息，不曾出城遠迎，恕罪，恕罪！」說著便躬身行禮。

定逸道：「不須多禮。兩位是劉三爺的弟子嗎？」那人道：「是。晚輩向大年，這是我師弟米為義，向師伯請安。」說著和米為義二人又恭恭敬敬的行禮。定逸見向米二人執禮甚恭，臉色登和，說道：「好，我們正要到府上拜訪劉三爺。」

向大年向著梁發等道：「這幾位是？」梁發道：「在下華山派梁發。」向大年歡然道：「原來是華山派梁三哥，久慕英名，請各位同到敝舍。我師父囑咐我們到處迎接各路英雄好漢，實因來的人多，簡慢之極，得罪了朋友。各位請罷。」

勞德諾走將過來，說道：「我們本想會齊大師哥後，同來向劉三師叔請安道賀。」向大年道：「這位想必是勞二哥了。我師父常日稱道華山派岳師伯座下眾位師兄英雄了得，令狐師兄更是傑出的英才。令狐師兄既然未到，眾位先去也是一樣。」勞德諾心想：「小師妹給定逸師叔拉了去，看樣子是不肯放的了，我們只有陪她一起去。」便道：「打擾了。」向大年道：「衆位勞步來到衡山，那是給我們臉上貼金，怎麼還說這些客氣話？請！請！請！」

定逸指著那賣餛飩的人道：「這一位你也請麼？」

向大年朝那老人瞧了一會，突然有悟，躬身道：「原來雁蕩山何師伯到了，眞是失禮，請，請，請何師伯駕臨敝舍。」他猜到這賣餛飩的老人是浙南雁蕩山高手何三七。此人自幼以賣餛飩爲生，學成武功後，仍挑著副餛飩擔遊行江湖，這副餛飩擔可說是他的標記。他雖一身武功，但自甘淡泊，以小本生意過活，武林中人說起來都好生相敬。天下市巷中賣餛飩的何止千萬，但既賣餛飩而又是武林高人，那自是非何三七不可了。

何三七哈哈一笑，說道：「正要打擾。」將桌上的餛飩碗收拾了。勞德諾道：「晚輩有眼不識泰山，何前輩莫怪。」何三七笑道：「不怪，不怪。你們來光顧我餛飩，是我衣食父母，何怪之有？八碗餛飩，十文錢一碗，一共八十文。」說著伸出了左掌。

勞德諾好生尷尬，不知何三七是否開玩笑。定逸道：「吃了餛飩就給錢啊，何三七又沒說請客。」何三七笑道：「是啊，小本生意，現銀交易，至親好友，賒欠免問。」勞德諾道：「是，是！」卻也不敢多給，數了八十文銅錢，雙手恭恭敬敬的奉上。

何三七收了，轉身向定逸伸出手來，說道：「你打碎了我兩隻餛飩碗，兩隻調羹，一共十四文，賠來。」定逸一笑，道：「小氣鬼，連出家人也要訛詐。儀光，賠了給他。」儀光數了十四文，也雙手奉上。何三七接過，丟入餛飩擔旁直豎的竹筒之中，挑起擔子，道：「去罷！」

向大年向茶博士道：「這裏的茶錢，回頭再算，都記在劉三爺帳上。」那茶博士笑道：「哈，是劉三爺的客人，哈，我們請也請不到，哈，你家還算甚麼茶錢？」

向大年將帶來的雨傘分給眾賓，當先領路。定逸拉著華山派的少女靈珊，和何三七並肩而行。恆山派和華山派羣弟子跟在後面。

林平之心想：「我就遠遠的跟著，且看是否能混進劉正風家裏。」望見眾人轉過了街角，便即起身走到街角，見眾人向北行去，於是在大雨下挨著屋簷下走去。過了三條長街，見左首一座大宅，門口點著四盞大燈籠，十餘人手執火把，有的張著雨傘，正忙著迎客。定逸、何三七等一行人進去後，又有好多賓客從長街兩頭過來。

林平之大著膽子，走到門口。這時正有兩批江湖豪客由劉門弟子迎著進門，林平之一言不發的跟了進去。知賓的只道他也是賀客，笑臉迎人，道：「請進，奉茶。」

踏進大廳，只聽得人聲喧嘩，二百餘人分坐各處，分別談笑。林平之心中一定，尋思：「這裏這麼多人，誰也不會來留心我，只須找到青城派的那些惡徒，便能查知我爹爹媽媽的所在了。」在廳角暗處一張小桌旁坐下，不久便有家丁送上淸茶、麵點、熱毛巾。

他放眼打量，見恆山羣尼團坐在左側一桌，華山羣弟子團坐在其旁另一桌，那少女靈珊也坐在那裏，看來定逸已放開了她。但定逸和何三七卻不在其內。林平之一桌桌瞧過去，突然心中一震，胸口熱血上湧，只見方人智、于人豪二人和一羣人團坐在兩張桌旁，顯然都是青城派弟子，但他父親和母親卻不在其間，不知給他們囚在何處。

林平之又悲又怒，又甚躭心，深恐父母已遭了毒手，只想坐到附近的座位去，偷聽他們說話，但轉念又想，好容易混到了這裏，倘若稍有輕舉妄動，給方人智他們瞧出了破綻，不但全功盡棄，且有殺身之禍。

正在這時，忽然門口一陣騷動，幾名靑衣漢子抬著兩塊門板，匆匆進來。門板上臥著兩人，身上蓋著白布，布上都是鮮血。廳上衆人一見，都搶近去看。聽得有人說道：「是泰山派的！」「泰山派的天松道人受了重傷，還有一個是誰？」「是泰山掌門天門眞人的弟子，姓遲的，死了嗎？」「死了，你看這一刀從前胸砍到後背，那還不死？」

衆人喧擾聲中，一死一傷二人都抬進了後廳，便有許多人跟著進去。廳上衆人紛紛議論：「天松道人是泰山派好手，有誰這樣大膽，竟將他砍得重傷？」「能將天松道人砍傷，自然是武功比他更高的好手。藝高人膽大，便沒甚麼希奇！」

大廳上衆人議論紛紛之中，向大年匆匆出來，走到華山羣弟子團坐的席上，向勞德諾道：「勞師兄，我師父有請。」勞德諾應道：「是！」站起身來，隨著他走向內堂，穿過一條長廊，來到一座花廳。

只見上首五張太師椅並列，四張倒是空的，只靠東一張上坐著個身材魁梧的紅臉道人，勞德諾知道這五張太師椅是爲五嶽劍派的五位掌門人而設，嵩山、恆山、華山、衡山四劍派掌門人都沒到，那紅臉道人是泰山派的掌門天門道人。兩旁坐著十九位武林前輩，恆山派定逸師太、青城派余滄海、浙南雁蕩山何三七都在其內。下首主位坐著個身穿醬色繭綢袍子、矮矮胖胖、猶如財主模樣的中年人，正是主人劉正風。勞德諾先向主人劉正風行禮，再向天門道人拜倒，說道：「華山弟子勞德諾，叩見天門師伯。」

那天門道人滿臉煞氣，似乎心中鬱積著極大的憤怒要爆炸出來，左手在太師椅的靠手上重重一拍，喝道：「令狐冲呢？」他這句話聲音極響，當眞便如半空中打了個霹靂。

大廳上衆人遠遠聽到他這聲暴喝，盡皆聳然動容。

那少女靈珊驚道：「三師哥，他們又在找大師哥啦。」梁發點了點頭，並不說話，過了一會，低聲道：「大家定些！大廳上各路英雄畢集，別讓人小覷了我華山派。」

林平之心想：「他們又在找令狐冲啦。這令狐老兒，闖下的亂子也眞不少。」

勞德諾給天門道人這一聲大喝震得耳中嗡嗡作響，在地下跪了片刻，才站起身來，說道：「啓稟師伯，令狐師兄和晚輩一行人在衡陽分手，約定在衡山城相會，同到劉師叔府上來道賀。他今天如不能到，明日定會來了。」

天門道人怒道：「他還敢來？他還敢來？令狐冲是你華山派的掌門大弟子，總算是名門正派的人物。他居然去跟那姦淫擄掠、無惡不作的採花大盜田伯光混在一起，到底幹甚麼了？」

勞德諾道：「據弟子所知，大師哥和田伯光素不相識。大師哥平日就愛喝上三杯，多半不知對方便是田伯光，無意間跟他湊在一起喝酒了。」

天門道人一頓足，站起身來，怒道：「你還在胡說八道，給令狐冲這狗崽子強辯。天松師弟，你……你說給他聽，你怎麼受的傷？令狐冲識不識得田伯光？」

兩塊門板停在西首地下，一塊板上躺的是具死屍，另一塊上臥著個長鬚道人，臉色慘白，鬍鬚上染滿了鮮血，低聲道：「今兒早上……我……我和遲師姪在衡陽……迴雁……迴雁樓頭，見到令狐冲……還有田伯光和一個小尼姑……」說到這裏，已喘不過氣來。

劉正風道：「天松道兄，你不用再複述了，我將你剛才說過的話，跟他說便了。」轉頭向勞德諾道：「勞賢姪，你和令狐賢姪衆位同門遠道光臨向我道賀，我對岳師兄和諸位賢姪的盛情感激之至。只不知令狐賢姪如何跟田伯光那廝結識上了，咱們得查明眞相，倘若眞是令狐賢姪的不是，咱們五嶽劍派本是一家，自當好好勸他一番才是……」

天門道人怒道：「甚麼好好勸他！清理門戶，取其首級！」

劉正風道：「岳師兄自來門規極嚴。在江湖上華山派向來是一等一的聲譽，只是這次令狐賢姪卻太過份了些。」

天門道人怒道：「你還稱他『賢姪』？賢，賢，賢，賢他個屁！」他一句話出口，便覺在定逸師太這女尼之前吐言不雅，未免有失自己一派大宗師的身分，但說也說了，已無法收回，「波」的一聲，怒氣沖沖的重重噓了口氣，坐入椅中。

勞德諾道：「劉師叔，此事到底眞相如何，還請師叔賜告。」

劉正風道：「適才天松道兄說道：今日大清早，他和天門道兄的弟子遲百城賢姪上衡陽迴雁樓喝酒，上得酒樓，便見到三個人坐在樓上大吃大喝。這三個人，便是淫賊田伯光、令狐師姪，以及定逸師太的高足儀琳小師父。這三人天松道兄本來都不認得，只是從服色上得知，一個是華山派弟子，一個是恆山派弟子。定逸師太莫惱，儀琳師姪爲人強迫，身不由主，那是顯而易見的。天松道兄說，另外一人是個三十來歲的華服男子，也不知此人是誰，後來聽令狐師姪說道：『田兄，你雖輕功獨步天下，但要是交上了倒霉的華蓋運，輕功再高，卻也逃不了。』他既姓田，又說輕功獨步天下，自必是萬里獨行田伯光了。天松道兄嫉惡如仇，他見這三人同桌共飲，自是心頭火起。」

勞德諾應道：「是！」心想：「迴雁樓頭，三人共飲，一個是惡名昭彰的淫賊，一個是出家的小尼姑，另一個卻是我華山派大弟子，確是不倫不類之至。」

劉正風道：「他接著聽那田伯光道：『我田伯光獨往獨來，橫行天下，那裏能顧忌得這麼多？這小尼姑嘛，反正咱們見也見到了，且讓她在這裏陪著便是……』」

劉正風說到這裏，勞德諾向他瞧了一眼，又瞧瞧天松道人，臉上露出懷疑之色。劉正風登時會意，說道：「天松道兄重傷之餘，自沒說得這般淸楚連貫，我給他補上一些，但大意不錯。天松道兄，是不是？」天松道：「正……正是，不錯，不……不錯！」

劉正風道：「當時遲百城賢姪便忍耐不住，拍桌罵道：『你是淫賊田伯光麼？武林中人人都要殺你而甘心，你卻在這裏大言不慚，可不是活得不耐煩了？』拔出兵刃，上前動手，不幸竟給田伯光殺了。少年英雄命喪奸人之手，實在可惜。天松道兄隨即上前，他俠義爲懷，殺賊心切，鬥了數百回合後，一不留神，竟給田伯光使卑鄙手段，在他胸口砍了一刀。其後令狐師姪卻仍和田伯光那淫賊一起坐著喝酒，未免有失我五嶽劍派結盟的義氣。天門道兄所以著惱，便是爲此。」

天門道人怒道：「甚麼五嶽結盟的義氣，哼，哼！咱們學武之人，這是非之際總得淸楚明白，和這樣一個淫賊……這樣一個淫賊……」氣得臉如巽血，似乎一叢長鬚中每一根都要豎將起來。

忽聽得門外有人說道：「師父，弟子有事啓稟。」天門道人聽得是徒兒聲音，便道：「進來！甚麼事？」一個三十來歲的漢子走進廳來，先向主人劉正風行禮，又向其餘眾前輩行禮，然後轉向天門道人說道：「師父，天柏師叔傳了訊來，他率領本門弟子在衡陽搜尋田伯光、令狐冲兩個淫賊，尚未見到蹤跡……」

勞德諾聽他居然將自己大師哥也歸入「淫賊」之列，大感臉上無光，但大師哥確是和田伯光混在一起，又有甚麼法子？

只聽那泰山派弟子續道：「但在衡陽城外，卻發現了一具屍體，小腹上插著一柄長劍，那口劍是令狐冲那淫賊的……」天門道人急問：「死者是誰？」那人的眼光轉向余滄海，說道：「是余師叔門下的一位師兄，當時我們都不識得，這屍首搬到了衡山城裏之後，才有人識得，原來是羅人傑羅師兄……」

余滄海「啊」的一聲，站了起來，驚道：「是人傑？屍首呢？」

只聽得門外有人接口道：「在這裏。」余滄海極沉得住氣，雖乍聞噩耗，死者又是本門「英雄豪傑」四大弟子之一的羅人傑，卻仍不動聲色，說道：「煩勞賢姪，將屍首抬進來。」門外有人應道：「是！」兩個人抬著一塊門板，走了進來。那兩人一個是衡山派弟子，一個是青城派弟子。

只見門板上那屍體的腹部插著一柄利劍。這劍自死者小腹插入，斜刺而上。一柄三尺長劍，留在體外的只餘數寸，劍尖已插到死者咽喉，這等自下而上的狠辣招數，武林中倒還眞少見。余滄海喃喃的道：「令狐冲，哼，令狐冲，你……你好辣手。」

那泰山派弟子說道：「天柏師叔說道，他還在搜查兩名淫賊，最好這裏的師伯、師叔們有一兩位前去相助。」定逸和余滄海齊聲道：「我去！」

便在此時，門外傳進來一個嬌嫩的聲音，叫道：「師父，我回來啦！」

定逸臉色斗變，喝道：「是儀琳？快給我滾進來！」

衆人目光一齊望向門口，要瞧瞧這個公然與兩個萬惡淫賊在酒樓上飲酒的小尼姑，到底是怎麼一個人物。

門帘掀處，衆人眼前陡然一亮，一個小尼姑悄步走進花廳，但見她淸秀絕俗，容色照人，實是一個絕麗的美人。她還只十六七歲年紀，身形婀娜，雖裹在一襲寬大緇衣之中，仍掩不住窈窕娉婷之態。她走到定逸身前，盈盈拜倒，叫道：「師父……」兩字一出口，突然哇的一聲，哭了出來。

定逸沉著臉道：「你做……你做的好事？怎地回來了？」

儀琳哭道：「師父，弟子這一次……這一次，險些兒不能再見著你老人家了。」她說話的聲音十分嬌媚，兩隻纖纖小手抓住了定逸的衣袖，白得猶如透明一般。人人心中不禁都想：「這樣一個美女，怎麼去做了尼姑？」

余滄海只向她瞥了一眼，便不再看，一直凝視著羅人傑屍體上的那柄利劍，見劍柄上飄著青色絲穗，近劍柄處的鋒刃之上，刻著「華山令狐冲」五個小字。他目光轉處，見勞德諾腰間佩劍一模一樣，也是飄著青色絲穗，突然間欺身近前，左手疾伸，向他雙目插去，指風凌厲，剎那間指尖已觸到他眼皮。

勞德諾大驚，急使一招「舉火撩天」，高舉雙手去格。余滄海一聲冷笑，左手轉了個極小的圈子，已將他雙手抓在掌中，跟著右手伸出，唰的一聲，拔出了他腰間長劍。勞德諾雙手入於彼掌，一掙之下，對方屹然不動，長劍的劍尖卻已對準了自己胸口，驚呼：「不……不關我事！」

余滄海看那劍刃，見上面刻著「華山勞德諾」五字，字體大小，與另一柄劍上的全然相同。他手腕一沉，將劍尖指著勞德諾的小腹，陰森森的道：「這一劍斜刺而上，是貴派華山劍法的甚麼招數？」

勞德諾額頭冷汗涔涔而下，顫聲道：「我……我們華山劍法沒……沒這一招。」

余滄海尋思：「致人傑於死這一招，長劍自小腹刺入，劍尖直至咽喉，難道令狐冲俯下身去，自下而上的反刺？他殺人之後，又爲甚麼不拔出長劍，故意留下證據？莫非有意向青城派挑釁？」忽聽得儀琳說道：「余師伯，令狐師兄這一招，多半不是華山劍法。」

余滄海轉過身來，臉上猶似罩了一層寒霜，向定逸師太道：「師太，你倒聽聽令高徒的說話，她叫這惡賊作甚麼？」

定逸怒道：「我沒耳朵麼？要你提醒。」她聽得儀琳叫令狐冲爲「令狐師兄」，心頭早已有氣，余滄海只須遲得片刻說這句話，她已然開口大聲申斥，但偏偏他搶先說了，言語又這等無禮，她便反而轉過來迴護徒兒，說道：「她順口這麼叫，又有甚麼干係？我五嶽劍派結義爲盟，五派門下，都是師兄弟、師姊妹，有甚麼希奇了？」

余滄海笑道：「好，好！」丹田中內息上湧，左手內力外吐，將勞德諾推了出去，砰的一聲，重重撞在牆上，屋頂灰泥登時簌簌而落，喝道：「你這傢伙難道是好東西了？一路上鬼鬼祟祟的窺探於我，存的是甚麼心？」

勞德諾給他這麼一推一撞，五臟六腑似乎都要翻了轉來，伸手在牆上強行支撐，只覺雙膝酸軟得猶如灌滿了黑醋一般，只想坐倒在地，勉力強行撐住，聽得余滄海這麼說，暗暗叫苦：「原來我和小師妹暗中察看他們行跡，早就給這老奸巨猾的矮道士發覺了。」

定逸道：「儀琳，跟我來，你怎地失手給他們擒住，清清楚楚的給師父說。」說著拉了她手，向廳外走去。衆人心中都甚明白，這樣美貌無比的一個小尼姑，落入了田伯光這採花淫賊手中，那裏還能保得清白？其中經過情由，自不便在旁人之前吐露，定逸師太是要將她帶到無人之處，再行詳細查問。

突然間青影一晃，余滄海閃到門前，擋住了去路，說道：「此事涉及兩條人命，便請儀琳小師父在此間說。」他頓了一頓，又道：「遲百城賢姪是五嶽劍派中人。五派門下，大家都是師兄弟，給令狐冲殺了，泰山派或許不怎麼介意。我這徒兒羅人傑，可沒資格跟令狐冲兄弟相稱。」

定逸性格剛猛，平日連大師姊定靜、掌門師姊定閒，也都容讓她三分，如何肯讓余滄海這般擋住去路，出言譏刺？聽了這幾句話後，兩條淡淡的柳眉登即向上豎起。

劉正風素知定逸師太脾氣暴躁，見她雙眉這麼一豎，料想便要動手。她和余滄海都是當今武林中一流高手，兩人一交上手，事情可更鬧得大了，急忙搶步上前，一揖到地，說道：「兩位大駕光臨劉某舍下，都是在下的貴客，千萬衝著我這小小面子，別傷了和氣。都是劉某招呼不周，請兩位莫怪。」說著連連作揖。

定逸師太哈的一聲笑，說道：「劉三爺說話倒也好笑，我自生牛鼻子的氣，跟你有甚相干？他不許我走，我偏要走。他若不攔著我的路，要我留著，倒也可以。」

余滄海對定逸原也有幾分忌憚，和她交手，並無勝算，而且她師姊定閒雖爲人隨和，武功之高，卻眾所周知，今日就算勝了定逸，她掌門師姊決不能撇下不管，何況恆山派是五嶽劍派之一，五嶽劍派，同榮共辱，這一得罪了恆山派，不免後患無窮，當即也哈哈一笑，說道：「貧道只盼儀琳小師父向大夥兒言明眞相。余滄海是甚麼人，豈敢阻攔恆山派白雲庵主的道路？」說著身形一晃，歸位入座。

定逸師太道：「你知道就好。」拉著儀琳的手，也回歸己座，問道：「那一天跟你失散後，到底後來事情怎樣？」她生怕儀琳年幼無知，將貽羞師門之事也都說了出來，忙加上一句：「只揀要緊的說，沒相干的就不用囉唆。」

儀琳應道：「是！弟子沒做甚麼有違師訓之事，只是田伯光這壞人，這壞人……他……他……他……」定逸點頭道：「是了，你不用說了，我都知道。我定當殺田伯光和令狐冲那兩個惡賊，給你出氣……」

儀琳睜著清亮明澈的雙眼，臉上露出詫異的神色，說道：「令狐師兄？他……他……」突然垂下淚來，嗚咽道：「他……他已經死了！」

眾人聽了，都是一驚。天門道人聽說令狐冲已死，怒氣登時消滅，大聲問道：「他怎麼死的？是誰殺死他的？」

儀琳道：「就是這……這個青城派的……的壞人。」伸手指著羅人傑的屍體。

余滄海不禁滿意，心道：「原來令狐冲這惡棍竟是給人傑殺的。如此說來，他二人是拚了個同歸於盡。好，人傑這孩子，我早知他有種，果然沒墮了我青城派的威名。」他瞪視儀琳，冷笑道：「你五嶽劍派的都是好人，我青城派的便是壞人了？」

儀琳垂淚道：「我……我不知道。我不是說你余師伯，我只是說他。」說著又向羅人傑的屍身一指。

定逸向余滄海道：「你惡狠狠的嚇唬孩子做甚麼？儀琳，不用怕，這人怎麼壞法，你都說出來好了。師父在這裏，有誰敢難爲你？」說著向余滄海白了一眼。

余滄海道：「出家人不打誑語。小師父，你敢奉觀音菩薩之名，立一個誓嗎？」他怕儀琳受了師父的指使，將羅人傑的行爲說得十分不堪，自己這弟子既已和令狐冲同歸於盡，死無對證，便只有聽儀琳一面之辭了。

儀琳道：「我對師父決計不敢撒謊。」跟著向外跪倒，雙手合什，垂眉說道：「弟子儀琳，向師父和衆位師伯叔稟告，決不敢有半句不盡不實的言語。觀世音菩薩神通廣大，垂憐鑒察。」

衆人聽她說得誠懇，又是一副楚楚可憐的模樣，都對她心生好感。一個黑鬚書生一直在旁靜聽，一言不發，此時揷口說道：「小師父旣這般立誓，自是誰也信得過的。」定逸道：「牛鼻子聽見了嗎？聞先生都這般說，還有甚麼假的？」她知這書生姓聞，人人都叫他聞先生，叫甚麼名字，她卻不知，只知他是陝南人，一對判官筆出神入化，是點穴打穴的高手。

衆人目光都射向儀琳臉上，但見她秀色照人，恰似明珠美玉，純淨無瑕，連余滄海也想：「看來這小尼姑不會說謊。」花廳上寂靜無聲，只候儀琳開口說話。

只聽她說道：「昨日下午，我隨了師父和衆師姊去衡陽，行到中途，下起雨來，下嶺之時，我腳底一滑，伸手在山壁上扶了一下，手上弄得滿是泥濘青苔。到得嶺下，我去山溪裏洗手。突然之間，溪水中在我的影子之旁，多了個男子的影子。我吃了一驚，急忙站起，背心上一痛，已給他點中了穴道。我害怕得很，要呼叫師父來救我，但已叫不出聲來。那人將我身子提起，走了幾丈，放入一個山洞。我心裏害怕之極，偏偏動不了，又叫不出聲。過了好一會，聽得三位師姊分在三個地方叫我：『儀琳，儀琳，你在那裏？』那人只是笑，低聲道：『她們倘若找到這裏，我一起都捉了！』三位師姊到處尋找，又走回了頭。

「隔了好一會，那人聽得我三位師姊已去遠了，便拍開了我的穴道。我當即向山洞外逃走，那知這人的身法比我快得多，我急步外衝，沒想到他早已擋在山洞口，我一頭撞在他胸口。他哈哈大笑，說道：『你還逃得了麼？』我急忙後躍，抽出長劍，便想向他刺去，但想這人也沒傷害我，出家人慈悲爲本，何苦傷他性命？我佛門中殺生是第一大戒，因此這一劍就沒刺出。我說：『你攔住我幹甚麼？你再不讓開，我這劍就要……刺傷你了。』

「那人只是笑，說道：『小師父，你良心倒好。你捨不得殺我，是不是？』我說：『我跟你無怨無仇，何必殺你？』那人道：『那很好啊，那麼坐下來談談。』我說：『師父師姊在找我呢，再說，師父不許我隨便跟陌生男人說話。』那人道：『你說都說了，多說幾句，少說幾句，又有甚麼分別？』我說：『快讓開罷，你知不知道我師父是很厲害的？她老人家見到你這般無禮，說不定把你兩條腿也打斷了。』他說：『你要打斷我兩條腿，我就讓你打。你師父嘛，她這麼老，我可沒胃口。』……」

定逸喝道：「胡鬧！這些瘋話，你也記在心裏。」

眾人無不忍俊不禁，只是礙著定逸師太，誰也不敢露出半點笑容，人人苦苦忍住。

儀琳道：「他是這樣說的啊。」定逸道：「好啦，這些瘋話，無關要緊，不用提了，你只說怎麼撞到華山派的令狐冲。」

儀琳道：「是。那個人又說了許多話，只不讓我出去，說我……我生得好看，要我陪他睡覺……」定逸喝道：「住嘴！小孩子家口沒遮攔，這些話也說得的？」儀琳道：「是他說的，我可沒答應啊，也沒陪他睡覺……」定逸喝聲更響：「住口！」

便在此時，抬著羅人傑屍身進來的那名青城派弟子再也忍耐不住，終於哈的一聲笑了出來。定逸大怒，抓起几上茶碗，一揚手，一碗熱茶便向他潑了過去，這一潑之中，使上了恆山派嫡傳內力，既迅且準，那弟子不及閃避，一碗熱茶都潑在臉上，只痛得哇哇大叫。余滄海怒道：「你的弟子說得，我的弟子便笑不得？好不橫蠻！」

定逸師太斜眼道：「恆山定逸橫蠻了幾十年啦，你今日才知？」說著提起那隻空茶碗，便欲向余滄海擲去。余滄海正眼也不向她瞧，反而轉過了身子。定逸師太見他一番有恃無恐的模樣，又素知青城派掌門人武功了得，倒也不敢造次，緩緩放下茶碗，向儀琳道：「說下去！那些沒要緊的話，別再囉唆。」

儀琳道：「是了，師父。我要從山洞中逃出來，那人卻一定攔著不放。眼看天色黑了，我心裏焦急得很，提劍便向他刺去。師父，弟子不敢犯殺戒，不是眞的要殺他，不過想嚇他一嚇。我使的是一招『金針渡劫』，不料他左手伸了過來，抓向我……我身上，我吃了一驚，向旁閃避，手裏的長劍便給他奪了去。那人武功好厲害，右手拿著劍柄，左手大拇指和食指揑住劍尖，只輕輕一扳，卡的一聲，便將我這柄劍扳斷了一寸來長的一截。」定逸道：「扳斷了一寸來長的一截？」儀琳道：「是！」

定逸和天門道人對望一眼，均想：「那田伯光若將長劍從中折斷，自也毫不希奇，但以二指之力，扳斷一柄純鋼劍寸許一截，指力當眞非同小可。」天門道人一伸手，從一名弟子腰間拔出一柄長劍，左手大拇指和食指揑住劍尖，輕輕一扳，卜的一聲，扳斷了寸許長的一截，問道：「是這樣麼？」儀琳道：「是。原來師伯也會！」天門道人哼的一聲，將斷劍還入弟子的劍鞘，左手在几上一拍，一段寸許來長的斷劍頭平平嵌入了几面。

儀琳喜道：「師伯這一手好功夫，我猜那惡人田伯光一定不會了。」突然間神色黯然，垂下眼皮，輕輕嘆息了一聲，說道：「唉，可惜師伯那時沒在，否則令狐師兄也不會身受重傷了。」天門道人道：「甚麼身受重傷？你不是說他已經死了麼？」儀琳道：「是啊，令狐師兄因爲身受重傷，才會給青城派那惡人羅人傑害死。」

余滄海聽她稱田伯光爲「惡人」，稱自己的弟子也是「惡人」，竟將青城門下與那臭名昭彰的淫賊相提並論，不禁又哼了一聲。

衆人見儀琳一雙妙目之中淚水滾來滾去，眼見便要哭出聲來，容色又可憐，又可愛，一時誰也不敢去問她。天門道人、劉正風、聞先生、何三七一干長輩，都不自禁的心生愛憐，倘若她不是出家的尼姑，好幾個人都想伸手去拍拍她背脊、摸摸她頭頂的加以慰撫了。

儀琳伸衣袖拭了拭眼淚，哽咽道：「那惡人田伯光只是逼我，伸手扯我衣裳。我反掌打他，兩隻手又都讓他捉住了。我大聲叫嚷，又罵了他幾句。師父，弟子不是膽敢犯戒，口出粗言，不過這人當眞太也無禮。就在這時候，洞外忽然有人笑了起來，哈哈哈，笑三聲，停一停，又笑三聲。田伯光厲聲問道：『是誰？』外面那人又哈哈哈的連笑了三次。田伯光罵道：『識相的便給我滾得遠遠地。田大爺發作起來，你可沒命啦！』那人又哈哈哈的笑了三聲。田伯光不去理他，又來扯我衣裳，山洞外那人又笑了起來。那人一笑，田伯光就發怒，我眞盼那人快來救我。可是那人知道田伯光厲害，不敢進洞，只在山洞外笑個不停。田伯光就破口罵人，點了我穴道，呼的一聲，竄了出去，但那人早就躲了起來。田伯光找了一會找不到，又回進洞來，剛走到我身邊，那人便在山洞外哈哈哈的笑了起來。我覺得有趣，忍不住也笑了出來。」

定逸師太橫了她一眼，斥道：「自己正在生死關頭，虧你還笑得出？」

儀琳臉上微微一紅，道：「是，弟子也想不該笑的，不過當時不知怎的，竟然便笑了。田伯光伏下身子，悄悄走到洞口，只待他再笑，便衝了出去。可是洞外那人機警得很，卻也不發出半點聲息。田伯光一步步的往外移，我想那人倘若給他抓住，可就糟了，眼見田伯光正要衝出去，我便叫了起來：『小心，他出來啦！』那人在遠處哈哈哈的笑了三聲，說道：『多謝你，不過他追不上我。他輕身功夫不行。』」

眾人均想，田伯光號稱「萬里獨行」，輕身功夫之了得，江湖上素來大大有名，那人居然說他「輕身功夫不行」，自是故意要激怒於他。

儀琳續道：「田伯光這惡人突然回身，在我臉上重重扭了一把，我痛得大叫，他便竄了出去，叫道：『狗賊，你我來比比輕身功夫！』那知道這一下他可上了當。原來那人早就躲在山洞旁邊，田伯光一衝出，他便溜了進來，低聲道：『別怕，我來救你。他點了你那裏的穴道？』我說：『是右肩和背心，好像是「肩貞」、「大椎」！你是那一位？』他說：『解了穴道再說。』便伸手替我在肩貞與大椎兩穴推宮過血。

「多半我說的穴位不對，那人雖用力推拿，始終解不開，耳聽得田伯光呼嘯連連，又追回來了。我說：『你快逃，他一回來，可要殺你了。』他說：『五嶽劍派，同氣連枝。師妹有難，豈能不救？』」

定逸問道：「他也是五嶽劍派的？」

儀琳道：「師父，他就是令狐冲令狐師兄啊。」

定逸和天門道人、余滄海、何三七、聞先生、劉正風等都「哦」了一聲。勞德諾吁了口長氣。衆人中有些本已料到這人或許便是令狐冲，但總要等儀琳親口說出，方能確定。

儀琳道：「耳聽得田伯光嘯聲漸近，令狐師兄道：『得罪！』將我抱起，溜出山洞，躲在草叢裏。剛剛躲好，田伯光便奔進山洞，他找不到我，就大發脾氣，破口大罵，罵了許多難聽的話，我也不懂是甚麼意思。他提了我那柄斷劍，在草叢中亂砍，幸好這天晚上下雨，星月無光，他瞧不見我們，但他料想我們逃不遠，一定躲在附近，因此不停手的砍削。有一次險得不得了，一劍從我頭頂掠過，只差得幾寸。他砍了一會，嘴裏不住咒罵，說了很多粗話，我也記不得。他揮劍砍削，一路找了過去。

「忽然之間，有些熱烘烘的水點一滴滴的落在臉上，同時我聞到一陣陣血腥氣。我吃了一驚，低聲問：『你受了傷麼？』令狐師兄伸手按住我嘴，過了好一會，聽得田伯光砍草之聲越去越遠，他才低聲道：『不礙事。』放開了手。可是流在我臉上的熱血越來越多。我說：『你傷得很厲害，須得止血才好。我有「天香斷續膠」。』他道：『別出聲，一動就給那廝發覺了！』伸手按住了自己傷口。過了一會，田伯光又奔了回來，叫道：『哈哈，原來在這裏，我瞧見啦。站起身來！』我聽得田伯光說已瞧見了我們，心中只是叫苦，便想站起，只是腿上動彈不得……」

定逸師太道：「你上了當啦，田伯光騙你們的，他可沒瞧見你。」儀琳道：「是啊。師父，當時你又不在那裏，怎麼知道？」定逸道：「那有甚麼難猜？他如眞的瞧見了你們，過來一劍將令狐冲砍死便是，何必大叫大嚷？可見令狐冲這小子也沒見識。」

儀琳搖頭道：「不，令狐師兄也猜到了的。他一伸手便按住了我嘴，怕我驚嚇出聲。田伯光叫嚷了一會，不聽到聲音，又去砍草找尋。令狐師兄待他去遠，低聲道：『師妹，咱們若能再挨得半個時辰，你被封的穴道上氣血漸暢，我就可以給你解開。但田伯光那廝一定轉頭又來，這一次恐怕再難避過。咱們索性冒險，進山洞躲一躲。』」

儀琳說到這裏，聞先生、何三七、劉正風三人不約而同的都擊了一下手掌。聞先生道：「好，有膽，有識！」

儀琳道：「我聽說再要進山洞去，很是害怕，但那時我對令狐師兄已很欽佩，他旣這麼說，總是不錯的，便道：『好！』他又抱起我竄進山洞，將我放落。我說：『我衣袋裏有天香斷續膠，是治傷的靈藥，請你……請你取出來敷上傷口。』他道：『現在拿不大方便，等你手足能動之後再給我罷。』他拔劍割下了一幅衣袖，縛在左肩。這時我才明白，原來他爲了保護我，躲在草叢中之時，田伯光一劍砍上他肩頭，他一動不動，一聲不哼，黑暗中田伯光竟沒發覺。我心裏難過，不明白取藥有甚麼不方便……」

定逸哼了一聲，道：「如此說來，令狐冲倒是個正人君子了。」

儀琳睜大了一雙明亮的妙目，露出詫異神色，說道：「令狐師兄自然是一等一的好人。他跟我素不相識，居然不顧自己安危，挺身而出，前來救我。」

余滄海冷冷的道：「你跟他雖素不相識，他可多半早就見過你的面了，否則焉有這等好心？」言下之意自是說，令狐冲爲了她異乎尋常的美貌，這才如此的奮不顧身。

儀琳道：「不，他說從沒見過我。令狐師兄決不會對我撒謊，他決計不會！」這幾句話說得十分果決，聲音雖仍溫柔，卻大有斬釘截鐵之意。衆人爲她一股純潔的堅信之意所動，無不深信。

余滄海心想：「令狐冲這廝大膽狂妄，如此天不怕、地不怕的胡作非爲，既非爲了美色，那麼定是故意去和田伯光鬥上一鬥，好在武林中大出風頭。」

儀琳續道：「令狐師兄桊好自己傷口後，又在我肩頭和背心的穴道上給我推宮過血。過不多時，便聽得洞外唰唰唰的聲響越來越近，田伯光揮劍在草叢中亂砍，走到了山洞門口。我的心怦怦大跳，只聽他走進洞來，坐在地下，一聲不響。我屏住了呼吸，連氣也不敢透一口。突然之間，我肩頭一陣劇痛，我出其不意，禁不住低呼了一聲。這一下可就糟了，田伯光哈哈大笑，大踏步向我走來。令狐師兄蹲在一旁，仍然不動。田伯光笑著說：『小綿羊，原來還是躲在山洞裏。』伸手來抓我，只聽得嗤的一聲響，他給令狐師兄刺中了一劍。

「田伯光一驚，斷劍脫手落地。可惜令狐師兄這一劍沒刺中他要害，田伯光向後急躍，拔出了腰間佩刀，便向令狐師兄砍去，噹的一聲響，刀劍相交，兩個人便動起手來。他們誰也瞧不見誰，錚錚錚的拆了幾招，兩個人便都向後躍開。我只聽到他二人的呼吸之聲，心中怕得要命。」

天門道人插口問道：「令狐冲跟他鬥了多少回合？」

儀琳道：「弟子當時嚇得胡塗了，實在不知他二人鬥了多久。只聽得田伯光笑道：『啊哈，你是華山派的！華山劍法，非我敵手。你叫甚麼名字？』令狐師兄道：『五嶽劍派，同氣連枝，華山派也好，恆山派也好，都是你這淫賊的對頭……』他話沒說完，田伯光已攻了上去，原來他要引令狐師兄說話，好得知他處身的所在。兩人交手數合。令狐師兄『啊』的一聲叫，又受了傷。田伯光笑道：『我早說華山劍法不是我對手，便是你師父岳老兒親來，也鬥我不過。』令狐師兄卻不再睬他。

「先前我肩頭一陣劇痛，原來是肩上的穴道解了，這時背心的穴道又痛了幾下，我支撐著慢慢爬起，伸手想去摸地下那柄斷劍。令狐師兄聽到了聲音，喜道：『你穴道解開了，快走，快走。』我說：『華山派的師兄，我和你一起跟這惡人拚了！』他說：『你快走！我們二人聯手，也打他不過。』田伯光笑道：『你知道就好！何必枉自送了性命？喂，我倒佩服你是條英雄好漢，你叫甚麼名字？』令狐師兄道：『你問我尊姓大名，本來說給你知，卻也不妨。但你如此無禮詢問，老子睬也不來睬你。』師父，你說好笑不好笑？令狐師兄又不是他爹爹，卻自稱是他『老子』。」

定逸哼了一聲，道：「這是市井中的粗口俗語，又不是眞的『老子』！」

儀琳道：「啊，原來如此。令狐師兄道：『師妹，你快到衡山城去，咱們許多朋友都在那邊，諒這惡賊不敢上衡山城找你。』我道：『我如出去，他殺死了你怎麼辦？』令狐師兄道：『他殺不了我的！我纏住他，你還不快走！啊喲！』乒乒兩聲，兩人刀劍相交，令狐師兄又受了一處傷，他心中急了，叫道：『你再不走，我可要開口罵你啦！』這時我已摸到了地下的斷劍，叫道：『咱們兩人打他一個。』田伯光笑道：『再好沒有！田伯光隻身單刀，會鬥華山、恆山兩派。』

「令狐師兄眞的罵起我來，叫道：『不懂事的小尼姑，你簡直胡塗透頂，還不快逃！你再不走，下次見到你，我打你老大耳括子！』田伯光笑道：『小尼姑捨不得我，她不肯走！』令狐師兄急了，叫道：『你到底走不走？』我說：『我不走！』令狐師兄道：『你再不走，我可要罵你師父啦！定靜這老尼姑是個老胡塗，教了你這小胡塗出來。』我說：『定靜師伯不是我師父。』他說：『好，那麼我就罵定閒師太！』我說：『定閒師伯也不是我師父。』他道：『呸！你仍然不走！我罵定逸這老胡塗……』」

定逸臉色一沉，模樣十分難看。儀琳忙道：「師父，你別生氣，令狐師兄是為我好，並不是眞的要罵你。我說：『我自己胡塗，可不是師父教的！』突然之間，田伯光欺向我身邊，伸指向我點來。我在黑暗中揮劍亂砍，才將他逼退。

「令狐師兄叫道：『我還有許多難聽的話，要罵你師父啦，你怕不怕？』我說：『你別罵！咱們一起逃罷！』令狐師兄道：『你站在我旁邊，礙手礙腳，我最厲害的華山劍法使不出來，你一出去，我便將這惡人殺了。』田伯光哈哈大笑，道：『你對這小尼姑倒是多情多義，只可惜她連你姓名也不知道。』我想這惡人這句話倒是不錯，便道：『華山派的師兄，你叫甚麼名字呢？我去衡山跟師父說，說是你救了我性命。』令狐師兄道：『快走，快走！怎地這等囉唆？老夫姓勞，名叫勞德諾！』」

勞德諾聽到這裏，不由得一怔：「怎麼大師哥冒我的名？」

聞先生點頭道：「這令狐冲為善而不居其名，原是咱們俠義道的本色。」

定逸師太向勞德諾望了一眼，自言自語：「這令狐冲好生無禮，膽敢罵我，哼，多半他怕我事後追究，便將罪名推在別人頭上。」向勞德諾瞪眼道：「喂，在那山洞中罵我老胡塗的，就是你了，是不是？」勞德諾忙躬身道：「不，不！弟子不敢。」

劉正風微笑道：「定逸師太，令狐冲冒他師弟勞德諾之名，是有道理的。這位勞賢姪帶藝投師，輩份雖低，年紀卻已不小，鬍子也這麼大把了，足可做得儀琳師姪的祖父。」

定逸登時恍然，才知令狐冲是爲了顧全儀琳。其時山洞中一團漆黑，互不見面，儀琳脫身之後，說起救她的是華山派勞德諾，此人是這麼一個乾癟老頭子，旁人自無閒言閒語，這不但保全了儀琳的淸白名聲，也保全了恆山派的威名，言念及此，不由得臉上露出了一絲笑意，點頭道：「很好，這小子想得週到。儀琳，後來怎樣？」

儀琳道：「那時我仍不肯走，我說：『勞師兄，你爲救我而涉險，我又豈能遇難先遁？師父如知我如此沒同道義氣，定要將我殺了。師父平日時時教導，我們恆山派雖都是女流之輩，在這俠義份上可不能輸給了男子漢。』」

定逸拍掌叫道：「好，好，說得是！咱們學武之人，要是不顧江湖義氣，生不如死，不論男女，都是一樣。」

衆人見她說這幾句話時神情豪邁，均想：「這老尼姑的氣槪，倒也眞不減鬚眉。」

儀琳續道：「可是令狐師兄卻大罵起來，說道：『混帳王八蛋的小尼姑，你在這裏囉哩囉唆，教我施展不出華山派天下無敵的劍法來，我這條老命，注定是要送在田伯光手中了。原來你跟田伯光串通了，故意來陷害我。我勞德諾今天倒霉，出門遇見尼姑，而且是個絕子絕孫、絕他媽十八代子孫的混帳小尼姑，害得老子空有一身無堅不摧、威力奇大的絕妙劍法，卻怕淩厲劍風帶到這小尼姑身上，傷了她性命，以致不能使將出來。罷了，罷了，田伯光，你一刀砍死我罷，我老人家活了七八十歲，也算夠了，今日認命罷啦！』」

衆人聽得儀琳口齒伶俐，以清脆柔軟之音，轉述令狐冲這番粗俗無賴之言，無不爲之莞爾。

只聽她又道：「我聽他這麼說，雖知他罵我是假，但想我武藝低微，幫不了他忙，在山洞中的確礙手礙腳，令得他施展不出精妙的華山劍法來……」定逸哼了一聲，道：「這小子胡吹大氣！他華山劍法也不過如此，怎能說是天下無敵？」

儀琳道：「師父，他是嚇唬嚇唬田伯光，好叫他知難而退啊。我聽他越罵越兇，只得說道：『勞師兄，我去了！我感激不盡，後會有期。』他罵道：『滾你媽的臭鴨蛋，給我滾得越遠越好！一見尼姑，逢賭必輸，我老頭子以前從來沒見過你，以後也永遠不見你。老子生平最愛賭錢，再見你幹甚麼？』」

定逸勃然大怒，拍案而起，厲聲道：「這小子好不混蛋！那時你還不走？」

儀琳道：「我怕惹他生氣，只得走了，一出山洞，就聽得洞裏乒乒乓乓、乒刃相交之聲大作。我想倘若那惡人田伯光勝了，他又會來捉我，若是那位『勞師兄』勝了，他出洞來見到了我，只怕害得他『逢賭必輸』，於是我咬了咬牙，提氣疾奔，想追上你老人家，請你去幫著收拾田伯光那惡人。」定逸「嗯」的一聲，點了點頭。

儀琳突然問道：「師父，令狐師兄後來不幸喪命，是不是因爲……因爲見到了我，這才運氣不好？」

定逸怒道：「甚麼『一見尼姑，逢賭必輸』，全是胡說八道的鬼話，怎信得的？這裏這許多人，都見到了我們師徒啦，難道他們一個個都會運氣不好？」

衆人聽了都臉露微笑，卻誰都不敢笑出聲來。

儀琳道：「是。我奔到天明時，已望見了衡陽城，心中略定，尋思多半可以在衡陽見到師父，那知就在此時，田伯光又追了上來。我一見到他，腳也軟了，奔不幾步，便給他抓住了。我想他旣追到這裏，那位華山派姓勞的師兄定在山洞中給他害死了，心中說不出的難受。田伯光見道上行人很多，倒也不敢對我無禮，只說：『你乖乖的跟著我，我便不對你動手動腳。如果倔強不聽話，我即刻把你衣服剝個淸光，教路上這許多人都笑話你。』我嚇得不敢反抗，只有跟著他進城。

「來到那家酒樓迴雁樓前，他說：『小師父，你有沉魚……沉魚落雁之容。這家迴雁樓就是爲你開的。咱們上去喝個大醉，大家快活快活罷。』我說：『出家人不用葷酒，這是我白雲庵的規矩。』他說：『你白雲庵的規矩多著呢，當眞守得這麼多？待會我還要叫你大大的破戒。甚麼淸規戒律，都是騙人的。你師父……你師父……』」她說到這裏，偷眼瞧了定逸一眼，不敢再說下去。

定逸道：「這惡人的胡說，不必提它，你只說後來怎樣？」儀琳道：「是。後來我說：『你瞎三話四，我師父從來不躲了起來，偷偷的喝酒吃狗肉。』」

衆人一聽，忍不住都笑。儀琳雖不轉述田伯光的言語，但從這句答話之中，誰都知道田伯光定是誣指定逸「躲了起來，偷偷的喝酒吃狗肉」。

定逸將臉一沉，心道：「這孩子便是實心眼兒，說話不知避忌。」

儀琳續道：「這惡人伸手抓住我衣襟，說道：『你不上樓去陪我喝酒，我就扯爛你衣服。』我沒法子，只好跟他上去。這惡人叫了些酒菜，他也眞壞，我說吃素，他偏偏叫的都是牛肉、豬肉、鷄鴨、魚蝦這些葷菜。他說我如不吃，他要撕爛我衣服。師父，我說甚麼也不肯吃，佛門戒食葷肉，弟子決不能犯戒。這壞人要撕爛我衣服，雖然不好，卻不是弟子的過錯。

「正在這時，一個人走上酒樓來，腰懸長劍，臉色蒼白，滿身都是血跡，便往我們那張桌旁一坐，一言不發，端起我面前碗中的酒，一口喝乾了。他自己斟了一碗酒，舉碗向田伯光道：『請！』向我道：『請！』又喝乾了。我一聽到他的聲音，不由得又驚又喜，原來他便是在山洞中救我的那位『勞師兄』。謝天謝地，他沒給田伯光害死，只是身上到處是血，他爲了救我，受傷可著實不輕。

「田伯光向他上上下下的打量，說道：『是你！』他說：『是我！』田伯光向他大拇指一豎，讚道：『好漢子！』他也向田伯光大拇指一豎，讚道：『好刀法！』兩人都哈哈大笑起來，一同喝了碗酒。我很是奇怪，他二人昨晚還打得這麼厲害，怎麼此刻忽然變了朋友？這人沒死，我很歡喜；然而他是田伯光這惡人的朋友，弟子又躭心起來啦。「田伯光道：『你不是勞德諾！勞德諾是個糟老頭子，那有你這般年輕瀟洒？』我偷偷瞧這人，他不過二十來歲年紀，原來昨晚他說『我老人家活了七八十歲』甚麼的，都是騙田伯光的。那人一笑，說道：『我不是勞德諾。』田伯光一拍桌子，說道：『是了，你是華山令狐冲，是江湖上的一號人物。』

「令狐師兄這時便承認了，笑道：『豈敢！令狐冲是你手下敗將，見笑得緊。』田伯光道：『不打不相識，咱們便交個朋友如何？令狐兄既看中了這個美貌小尼姑，在下讓給你便是。重色輕友，豈是我輩所爲？』」

定逸臉色發青，只道：「這惡賊該死之極，該死之極！」

儀琳泫然欲涕，說道：「師父，令狐師兄忽然罵起我來啦。他說：『這小尼姑臉上全無血色，整日價只吃青菜豆腐，相貌決計好不了。田兄，我生平一見尼姑就生氣，恨不得殺盡天下的尼姑！』田伯光笑問：『那又爲甚麼？』令狐師兄道：『不瞞田兄說，小弟生平有個嗜好，那是愛賭如命，只要瞧見了骨牌骰子，連自己姓甚麼也忘記了。可是只要一見尼姑，這一天就不用賭啦，賭甚麼輸甚麼，當眞屢試不爽。不但是我一人，華山派的師兄師弟們個個都是這樣。因此我們華山派弟子，見到恆山派的師伯、師叔、師姊、師妹們，臉上雖然恭恭敬敬，心中卻無不大叫倒霉！』」

定逸大怒，反過手掌，啪的一聲，淸淸脆脆的打了勞德諾一個耳括子。她出手又快又重，勞德諾不及閃避，只覺頭腦一陣暈眩，險些便欲摔倒。

令狐冲哈哈大笑，說道：「小尼姑，你盼我打勝呢，還是打敗？」儀琳答道：「自然盼你打勝。你坐著打，天下第二，決不能輸了給他。」令狐冲道：「好，那麼你請罷！走得越快越好，越遠越好！」

四 坐鬥

劉正風笑道：「師太怎地沒來由生這氣？令狐師姪爲了要救令高足，這才跟田伯光這般胡說八道，花言巧語，你怎地信以爲眞了？」定逸一怔，道：「你說他是爲了救儀琳？」劉正風道：「我是這麼猜想。儀琳師姪，你說是不是？」

儀琳低頭道：「令狐師兄是好人，就是……就是說話太過粗俗無禮。師父生氣，我不敢往下說了！」定逸喝道：「你說出來！一字不漏的說出來。我要知道他到底安的是好心，還是歹意。這傢伙倘若是個無賴浪子，便算死了，我也要跟岳老兒算帳。」儀琳囁嚅了幾句，不敢往下說。定逸道：「說啊，不許爲他忌諱，是好是歹，難道咱們還分辨不出？」

儀琳道：「是！令狐師兄又道：『田兄，咱們學武之人，一生都在刀尖上討生活，雖然武藝高強的佔便宜，但歸根結底，終究是在碰運氣，你說是不是？遇到武功差不多的對手，生死存亡，便講運道了。別說這小尼姑瘦得小鷄也似的，提起來沒三兩重，就算眞是天仙下凡，我令狐冲正眼也不瞧她。一個人畢竟性命要緊，重色輕友固然不對，重色輕生，那更是大傻瓜一個。這小尼姑啊，萬萬碰她不得。』

「田伯光笑道：『令狐兄，我只道你是個天不怕、地不怕的好漢子，怎麼一提到尼姑，便偏有這許多忌諱？』令狐師兄道：『嘿，我一生見了尼姑之後，倒的霉實在太多，可不由得我不信。你想，昨天晚上我還是好端端的，連這小尼姑的面也沒見到，只不過聽到了她說話的聲音，就給你在身上砍了三刀，險些兒喪了性命。這不算倒霉，甚麼才是倒霉？』田伯光哈哈大笑，道：『這倒說得是。』

「令狐師兄道：『田兄，我不跟尼姑說話，咱們男子漢大丈夫，喝酒便喝個痛快，你叫這小尼姑滾蛋罷！我良言相勸，你只消碰她一碰，你就交上了華蓋運，以後在江湖上到處都碰釘子，除非你自己出家去做和尙。這「天下三毒」，你怎不遠而避之？』

「田伯光問道：『甚麼是「天下三毒」？』令狐師兄臉上現出詫異之色，說道：『田兄多在江湖上行走，見識廣博，怎地連天下三毒都不知？常言道得好：「尼姑砒霜青竹蛇，有膽無膽莫碰他！」這尼姑是一毒，砒霜又是一毒，青竹蛇又是一毒。天下三毒之中，又以尼姑居首。咱們五嶽劍派中的男弟子們，那是常常掛在口上說的。』」

定逸大怒，伸手在茶几上重重一拍，破口罵道：「放他娘的狗臭……」到得最後關頭，這個「屁」字終於忍住了不說。勞德諾吃過她的苦頭，本來就遠遠的避在一旁，見她滿臉脹得通紅，又退開一步。

劉正風嘆道：「令狐師姪雖是一番好意，但如此信口開河，也未免過份了些。不過話又得說回來，跟田伯光這等大惡徒打交道，若非說得像煞有介事，可也真不易騙得他相信。」儀琳問道：「劉師叔，你說那些言語，都是令狐師兄故意捏造出來騙那姓田的？」

劉正風道：「自然是了。五嶽劍派之中，那有這等既無聊、又無禮的說話？再過一日，便是劉某金盆洗手的大日子，我說甚麼也要圖個吉利，倘若大夥兒對貴派眞有甚麼顧忌，劉某怎肯恭恭敬敬的邀請定逸師太和衆位賢姪光臨舍下？」

定逸聽了這幾句話，臉色略和，哼了一聲，罵道：「令狐冲這小子一張臭嘴，不知是那個缺德之人調教出來的。」言下之意，自是將令狐冲的師父華山掌門也給罵上了。

劉正風道：「師太不須著惱。田伯光那廝，武功是很厲害的。令狐師姪鬥他不過，眼見儀琳賢姪身處極大危難，只好編造些言語出來，盼能騙得這惡賊放過了她。想那田伯光走遍天下，見多識廣，豈能輕易受騙？世俗之人無知，對出家的師太們有些偏見，也是實情，令狐師姪便乘機而下說詞了。咱們身在江湖，行事說話，有時免不了要從權。令狐師姪若不是看重恆山派，華山派自岳先生而下，若不都是心中敬重佩服三位師太，他又怎肯如此盡心竭力的相救貴派弟子？」定逸點了點頭，道：「多承劉三爺美言。」轉頭向儀琳道：「田伯光就因此而放了你？」

儀琳搖頭道：「沒有。令狐師兄又說：『田兄，你雖輕功獨步天下，但要是交上了倒霉的華蓋運，輕功再高，也逃不了。』田伯光一時好似拿不定主意，向我瞧了兩眼，搖頭說道：『我田伯光獨往獨來，橫行天下，那裏能顧忌得這麼多？這小尼姑嘛，反正咱們見也見到了，且讓她在這裏陪著便是。』

「就在這時，鄰桌上有個青年男子突然拔出長劍，搶到田伯光面前，喝道：『你……你就是田伯光嗎？』田伯光道：『怎樣？』那年輕人道：『殺了你這淫賊！武林中人人都要殺你而甘心，你卻在這裏大言不慚，可不是活得不耐煩了？』挺劍向田伯光刺去。看他劍招，是泰山派的劍法，就是這一位師兄。」說著手指躺在門板上的那具屍身。

天門道人點頭道：「遲百城這孩子，很好，很好！」

儀琳繼續道：「田伯光身子一晃，手中已多了一柄單刀，笑道：『坐下，坐下！喝酒，喝酒！』將單刀還入刀鞘。那位泰山派的師兄，卻不知如何胸口已中了他一刀，鮮血直冒，他眼睛瞪著田伯光，身子搖晃了幾下，倒向樓板。」

她目光轉向天松道人，說道：「這位泰山派的師伯，縱身搶到田伯光面前，連聲猛喝，出劍疾攻。這位師伯的劍招自是十分了得，但田伯光仍不站起身，坐在椅中，拔刀招架。這位師伯攻了二三十劍，田伯光擋了二三十招，一直坐著，沒站起身來。」

天門道人黑著臉，眼光瞧向躺在門板上的師弟，問道：「師弟，這惡賊的武功當眞如此了得？」天松道人一聲長嘆，緩緩轉開了頭。

儀琳續道：「那時候令狐師兄便拔劍向田伯光疾刺。田伯光迴刀擋開，站起身來。」

定逸道：「這可不對了。天松道長接連刺他二三十劍，他都不用起身，令狐沖只刺他一劍，田伯光便須站起來。令狐沖的武功又怎能高得過天松道長？」

儀琳道：「那田伯光是有道理的。他說：『令狐兄，我當你是朋友，你出兵刃攻我，我如仍然坐著不動，那就是瞧你不起。我武功雖比你高，心中卻敬你爲人，因此不論勝敗，都須起身招架。對付這牛……牛鼻……卻又不同。』令狐師兄哼了一聲，道：『承你青眼，令狐沖臉上貼金。』嗤嗤嗤向他連攻三劍。師父，這三劍去勢凌厲得很，劍光將田伯光的上盤盡數籠罩住了……」

定逸點頭道：「這是岳老兒的得意之作，叫甚麼『太岳三青峯』，據說是第二劍比第一劍的勁道狠，第三劍又勝過了第二劍。那田伯光如何拆解？」

儀琳道：「田伯光接一招，退一步，連退三步，喝采道：『好劍法！』轉頭向天松師伯道：『牛鼻子，你爲甚麼不上來夾攻？』令狐師兄一出劍，天松師伯便即退開，站在一旁。天松師伯冷冷的道：『我是泰山派的正人君子，豈肯與淫邪之人聯手？』我忍不住了，說道：『你莫冤枉了這位令狐師兄，他是好人！』天松師伯冷笑道：『他是好人？嘿嘿，他是和田伯光同流合污的大大好人！』突然之間，天松師伯『啊』的一聲大叫，雙手按住了胸口，臉上神色十分古怪。田伯光還刀入鞘，說道：『坐下，坐下！喝酒，喝酒！』

「我見天松師伯雙手指縫中不絕的滲出鮮血。不知田伯光使了甚麼奇妙的刀法，我全沒見到他伸臂揮手，天松師伯胸口已然中刀，這一刀當眞快極。我嚇得只叫：『別……別殺他！』田伯光笑道：『小美人說不殺，我就不殺！』天松師伯按住傷口，衝下了樓梯。令狐師兄起身想追下去相救。田伯光拉住他，說道：『令狐兄，這牛鼻子驕傲得緊，寧死不會要你相幫，何苦自討沒趣？』令狐師兄苦笑著搖頭，喝了兩碗酒。師父，那時我想，咱們佛門五大戒，第五戒酒，令狐師兄雖不是佛門弟子，可是喝酒這麼喝個不停，終究不好。不過弟子自然不敢跟他說話，怕他罵我『一見尼姑』甚麼的。」

定逸道：「令狐冲這些瘋話，以後不可再提。」儀琳道：「是。」定逸道：「後來怎樣？」

儀琳道：「田伯光說：『這牛鼻子武功不錯，我這刀砍得不算慢，他竟能及時縮了三寸，這一刀沒砍死他。泰山派的玩藝倒還有兩下子。令狐兄，這牛鼻子不死，今後你麻煩可就多了。剛才我存心要殺了他，免你後患，可惜這刀砍他不死。』

「令狐師兄笑道：『我一生之中，麻煩天天都有，管他娘的，喝酒，喝酒。田兄，你這一刀如砍向我胸口，我武功不及天松師伯，那便避不了。』田伯光笑道：『剛才我出刀之時，確是手下留了情，那是報答你昨晚在山洞中不殺我的情誼。』我聽了好生奇怪，如此說來，昨晚山洞中兩人相鬥，倒還是令狐師兄佔了上風，饒了他性命。」

衆人聽到這裏，臉上都現出不以爲然的神色，均覺令狐冲不該和這萬惡淫賊拉交情。

儀琳續道：「令狐師兄道：『昨晚山洞之中，在下已盡全力，藝不如人，如何敢說劍下留情？』田伯光哈哈一笑，說道：『當時你和這小尼姑躲在山洞之中，這小尼姑發出聲息，給我查覺，可是你卻屛住呼吸，我萬萬料不到另外有人窺伺在側。我拉住了這小尼姑，立時便要破了她的清規戒律。你只消等得片刻，待我魂飛天外、心無旁鶩之時，一劍刺出，定可取了我的性命。令狐兄，你又不是十一二歲的少年，其間的輕重關節，豈有不知？我知你是堂堂丈夫，不願施此暗算，因此那一劍嘛，嘿嘿，只是在我肩頭輕輕這麼一刺。』」

「令狐師兄道：『我如多待得片刻，這小尼姑豈非受了你的污辱？我跟你說，我雖然見了尼姑便生氣，但恆山派總是五嶽劍派之一。你欺到我們頭上來，那可容你不得。』田伯光笑道：『話雖如此，然而你這一劍若再向前送得三四寸，我一條胳臂就此廢了，幹麼你這一劍刺中我後，卻又縮回？』令狐師兄道：『我是華山弟子，豈能暗箭傷人？你先在我肩頭砍一刀，我便在你肩頭還了一劍，大家扯個直，再來交手，堂堂正正，誰也不佔誰的便宜。』田伯光哈哈大笑，道：『好，我交了你這個朋友，來來來，喝一碗。』

「令狐師兄道：『武功我不如你，酒量卻是你不如我。』田伯光道：『酒量不如你嗎？那也未見得，咱們便來比上一比。來，大家先喝十大碗再說。』令狐師兄皺眉道：『田兄，我只道你也是個不佔人便宜的好漢，這才跟你賭酒，那知大謬不然，令我好生失望。』田伯光斜眼看他，問道：『我又如何佔你便宜了？』令狐師兄道：『你明知我討厭尼姑，一見尼姑便周身不舒服，胃口大倒，如何還能跟你賭酒？』

「田伯光又大笑起來，說道：『令狐兄，我知你千方百計，只是要救這小尼姑，可是我田伯光愛色如命，既看上了這千嬌百媚的小尼姑，說甚麼也不放她走。你要我放她，唯有一個條件。』令狐師兄道：『好，你說出來罷，上刀山，下油鍋，我令狐冲認命了，皺一皺眉頭，不算好漢。』田伯光笑嘻嘻的斟滿了兩碗酒，道：『你喝了這碗酒，我跟你說。』令狐師兄端起酒碗，一口喝乾，道：『乾！』田伯光也喝了那碗酒，笑道：『令狐兄，在下既當你是朋友，就當按照江湖上的規矩，朋友妻，不可戲。你若答應娶這小尼姑……小尼姑……』」

她說到這裏，雙頰暈紅如火，目光下垂，聲音越說越小，到後來已細不可聞。

定逸伸手在桌上一拍，喝道：「胡說八道，越說越下流了。後來怎樣？」

儀琳細聲道：「那田伯光口出胡言，笑嘻嘻的道：『大丈夫一言旣出，駟馬難追。你答應娶她……娶她爲妻，我即刻放她，還向她作揖賠罪，除此之外，萬萬不能。』「令狐師兄呸的一聲，道：『你要我倒足一世霉麼？此事再也休提。』田伯光那廝又胡說了一大篇，說甚麼留起頭髮，就不是尼姑，還有許多教人說不出口的瘋話，我掩住耳朵，不去聽他。令狐師兄道：『住嘴！你再開這等無聊玩笑，令狐冲當場給你氣死，那還有性命來跟你拚酒？你不放她，咱們便來決一死戰。』田伯光笑道：『講打，你是打我不過的！』令狐師兄道：『站著打，我不是你對手。坐著打，你便不是我對手。』」

衆人先前聽儀琳述說，田伯光坐在椅上一直沒站起身，卻擋架了泰山派好手天松道人二三十招凌厲的攻勢，則他善於坐鬥，可想而知，令狐冲說「站著打，我不是你對手；坐著打，你不是我對手」這句話，自是爲了故意激惱他而說。何三七點頭道：「遇上了這等惡徒淫賊，先將他激得暴跳如雷，然後乘機下手，倒也不失爲一條妙計。」

儀琳續道：「田伯光聽了，也不生氣，只笑嘻嘻的道：『令狐兄，田伯光佩服的，是你的豪氣膽識，可不是你的武功。』令狐師兄道：『令狐冲佩服你的，乃是你站著打的快刀，卻不是坐著打的刀法。』田伯光道：『你這個可不知道了，我少年之時，腿上得過寒疾，有兩年時光我坐著練習刀法，坐著打正是我拿手好戲。適才我和那泰山派的牛……牛……道人拆招，倒不是輕視於他，只是我坐著使刀使得慣了，也就懶得站將起來。令狐兄，這一門功夫你是不如我的。』令狐師兄道：『田兄，你這個可不知道了。你不過少年之時爲了腿患寒疾，坐著練了兩年刀法，時候再多，也不過兩年。我別的功夫不如你，這坐著使劍，卻比你強。我天天坐著練劍。』」

眾人聽到這裏，目光都向勞德諾瞧去，均想：「可不知華山派武功之中，有沒這樣一項坐著練劍的法門？」勞德諾搖頭道：「大師哥騙他的，敝派沒這一門功夫。」

儀琳道：「田伯光臉上露出詫異的神色，說道：『當眞有這回事？在下這可是孤陋寡聞了，倒想見識見識華山派的坐……坐……甚麼劍法啊？』令狐師兄笑道：『這些劍法不是我恩師所授，是我自己創出來的。』田伯光一聽，登時臉色一變，道：『原來如此，令狐兄大才，令人好生佩服。』」

眾人均知田伯光何以動容。武學之中，要新創一路拳法劍法，當眞談何容易，若非武功既高，又有過人的才智學識，決難別開蹊徑，另創新招。像華山派這等開山立派數百年的名門大派，武功的一招一式無不經過千錘百鍊，要將其中一招稍加變易，也已極難，何況另創一路劍法？勞德諾心想：「原來大師哥暗中創了一套劍法，怎地不跟師父說？」

只聽儀琳續道：「當時令狐師兄嘻嘻一笑，說道：『這路劍法臭氣沖天，有甚麼值得佩服之處？』田伯光大感詫異，問道：『怎地臭氣沖天？』我也好生奇怪，劍法最多是不高明，那會有甚麼臭氣？令狐師兄道：『不瞞田兄說，我每天早晨出恭，坐在茅廁之中，到處蒼蠅飛來飛去，好生討厭，於是我便提起劍來擊刺蒼蠅，初時刺之不中，久而久之，熟能生巧，出劍便刺到蒼蠅，漸漸意與神會，從這些擊刺蒼蠅的劍招之中，悟出一套劍法來。使這套劍法之時，一直坐著出恭，豈不是臭氣有點難聞麼？』他說到這裏，我忍不住便笑了出來，這位令狐師兄眞滑稽，天下那有這樣練劍的。田伯光聽了，卻臉色鐵青，怒道：『令狐兄，我當你是個朋友，你出此言，未免欺人太甚，你當我田伯光是茅廁中的蒼蠅，是不是？好，我便領教領教你這路……你這路……』」

衆人聽到這話都暗暗點頭，均知高手比武，倘若心意浮躁，可說已先自輸了三成，令狐冲這些言語顯然意在激怒對方，現下田伯光終於發怒，那是第一步已中計了。

定逸道：「很好！後來怎樣？」

儀琳道：「令狐師兄笑嘻嘻的道：『在下練這路劍法，不過是爲了好玩，絕無與人爭勝拚鬥之意。田兄千萬不可誤會，小弟決不敢將你當作是茅廁裏的蒼蠅。』我忍不住又笑了一聲。田伯光更加惱怒，抽出單刀，放在桌上，說道：『好，咱們便大家坐著，比上一比。』我見到他眼中露出兇光，很是害怕，他顯然已動殺機，要將令狐師兄殺了。「令狐師兄笑道：『坐著使刀使劍，你沒我功夫深，你是比不過我的。令狐冲今日新交了田兄這個朋友，又何必傷了兩家和氣？再說，令狐冲堂堂丈夫，不肯在自己最擅勝場的功夫上佔朋友便宜。』田伯光道：『這是田伯光自甘情願，不能說是你佔了我便宜。』令狐師兄道：『如此說來，田兄一定要比？』田伯光道：『一定要比！』令狐師兄道：『一定要坐著比！』田伯光道：『對了，一定要坐著比！』令狐師兄道：『好，既然如此，咱們得訂下一個規條，勝敗未決之時，那一個先站了起來，便算輸！』田伯光道：『不錯！勝敗未決之時，那一個先站起身，便算輸了。』

「令狐師兄又問：『輸了的便怎樣？』田伯光道：『你說如何便如何。』令狐師兄道：『待我想一想。有了，第一，比輸之人，今後見到這個小尼姑，不得再有任何無禮的言語行動，一見到她，便得上前恭恭敬敬的躬身行禮，說道：「小師父，弟子田伯光拜見。」』田伯光道：『呸！你怎知定是我輸？要是你輸呢？』令狐師兄道：『我也一樣，是誰輸了，誰便得改投恆山派門下，做定逸老師太的徒孫，做這小尼姑的徒弟。』師父，你想令狐師兄說得滑稽不滑稽？他二人比武，怎地輸了要改投恆山派門下？我又怎能收他們做徒弟？」

她說到這裏，臉上露出了淡淡的笑容。她一直愁容不展，此刻微現笑靨，更增秀色。

定逸道：「這些江湖上的粗魯漢子，甚麼話都說得出，你又怎地當眞了？這令狐冲存心是在激怒田伯光。」她說到這裏，抬起頭來，微閉雙目，思索令狐冲用甚麼法子能夠取勝，倘若他比武敗了，又如何自食其言？想了一會，知道自己的智力跟這些無賴流氓相比實在差得太遠，不必徒傷腦筋，便問：「那田伯光卻又怎樣回答？」

儀琳道：「田伯光見令狐師兄說得這般有恃無恐，臉現遲疑之色，我料他有些躭心了，大概在想：莫非令狐冲坐著使劍，眞有過人之長？令狐師兄又激他：『倘若你決意不肯改投恆山派門下，咱們也不用比了。』田伯光怒道：『胡說八道！好，就是這樣，輸了的拜這小尼姑爲師！』我道：『我可不能收你們做徒弟，我功夫不配，再說，我師父也不許。我恆山派不論出家人、在家人，個個都是女子，怎能夠……怎能夠……』「令狐師兄將手一揮，說道：『我和田兄商量定的，你不收也得收，那由得你作主？』他轉頭向田伯光道：『第二，輸了之人，就得舉刀一揮，自己做了太監。』師父，不知道甚麼是舉刀一揮，自己做了太監？」

她這麼一問，衆人都笑了起來。定逸也忍不住好笑，嚴峻的臉上終於露出了笑容，說道：「那些流氓的粗話，好孩子，你不懂就不用問，沒甚麼好事。」

儀琳道：「噢，原來是粗話。我本來想有皇帝就有太監，沒甚麼了不起。田伯光聽了這話後，斜眼向著令狐師兄問道：『令狐兄，你當眞有必勝的把握？』令狐師兄道：『這個自然！站著打，我令狐冲在普天下武林之中，排名第八十九；坐著打，排名第二！』田伯光甚是好奇，問道：『你第二？第一是誰？』令狐師兄道：『那是魔教教主東方不敗！』」

眾人聽她提到「魔教教主東方不敗」八字，臉色都爲之一變。

儀琳察覺到眾人神色突然間大變，既感詫異，又有些害怕，深恐自己說錯了話，問道：「師父，這話不對麼？」定逸道：「你別提這人的名字。田伯光卻怎麼說？」

儀琳道：「田伯光點點頭，道：『你說東方教主第一，我沒異言，可是閣下自居排名第二，未免有些自吹自擂。難道你還勝得過尊師岳先生？』令狐師兄道：『我是說坐著打啊。站著打，我師父排名第八，我是八十九，跟他老人家可差得遠了。』田伯光點頭道：『原來如此！那麼站著打，我排名第幾？這又是誰排的？』令狐師兄道：『這是一個大秘密，田兄，我跟你言語投機，說便跟你說了，可千萬不能洩漏出去，否則定要惹起武林中老大一場風波。三個月之前，我五嶽劍派五位掌門師尊在華山聚會，談論當今武林名手的高下。五位師尊一時高興，便將普天下眾高手排了一排。田兄，不瞞你說，五位師尊對你的人品罵得一錢不值，說到你的武功，大家認爲還眞不含糊，站著打，天下可以排到第十四。』」

天門道人和定逸師太齊聲道：「令狐冲胡說八道，那有此事？」

儀琳道：「原來令狐師兄是騙他的。田伯光也有些將信將疑，說道：『五嶽劍派掌門人都是武林中了不起的高人，居然將田伯光排名第十四，那是過獎了。令狐兄，你是否當著五位掌門人之面，施展你那套臭不可聞的茅廁劍法，否則他們何以許你天下第二？』

「令狐師兄笑道：『這套茅廁劍法嗎？當衆施展太過不雅，如何敢在五位師尊面前獻醜？這路劍法姿勢難看，可是十分厲害。令狐冲和一些旁門左道的高手談論，大家認爲除了東方教主之外，天下無人能敵。不過，田兄，話又得說回來，我這路劍法雖然了得，除了出恭時擊刺蒼蠅之外，卻沒實用。你想想，當眞與人動手比武，又有誰肯大家坐著不動？就算我和你約好了非坐著比不可，等到你一輸，你自然老羞成怒，站起身來，你站著打天下第十四，輕而易舉，便能將我這坐著打的天下第二一刀殺了。因此啊，你這站著打天下第十四是眞的，我這坐著打天下第二卻徒有虛名，毫不足道。』

「田伯光冷哼一聲，說道：『令狐兄，你這張嘴當眞會說。你又怎知我坐著打一定會輸給你，又怎知我會老羞成怒，站起身來殺你？』令狐師兄道：『你如答允輸了之後不來殺我，那麼做太……太監之約，也可不算，免得你絕子絕孫，沒了後代。好罷，廢話少說，這就動手！』他手一掀，將桌子連酒壺、酒碗都掀得飛了出去，兩個人就面對面的坐著，一個手中提了把刀，一個手中拿了柄劍。

「令狐師兄道：『進招罷！是誰先站起身來，屁股離開了椅子，誰就輸了。』田伯光道：『好，瞧是誰先站起身來！』他二人剛要動手，田伯光向我瞧了一眼，突然哈哈大笑，說道：『令狐兄，我服了你啦。原來你暗中伏下人手，今日存心來跟田伯光爲難。我和你坐著相鬥，誰都不許離開椅子，別說你的幫手一擁而出，單是這小尼姑在我背後動手動腳，說不定便逼得我站起身來。』

「令狐師兄也哈哈大笑，說道：『只教有人插手相助，便算是令狐沖輸了。小尼姑，你盼我打勝呢，還是打敗？』我道：『自然盼你打勝。你坐著打，天下第二，決不能輸了給他。』令狐師兄道：『好，那麼你請罷！走得越快越好，越遠越好！這麼一個光頭小尼姑站在我眼前，令狐沖不用打便輸了。』他不等田伯光出言阻止，唰的一劍，便向他刺去。

「田伯光揮刀擋開，笑道：『佩服，佩服！好一條救小尼姑脫身的妙計。令狐兄，你當眞是個多……多情種子。只是這一場凶險，冒得忒也大了些。』我那時才明白，原來令狐師兄一再說誰先站起誰輸，是要我有機會逃走。田伯光身子不能離椅，自然沒法來捉我了。」

衆人聽到這裏，對令狐沖這番苦心都不禁讚嘆。他武功不及田伯光，除此之外，確無良策可讓儀琳脫身。

定逸道：「甚麼『多情種子』等等，都是粗話，以後嘴裏千萬不可提及，連心裏也不許想。」儀琳垂目低眉，道：「是，原來那也是粗話，弟子知道了。」定逸道：「那你就該立即走路啊，倘若田伯光將令狐沖殺了，你便又難逃毒手。」

儀琳道：「是。令狐師兄一再催促，我只得向他拜了拜，說道：『多謝令狐師兄救命之恩。華山派的大恩大德，儀琳終身不忘。』轉身下樓，剛走到樓梯口，只聽得田伯光喝道：『中！』我一回頭，兩點鮮血飛了過來，濺上我的衣衫，原來令狐師兄肩頭中了一刀。

「田伯光笑道：『怎麼樣？你這坐著打天下第二的劍法，我看也是稀鬆平常！』令狐師兄道：『這小尼姑還不走，我怎打得過你？那是我命中注定要倒大霉。』我想令狐師兄討厭尼姑，我留著不去，只怕眞的害了他性命，只得急速下樓。一到酒樓之下，但聽樓上刀劍之聲相交不絕，田伯光又大喝一聲：『中！』

「我大吃一驚，料想令狐師兄又給他砍中了一刀，但不敢再上樓去觀看，於是從樓旁攀援而上，到了酒樓屋頂，伏在瓦上，從窗子裏向內張望，只見令狐師兄仍持劍狠鬥，身上濺滿了鮮血，田伯光卻一處也沒受傷。

「又鬥了一陣，田伯光又喝一聲：『中！』一刀砍在令狐師兄的左臂，收刀笑道：『令狐兄，我這一招是刀下留情！』令狐師兄笑道：『我自然知道，你落手稍重，我這條臂膀便給你砍下來啦！』師父，在這當口，他居然還笑得出來。田伯光道：『你還打不打？』令狐師兄道：『當然打啊！我又沒站起身來。』田伯光道：『我勸你認輸，站了起來罷。咱們說過的話不算數，你不用拜那小尼姑爲師啦。』令狐師兄道：『大丈夫一言既出，駟馬難追。說過的話，豈有不算數的？』田伯光道：『天下硬漢子我見過多了，令狐兄這等人物，田伯光今日第一次見到。好！咱們不分勝敗，兩家罷手如何？』「令狐師兄笑嘻嘻的瞧著他，並不說話，身上各處傷口中的鮮血不斷滴向樓板，嗒嗒嗒的作聲。田伯光拋下單刀，正要站起，突然想到一站起身便算輸了，身子只這麼一晃，便又坐實，總算沒離開椅子。令狐師兄笑道：『田兄，你可機靈得很啊！』」

衆人聽到這裏，都情不自禁「唉」的一聲，爲令狐冲可惜。

儀琳繼續說道：「田伯光拾起單刀，說道：『我要使快刀了，再遲得片刻，那小尼姑便要逃得不知去向，追她不上了。』我聽他說還要追我，只嚇得渾身發抖，又躭心令狐師兄遭了他毒手，不知如何是好。忽地想起，令狐師兄所以拚命和他纏鬥，只是爲了救我，唯有我去自刎在他二人面前，方能使令狐師兄不死。當下我拔出腰間斷劍，正要踴身躍入酒樓，突然間只見令狐師兄身子一晃，連人帶椅倒下地來，又見他雙手撐地，慢慢爬了開去，那隻椅子壓在他身上。他受傷甚重，一時掙扎著站不起來。

「田伯光甚是得意，笑道：『坐著打天下第二，爬著打天下第幾？』說著站起身來。令狐師兄也哈哈一笑，說道：『你輸了！』田伯光笑道：『你輸得如此狼狽，還說是我輸了？』令狐師兄伏在地下，問道：『咱們先前怎麼說來？』田伯光道：『咱們約定坐著打，是誰先站起身來，屁股離了椅子……便……便……便……』他連說了三個

『便』字，再也說不下去，左手指著令狐師兄。原來這時他才醒悟已上了當。他已經站起，令狐師兄可兀自未曾起立，屁股也沒離開椅子，模樣雖然狼狽，依著約定的言語，卻算是勝了。」

眾人聽到這裏，忍不住拍手大笑，連聲叫好。

只余滄海哼了一聲，道：「這無賴小子，跟田伯光這淫賊去耍流氓手段，豈不丟了名門正派的臉面？」定逸怒道：「甚麼流氓手段？大丈夫鬥智不鬥力。可沒見你青城派中有這等見義勇爲的少年英俠？」她聽儀琳述說令狐冲奮不顧身、保全了恆山派的顏面，心下著實感激，先前怨怪令狐冲之意，早就丟到了九霄雲外。余滄海又哼了一聲，道：「好一個爬在地下的少年英俠！」定逸厲聲道：「你青城派……」

劉正風怕他二人又起衝突，忙打斷話頭，問儀琳道：「賢姪，田伯光認不認輸？」

儀琳道：「田伯光怔怔的站著，一時拿不定主意。令狐師兄叫道：『恆山派的小師妹，你下來罷，恭喜你新收了一位高足啊！』原來我在屋頂窺探，他早就知道了。田伯光這人雖惡，說過了的話倒不抵賴，那時他本可上前一刀將令狐師兄殺了，回頭再來對付我，但他卻大聲叫道：『小尼姑，我跟你說，下次你再敢見我，我一刀便將你殺了。』我本來就不願收這惡人做徒弟，他這麼說，我正求之不得。田伯光說了這句話，將單刀往刀鞘裏一插，大踏步下了酒樓。我這才跳進樓去，扶起令狐師兄，取出天香斷續膠給他敷上傷口，我一數，他身上大大小小的傷口，竟有十三處之多……」

余滄海忽然插口道：「定逸師太，恭喜恭喜！」定逸瞪眼道：「恭甚麼喜？」余滄海道：「恭喜你新收了一位武功卓絕、天下揚名的好徒孫！」定逸大怒，一拍桌子，站起身來。天門道人道：「余觀主，這可是你的不對了。咱們玄門清修之士，豈可開這等無聊玩笑？」余滄海轉過了頭，只作沒聽見。

儀琳續道：「我給令狐師兄敷完了藥，扶他坐上椅子。令狐師兄不住喘氣，說道：『勞你駕，給斟一碗酒。』我斟了一碗酒遞給他。忽然樓梯上腳步聲響，上來了兩人，一個就是他。」伸指指著抬羅人傑屍身進來的那青城派弟子，又道：「另一個便是那惡人羅人傑。他們二人看看我，看看令狐師兄，眼光又轉過來看我，神色間甚是無禮。」

衆人均想，羅人傑他們乍然見到令狐冲滿身鮮血，和一個美貌尼姑坐在酒樓之上，而那小尼姑又斟酒給他喝，自然會覺得大大不以爲然，神色無禮，那也不足爲奇了。

儀琳續道：「令狐師兄向羅人傑瞧了一眼，問道：『師妹，你可知青城派最擅長的是甚麼功夫？』我道：『不知道，聽說青城派高明的功夫多得很。』令狐師兄道：『不錯，青城派高明的功夫很多，但其中最高明的一招，嘿嘿，免傷和氣，不說也罷。』說著向羅人傑又瞪了一眼。羅人傑搶將過來，喝道：『最高明的是甚麼？你倒說說看？』令狐師兄笑道：『我本來不想說，你一定要我說，是不是？那是一招「屁股向後平沙落雁式」。』羅人傑伸手在桌上一拍，喝道：『胡說八道，甚麼叫做「屁股向後平沙落雁式」，從來沒聽見過！』

「令狐師兄笑道：『這是貴派的看家招式，你怎地會沒聽見過？你轉過身來，我演給你瞧。』羅人傑罵了幾句，出拳便向令狐師兄打去。令狐師兄站起來想避，但實在失血過多，半點力氣也沒有了，身子一晃，便即坐倒，給他這一拳打在鼻上，鮮血長流。

「羅人傑第二拳又待再打，我忙伸掌格開，道：『不能打！他身受重傷，你沒瞧見麼？你欺負受傷之人，算是甚麼英雄好漢？』羅人傑罵道：『小尼姑見小賊生得瀟洒，動了凡心啦！快讓開。你不讓開，連你也打了。』我說：『你敢打我，我告訴你師父余觀主去。』他說：『哈哈，你不守清規，破了淫戒，天下人個個打得。』師父，他這可不是冤枉人嗎？他左手向我一探，我伸手格時，沒料到他這一下是虛招，突然間他右手伸出，在我左頰上捏了一把，還哈哈大笑。我又氣又急，連出三掌，卻都給他避開了。

「令狐師兄道：『師妹，你別動手，我運一運氣，那就成了。』我轉頭瞧他，只見他臉上半點血色也沒有。就在那時，羅人傑奔將過去，握拳又要打他。令狐師兄左掌一帶，將他帶得身子轉了半個圈子，跟著飛出一腿，踢中了他的……他的後臀。這一腿又快又準，巧妙之極。那羅人傑站立不定，直滾下樓去。

「令狐師兄低聲道：『師妹，這就是他青城派最高明的招數，叫做「屁股向後平沙落雁式」，屁股向後，是專門給人踢的，平沙落……落……雁，你瞧像不像？』我本想笑，可是見他臉色愈來愈差，很是躭心，勸道：『你歇一歇，別說話。』我見他傷口又流出血來，顯然剛才踢這一腳太過用力，又將傷口弄破了。

「那羅人傑跌下樓後立即又奔了上來，手中已多了一柄劍，喝道：『你是華山令狐冲，是不是？』令狐師兄笑道：『貴派高手向我施展這招「屁股向後平沙落雁式」的，閣下已是第三人，無怪……無怪……』說著不住咳嗽。我怕羅人傑害他，抽出劍來，在旁守護。羅人傑向他師弟道：『黎師弟，你對付這小尼姑。』這姓黎的惡人應了一聲，抽出長劍，向我攻來，我只得出劍招架。

「只見羅人傑一劍又一劍向令狐師兄刺去，令狐師兄勉力舉劍招架，形勢甚是危急。又打幾招，令狐師兄的長劍跌了下來。羅人傑長劍刺出，抵在他胸前，笑道：『你叫我三聲青城派的爺爺，我便饒了你性命。』令狐師兄笑道：『好，我叫，我叫！我叫了之後，你傳不傳我貴派那招屁股向後平沙……』他這句話沒說完，羅人傑這惡人長劍往前一送，便刺入了令狐師兄胸口，這惡人當眞毒辣……」

她說到這裏，晶瑩的淚水從面頰上滾滾流下，哽咽著繼續道：「我……我……我見到這等情狀，撲過去阻擋，但那羅人傑的利劍，已刺……刺進了令狐師兄的胸膛。」

一時之間，花廳上靜寂無聲。

余滄海只覺射向自己臉上的許多眼光之中，都充滿著鄙夷和憤恨之意，說道：「你這番言語不盡不實。你說羅人傑已殺了令狐冲，怎地羅人傑又會死在他劍下？」

儀琳道：「令狐師兄中了那劍後，卻笑了笑，向我低聲道：『小師妹，我……我有個大秘密，說給你聽。那福……福威鏢局的辟邪……辟邪劍譜，是在……是在……』他聲音越說越低，我再也聽不見甚麼，只見他嘴唇在動……」

余滄海聽她提到福威鏢局的辟邪劍譜，登時心頭大震，不由自主的神色緊張，問道：「在甚麼……」他本想問「在甚麼地方」，但隨即想起，這句話萬萬不能當眾相詢，當即縮住，但心中撲通撲通的亂跳，只盼儀琳年幼無知，當場便說了出來，否則事後定逸師太一加詳詢，知道了其中的重大關連，便無論如何不會讓自己與聞機密了。

只聽儀琳續道：「羅人傑對那甚麼劍譜，好像十分關心，走將過來，俯低身子，要聽令狐師兄說那劍譜是在甚麼地方，突然之間，令狐師兄抓起掉在樓板上的那口劍，一抬手，刺入了羅人傑的小腹。這惡人仰天摔倒，手足抽搐了幾下，再也爬不起來。原來……原來……師父……令狐師兄是故意騙他走近，好殺他報仇。」

她述說完了這段往事，精神再也支持不住，身子晃了幾晃，暈了過去。定逸師太伸出手臂，攬住了她腰，向余滄海怒目而視。

眾人默然不語，想像迴雁樓頭那場驚心動魄的格鬥。在天門道人、劉正風、聞先生、何三七等高手眼中，令狐冲、羅人傑等人的武功自然都沒甚麼了不起，但這場鬥殺如此變幻慘酷，卻是江湖上罕見罕聞的淒厲場面，而從儀琳這樣一個秀美純潔的妙齡女尼口中說來，顯然並無半點誇大虛妄之處。

劉正風問那姓黎的青城弟子：「黎世兄，當時你也在場，這件事是親眼目睹的？」那姓黎的青城弟子不答，眼望余滄海。衆人見了他神色，均知當時實情確是如此。否則儀琳只消有一句半句假話，他自必出言反駁。

余滄海目光轉向勞德諾，臉色鐵青，冷冷的問道：「勞賢姪，我青城派到底在甚麼事上得罪了貴派，以致令師兄一再無端生事，向我青城派弟子挑釁？」勞德諾搖頭道：「弟子不知。那是令狐師哥和貴派羅兄私人間的爭鬥，和青城、華山兩派的交情絕不相干。」余滄海冷笑道：「好一個絕不相干！你倒推得乾乾淨淨……」

話猶未畢，忽聽得豁喇一聲，西首紙窗爲人撞開，飛進一個人來。廳上衆人都是高手，應變奇速，分向兩旁一讓，各出拳掌護身，還未看清進來的人是誰，豁喇一響，又飛進一個人來。這兩人摔在地下，俯伏不動。但見兩人都身穿青色長袍，是青城派弟子的服色打扮，袍上臀部之處，淸淸楚楚的各印著一個泥水的腳印。只聽得窗外一個蒼老粗豪的聲音朗聲道：「屁股向後平沙落雁式！哈哈，哈哈！」

余滄海身子一晃，雙掌劈出，跟著身隨掌勢，竄出窗外，左手在窗格上一按，已借勢上了屋頂，左足站在屋簷，眼觀四方，但見夜色沉沉，雨絲如幕，更沒一個人影，心念一動：「此人決不能在這瞬息之間，便即逸去無蹤，定然伏在左近。」知道此人大是勁敵，伸手拔出長劍，展開身形，在劉府四周迅捷異常的遊走了一周。

其時只天門道人自重身分，仍坐在原座不動，定逸師太、何三七、聞先生、劉正風、勞德諾等都已躍上了屋頂，眼見一個身材矮小的道人提劍疾行，黑暗中劍光幻作了一道白光，在劉府數十間屋舍外繞行一圈，對余滄海輕身功夫之高，都暗暗佩服。

余滄海奔行雖快，但劉府四周屋角、樹木、草叢各處，沒一處能逃過他眼光，不見有任何異狀，當即又躍回花廳，只見兩名弟子仍伏在地下，屁股上那兩個清清楚楚的腳印，便似化成了江湖上千萬人的恥笑，正在譏嘲青城派丟盡了顏面。

余滄海伸手將一人翻過身來，見是弟子申人俊，另一個不必翻身，從他後腦已可見到一部鬍子，自是與申人俊焦孟不離的吉人通了。他伸手在申人俊脅下的穴道上拍了兩下，問道：「著了誰的道兒？」申人俊張口欲語，卻發不出半點聲息。

余滄海吃了一驚，適才他這麼兩拍，只因大批高手在側，故意顯得輕描淡寫，渾不著力，其實已運上了青城派的上乘內力，但申人俊受封的穴道居然沒法解開。只得潛運功力，將內力自申人俊背心「靈台穴」中源源輸入。

過了好一會，申人俊才結結巴巴的叫道：「師……師父。」余滄海不答，又輸了一陣內力。申人俊道：「弟……弟子沒見到對手是誰。」余滄海道：「他在那裏下的手？」申人俊道：「弟子和吉師弟兩個同到外邊解手，弟子只覺後心一痲，便著了龜兒的道兒。」余滄海臉一沉，道：「人家是武林高手，不可胡言謾罵。」申人俊道：「是。」

余滄海一時想不透對方來歷，見天門道人臉色木然，對此事似是全不關心，尋思：「他五嶽劍派同氣連枝，人傑殺了令狐冲，看來連天門這廝也將我怪上了。」突然想起：「下手之人只怕尚在大廳。」向申人俊招了招手，快步走進廳中。

廳上眾人正紛紛議論，兀自在猜測一名泰山派弟子、一名青城派弟子死於非命，是誰下的毒手，突然見到余滄海進來，有的認得他是青城派掌門，不認得他的，見這人身高不逾五尺，卻自有一股武學宗匠的氣度，形貌舉止，不怒自威，登時都靜了下來。

余滄海的眼光逐一向眾人臉上掃去。廳上眾人都是武林中第二輩的人物，他雖所識者不多，但一看各人的服色打扮，十之八九便已知屬於何門何派，料想任何門派的第二代弟子之中，決無內力如此深厚的好手，此人若在廳上，必然與眾不同。他一個一個的看去，突然之間，兩道鋒銳如刀的目光停在一個人身上。

這人形容醜陋之極，臉上肌肉扭曲，又貼了幾塊膏藥，背脊高高隆起，是個駝子。

余滄海陡然憶起一人，不由得一驚：「莫非是他？聽說這『塞北明駝』木高峯素在塞外出沒，極少涉足中原，又跟五嶽劍派沒甚麼交情，怎會來參與劉正風的金盆洗手之會？但若不是他，武林中又那有第二個相貌如此醜陋的駝子？」

大廳上衆人的目光也隨著余滄海而射向那駝子，好幾個熟知武林情事的年長之人都驚噫出聲。劉正風搶上前去一揖，說道：「不知尊駕光臨，有失禮數，當眞得罪了。」

其實這駝子，卻那裏是甚麼武林異人了？便是福威鏢局少鏢頭林平之。他深恐爲人認出，一直低頭兜身，縮在廳角，若非余滄海逐一認人，誰也不會注意到他。這時衆人目光突然齊集，林平之登時大爲窘迫，忙站起向劉正風還禮，連說：「不敢！」

劉正風知木高峯是塞北人士，但眼前此人說的卻是南方口音，年歲相差甚遠，不由得起疑，但素知木高峯行事神出鬼沒，不可以常理測度，仍恭恭敬敬的道：「在下劉正風，不敢請教閣下高姓大名。」

林平之從未想到有人會來詢問自己姓名，囁嚅了幾句，一時不答。劉正風道：「閣下跟木大俠……」林平之靈機一動：「我姓『林』，拆了開來，不妨只用一半，便冒充姓『木』好了。」隨口道：「在下姓木。」

劉正風道：「木先生光臨衡山，劉某當眞臉上貼金。不知閣下跟『塞北明駝』木大俠如何稱呼？」他看林平之年歲甚輕，同時臉上那些膏藥，顯是在故意掩飾本來面貌，決不是那成名已數十年的「塞北明駝」木高峯。

林平之從未聽到過「塞北明駝木大俠」的名字，但聽得劉正風語氣之中對那姓木之人甚爲尊敬，而余滄海在旁側目而視，神情不善，自己但須稍露行跡，只怕立時便會斃於他掌下，此刻情勢緊迫，只得隨口敷衍搪塞，說道：「塞北明駝木大俠嗎？那是……那是在下的長輩。」他想那人既有「大俠」之稱，當然可以說是「長輩」。

余滄海見廳上更無別個異樣之人，料想弟子申吉二人受辱，定是此人下的手，當即冷冷的道：「青城派和塞北木先生素無瓜葛，不知甚麼地方開罪了閣下？」

林平之和這矮小道人面對面的站著，想起這些日子來家破人散，父母被擒，迄今不知生死，全是因這矮小道人而起，雖知他武功高過自己百倍，但胸口熱血上湧，忍不住便要拔出兵刃向他刺去。然而這些日來多歷憂患，已非復當日福州府那個鬥鷄走馬的紈袴少年，當下強抑怒火，說道：「青城派好事多爲，木大俠路見不平，自要伸手。他老人家古道熱腸，生平行俠仗義，最愛鋤強扶弱，又何必管你開罪不開罪於他？」

劉正風一聽，不由得暗暗好笑，塞北明駝木高峯武功雖高，人品卻頗低下，這「木大俠」三字，只是自己隨口叫上一聲，其實以木高峯爲人，別說「大俠」兩字夠不上，連跟一個「俠」字也毫不相干。此人趨炎附勢，不顧信義，只是他武功高強，爲人機警，若跟他結下了仇，卻防不勝防，武林中人對他忌憚畏懼則有之，卻無人眞的對他有甚麼尊敬。劉正風聽林平之這麼說，更信他是木高峯的子姪，生怕余滄海出手傷了他，當即笑道：「余觀主，木兄，兩位既來到舍下，都是在下的貴客，便請瞧著劉某薄面，大家喝杯和氣酒，來人哪，酒來！」家丁們轟聲答應，斟上酒來。

余滄海對面前這年輕駝子雖不放在眼裏，然而想到江湖上傳說木高峯的種種陰毒無賴事跡，倒也不敢貿然破臉，見劉府家丁斟上酒來，卻不出手去接，要看對方如何行動。

林平之又恨又怕，但畢竟憤慨之情佔了上風，尋思：「說不定此刻我爹媽已遭這矮道人的毒手，我寧可給你一掌斃於當場，也決不能跟你共飲。」目光中盡是怒火，瞪視余滄海，也不伸手去取酒杯。

余滄海見他對自己滿是敵意，怒氣上沖，一伸手，便施展擒拿法抓住他手腕，說道：「好，好，好！衝著劉三爺的金面，誰也不能在劉府上無禮。木兄弟，咱們親近親近。」

林平之用力一掙，沒能掙脫，聽得他最後一個「近」字一出口，只覺手腕上一陣劇痛，腕骨格格作響，似乎立即便會給他揑得粉碎。余滄海凝力不發，要逼迫林平之討饒。那知林平之對他心懷深仇大恨，腕上雖痛入骨髓，卻哼也沒哼一聲。

劉正風站在一旁，眼見他額頭黃豆大的汗珠一滴滴滲將出來，但臉上神色傲然，絲毫不屈，對這青年人的硬氣倒也有些佩服，說道：「余觀主！」正想打圓場和解，忽聽得一個尖銳的聲音說道：「余觀主，怎地興致這麼好，欺侮起木高峯的孫子來著？」

衆人一齊轉頭，只見廳口站著一個肥肥胖胖的駝子，這人臉上生滿了白瘢，卻又東一塊西一塊的都是黑記，再加上一個高高隆起的駝背，委實古怪醜陋之極。廳上衆人大都沒見過木高峯的盧山眞面，這時聽他自報姓名，又見到這副怪相，無不聳然動容。

這駝子身材臃腫，行動卻敏捷無倫，衆人只眼睛一花，見這駝子已欺到了林平之身邊，在他肩頭拍了拍，說道：「好孫子，乖孫兒，你給爺爺大吹大擂，說甚麼行俠仗義，鋤強扶弱，爺爺聽在耳裏，可受用得很哪！」說著又在他肩頭拍了一下。

他第一次拍肩，林平之只感全身劇震，余滄海手臂上也是一熱，險些便放開了手，但隨即又運功力，牢牢抓住。木高峯一拍沒將余滄海的五指震脫，一面跟林平之說話，一面潛運內力，第二下拍在他肩頭之時，已使上了十成功力。林平之眼前一黑，喉頭發甜，一口鮮血湧到了嘴裏。他強自忍住，骨嘟一聲，將鮮血吞入了腹中。

余滄海虎口欲裂，再也揑不住，只得放開了手，退了一步，心道：「這駝子心狠手辣，果然名不虛傳，他爲了震脫我手指，居然寧可讓他孫子身受內傷。」

林平之勉力哈哈一笑，向余滄海道：「余觀主，你青城派的武功太也稀鬆平常，比之這位塞北明駝木大俠，那可差得遠了，我瞧你不如改投木大俠門下，請他點撥幾招，也可……也可……有點兒進……進益……」他身受內傷，說這番話時心情激盪，只覺五臟便如倒了轉來，終於支撐著說完，身子已搖搖欲墮。

余滄海道：「好，你叫我改投木先生的門下，學一些本事，余滄海正求之不得。你自己是木先生門下，本事一定挺高的了，在下倒要領教領教。」指明向林平之挑戰，卻要木高峯袖手旁觀，不得參預。

木高峯向後退了兩步，笑道：「小孫子，只怕你修為尚淺，不是青城派掌門的對手，一上去就給他斃了。爺爺難得生了你這樣一個又駝又俊的好孫子，可捨不得你給人殺了。你不如跪下向爺爺磕頭，請爺爺代你出手如何？」

林平之向余滄海瞧了一眼，心想：「我若貿然上前跟這姓余的動手，他怒火大熾之下，只怕當眞一招就將我殺了。命既不存，又談甚麼報父母之仇？可是我林平之堂堂男子，豈能平白無端的去叫這駝子作爺爺？我自己受他羞辱不要緊，連累爹爹也受此奇恥大辱，終身抬不起頭來。我若向他一跪，那擺明是托庇於『塞北明駝』宇下，再也不能自立了。」一時心神不定，全身微微發抖，伸左手扶在桌上。

余滄海道：「我瞧你就是沒種！要叫人代你出手，磕幾個頭，又打甚麼緊？」他已瞧出林平之和木高峯之間的關係有些特異，顯然木高峯並非眞是他的爺爺，否則為甚麼林平之只稱他「前輩」，始終沒叫一聲「爺爺」？木高峯也不會在這當口叫自己的孫兒磕頭。他以言語相激，要林平之沉不住氣而親自出手，那便大有迴旋餘地。

林平之心念電轉，想起這些日來福威鏢局受到青城派的種種欺壓，一幕幕恥辱在腦海中紛至沓來的流過，尋思：「只須我日後眞能揚眉吐氣，今日受一些折辱又有何妨？」

當即轉身，屈膝向木高峯跪倒，連連磕頭，說道：「爺爺，這余滄海濫殺無辜，搶劫財物，武林中人人得而誅之。請你主持公道，爲江湖上除此大害。」

木高峯和余滄海都大出意料之外，這年輕駝子適才爲余滄海抓住，以內力相逼，始終強忍不屈，可見頗有骨氣，那知他竟肯磕頭哀求，何況是在這大庭廣衆之間。羣豪都道這年輕駝子便是木高峯的孫子，便算不是眞的親生孫兒，也是徒孫、姪孫之類。只木高峯才知此人與自己絕無半分瓜葛，而余滄海雖瞧出其中大有破綻，卻也猜測不到兩者眞正干係，只知林平之這聲「爺爺」叫得甚爲勉強，多半是爲了貪生怕死而發。

木高峯哈哈大笑，說道：「好孫兒，乖孫兒，怎麼？咱們眞的要玩玩嗎？」他口中在稱讚林平之，但臉孔正對著余滄海，那兩句「好孫兒，乖孫兒」，便似叫他一般。

余滄海更加憤怒，但知今日這一戰，不但關係到一己的生死存亡，更與青城一派的興衰榮辱大有關連，當下暗自凝神戒備，淡淡一笑，說道：「木先生有意在衆位朋友之前炫耀絕世神技，令咱們大開眼界，貧道只有捨命陪君子了。」適才木高峯這兩下拍肩震手，余滄海已知他內力深厚，兼且十分霸道，一旦正面相攻，定如雷霆疾發、排山倒海般的撲來，尋思：「素聞這駝子十分自負，他一時勝我不得，便會心浮氣躁的搶攻，我在最初一百招之中只守不攻，先立於不敗之地，到得一百招後，當能找到他的破綻。」

木高峯見這矮小道人身材便如孩童一般，提在手裏只怕還不到八十斤，然而站在當地，猶如淵停嶽峙，自有一派大宗師的氣度，顯然內功修爲頗深，心想：「這小道士果然有些鬼門道，青城派歷代名手輩出，這牛鼻子爲其掌門，決非泛泛之輩，駝子今日不可陰溝裏翻船，一世英名，付於流水。」

便在二人蓄勢待發之際，突然間呼的一聲響，兩個人從後飛了出來，砰的一聲，落在地下，直挺挺的俯伏不動。這兩人身穿青袍，臀部處各有一個腳印。只聽得一個女童的清脆聲音叫道：「這是青城派的看家本領，『屁股向後平沙落雁式』！」

余滄海大怒，一轉頭，不等看清是誰說話，循聲辨向，晃身飛躍過去，見一個綠衫女童站在席邊，一伸手便抓住了她手臂。那女童大叫一聲「媽呀！」哇的一聲，哭了出來。

余滄海一驚，本來聽她口出侮辱之言，狂怒之下，不及細思，認定青城派兩名弟子又著了道兒，定是與她有關，這一抓手指上使力甚重，待得聽她哭叫，才想此人不過是一個小小女孩，如何可以下重手對待，當著天下英雄之前，豈不是大失青城掌門的身分？急忙放手。豈知那小姑娘越哭越響，叫道：「你抓斷了我骨頭，媽呀，我手臂斷啦！嗚嗚，好痛，好痛！嗚嗚！」

這青城派掌門身經百戰，應付過無數大風大浪，可是如此尷尬場面卻從來沒遇到過，眼見千百道目光都射向自己，而目光中均有責難甚至鄙視之色，不由得臉上發燒，手足無措，低聲道：「別哭，別哭，手臂沒斷，不會斷的。」那女童哭道：「已經斷了，你欺侮人，大人打小孩，好不要臉，哎唷好痛啊，嗚嗚嗚，嗚嗚嗚嗚！」

眾人見這女童約莫十三四歲年紀，穿一身翠綠衣衫，皮膚雪白，一張臉蛋清秀可愛，無不對她生出同情之意。幾個粗魯之人已喝了起來：「揍這牛鼻子！」「打死這矮道士！」

余滄海狼狽之極，心知犯了眾怒，不敢反唇相稽，低聲道：「小妹妹，別哭！對不起，我瞧瞧你的手臂，看傷了沒有？」說著便欲去捋她衣袖。那女童叫道：「不，不，別碰我。媽媽，媽媽，這矮道士打斷了我手臂！」

余滄海正感無法可施，人叢中走出一名青袍漢子，正是青城派中最機靈的方人智。他向那女童道：「小姑娘裝假，我師父的手連你衣袖也沒碰到，怎會打斷了你的手臂？」那女童大叫：「媽媽，又有人來打我了！」

定逸師太在旁早已看得大怒，搶步上前，伸掌便向方人智臉上拍去，喝道：「大欺小，不要臉。」方人智伸臂欲擋，定逸右手疾探，抓住了他手掌，左手手臂一靠，壓向他上臂和小臂之間相交的手肘關節，這一下只教壓實了，方人智手臂立斷。余滄海迴手一指，點向定逸後心。定逸只得放開方人智，反手拍出。余滄海不欲和她相鬥，說聲：「得罪了！」躍開兩步。

定逸握住那小姑娘的手，柔聲道：「好孩子，那裏痛？給我瞧瞧，我給你治治。」

一摸她的手臂，並未斷折，先放了心，拉起她的衣袖，只見一條雪白粉嫩的圓臂之上，清清楚楚的留下四條烏青的手指印。定逸大怒，向方人智喝道：「小子撒謊！你師父沒碰到她手臂，那麼這四個指印是誰揑的？」

那小姑娘道：「是烏龜揑的，是烏龜揑的。」一面說，一面指著余滄海的背心。

突然之間，羣雄轟然大笑，有的笑得口中茶水都噴了出來，有的笑彎了腰，大廳中盡是鬨笑之聲。

余滄海不知衆人笑些甚麼，心想這小姑娘罵自己是烏龜，不過是孩子家受了委屈，隨口詈罵，又有甚麼好笑了？只是人人對自己發笑，卻也不禁狼狽。方人智縱身而前，搶到余滄海背後，從他衣服上揭下一張紙來，隨手一團。余滄海接了過來，展開一看，卻見紙上畫著一隻大烏龜，自是那女童貼在自己背後的。余滄海羞憤之下，心中一凜：「這隻烏龜當然是早就繪好了的。別人要在我背心上作甚麼手腳，決無可能，定是那女童大哭大叫，乘我心慌意亂之際，便即貼上，如此說來，暗中定是有大人指使。」轉眼向劉正風瞧了一眼，心想：「這女孩自是劉家的人，原來劉正風暗中在給我搗鬼。」

劉正風給他這麼瞧了一眼，立時明白，知他怪上了自己，當即走上一步，向那女童道：「小妹妹，你是誰家的孩子？你爹爹媽媽呢？」這兩句問話，一來是向余滄海表白，二來自己確也起疑，要知道這小姑娘是何人帶來。

那女童道：「我爹爹媽媽有事走開了，叫我乖乖的坐著別動，說一會兒便有把戲瞧，有兩個人會飛出來躺著不動，說是青城派的看家本領，叫甚麼『屁股向後平沙落雁式』，果然好看！」說著拍起手來。她臉上晶瑩的淚珠兀自未曾拭去，這時卻笑得甚是燦爛。

衆人一見，不由得都樂了，明知那是陰損青城派的，眼見那兩名青城派弟子兀自躺著不動，屁股朝天，屁股上清清楚楚的各有一個腳印，大暴青城派之醜。

余滄海伸手到一名弟子身上拍了拍，發覺二人都給點了穴道，正與先前申人俊、吉人通二人所受一般無異，若要運內力解穴，殊非一時之功，不但木高峯在旁虎視眈眈，而且暗中還伏著大對頭，這時可不能爲了替弟子解穴而耗損內力，當即低聲向方人智道：「先抬了下去。」方人智向幾名同門一招手，幾個青城派弟子奔了出來，將兩個同門抬了出廳。

那女童忽然大聲道：「青城派的人眞多！一個人平沙落雁，有兩個人抬！兩個人平沙落雁，有四個人抬！三個人……」

余滄海鐵青著臉，向那女童道：「你爹爹姓甚麼？剛才這幾句話，是你爹爹教的麼？」他想這女童這兩句話甚是陰損，若不是大人所教，她小小年紀，決計說不出來，又想：「甚麼『屁股向後平沙落雁式』，是令狐冲這小子胡謅出來的，多半華山派不忿令狐冲爲人傑所殺，向我青城派找場子來啦。點穴之人武功甚高，難道……難道是華山派掌門岳不羣在暗中搗鬼？」想到岳不羣在暗算自己，不但這人甚是了得，而且他五嶽劍派聯盟，今日要是一齊動手，青城派非一敗塗地不可。言念及此，不由得神色大變。

那女童不回答他的問話，笑著叫道：「二二得二，二二得四，二三得六，二四得八，二五得十……」不住口的背起九九乘數表來。余滄海道：「我問你啊！」聲音甚是嚴厲。那女童嘴一扁，哇的一聲，又哭了出來，將臉藏在定逸師太的懷裏。

定逸輕輕拍她背心，安慰她道：「別怕，別怕！乖孩子，別怕。」轉頭向余滄海道：「你這麼兇霸霸嚇唬孩子幹麼？」

余滄海哼了一聲，心想：「五嶽劍派今日一齊跟我青城派幹上了，可得小心在意。」那女童從定逸懷中伸頭出來，笑道：「老師太，二二得四，青城派兩個人屁股向後平沙落雁四個人抬，二三得六，三個人屁股向後平沙落雁就六個人抬，二四得八……」沒再說下去，已格格的笑了起來。

衆人覺得這小姑娘動不動便哭，哭了之後隨即破涕爲笑，如此忽哭忽笑，本來是七八歲孩童的事，這小姑娘看模樣已有十三四歲，身材還生得甚高，何況每一句話都在陰損余滄海，顯然不是天眞爛漫的孩童之言，絕無可疑，定是暗中有人指使。

余滄海大聲道：「大丈夫行爲光明磊落，那一位朋友跟貧道過不去的，儘可現身，這般鬼鬼祟祟的藏頭露尾，指使一個小孩子來說些無聊言語，算是那一門子英雄好漢？」

他身子雖矮，這幾句話發自丹田，中氣充沛，入耳嗡嗡作響。羣豪聽了，不由自主的肅然起敬，一改先前輕視的神態。他說完話後，大廳中一片靜寂，無人答話。

隔了好一會，那女童忽道：「老師太，他問是那一門子的英雄好漢？他青城派是不是英雄好漢？」定逸是恆山派的前輩人物，雖對青城派不滿，不願公然詆毀整個門派，當下含糊其辭的答道：「青城派……青城派上代，是有許多英雄好漢的。」那女童又問：「那麼現今呢？還有沒有一兩個英雄好漢剩下來？」定逸將嘴向余滄海一努，道：「你問這位青城派的掌門道長罷！」

那女童道：「青城派掌門道長，倘使人家受了重傷，動彈不得，卻有人上去欺侮他。你說那個乘人之危的傢伙，是不是英雄好漢？」

余滄海心頭怦的一跳，尋思：「果然是華山派的！」

先前在花廳中曾聽儀琳述說羅人傑刺殺令狐冲經過之人，也盡皆一凜：「莫非這小姑娘跟華山派有關？」勞德諾卻想：「這小姑娘說這番話，明明是爲大師哥抱不平來著。她卻是誰？」他爲了怕小師妹傷心，匆忙之間，尚未將大師兄的死訊告知同門。

儀琳全身發抖，心中對那小姑娘感激無比。這一句話，她早就想向余滄海責問，只是她生性溫和仁善，又素來敬上，余滄海說甚麼總是前輩，這句話便問不出口，此刻那小姑娘代自己說出了心頭的言語，忍不住胸口一酸，淚水便撲簌簌的掉了下來。

余滄海低沉著聲音問道：「這一句話，是誰教你問的？」

那女童道：「青城派有一個羅人傑，是道長的弟子罷？他見人家受了重傷，那受傷的又是個大大好人，為了相救旁人而受傷，這羅人傑不去救他，反而上去刺他一劍。你說這羅人傑是不是英雄好漢？這是不是道長教他的青城派俠義道本事？」這幾句話雖出於一個小姑娘之口，但她說得爽脆利落，大有咄咄逼人之意。

余滄海無言可答，又厲聲道：「到底是誰指使你來問我？你父親是華山派的是不是？」

那女童轉過了身子，向定逸道：「老師太，他答不出我的問話，老羞成怒，便兇霸霸的嚇我，是不是想打我呀？他這麼嚇唬小姑娘，算不算是光明磊落的大丈夫？算不算英雄好漢？」定逸嘆了口氣，道：「這個我可就說不上來了。」

眾人愈聽愈奇，這小姑娘先前那些話，多半是大人先行教定了的，但剛才這幾句問話，明明是抓住了余滄海的話柄而發問，譏刺之意十分辛辣，顯是她隨機應變，出於己口，瞧不出她小小年紀，竟這般厲害。

儀琳淚眼模糊之中，看到了這小姑娘苗條的背影，心念一動：「這個小妹妹我曾經見過的，是在那裏見過的呢？」側頭一想，登時記起：「是了，昨日迴雁樓頭，她也在那裏。」腦海之中，昨天的情景逐步自矇矓而清晰起來。

昨日早晨，她給田伯光威逼上樓，酒樓上本有七八張桌旁坐滿了酒客，後來泰山派的二人上前挑戰，田伯光砍死了一人，衆酒客嚇得一鬨而散，酒保也不敢再上來送菜斟酒。可是在臨街的一角之中，一張小桌旁坐著個身材高大之人，是個和尚，另一張小桌旁坐著二人，直到令狐冲被殺，自己抱著他屍體下樓，那和尚和那二人始終沒離開。當時她心中驚惶已極，諸種事端紛至沓來，那有心緒去留神那高大和尚和另外兩人，此刻見到那女童的背影，與腦海中殘留的影子一加印證，便清清楚楚的記得，昨日坐在小桌旁的二人之中，其中之一就是這小姑娘。她背向自己，因此只記得她的背影，昨日她穿的是淡黃衫子，此刻穿的卻是綠衫，若不是她此刻背轉身子，說甚麼也記不起來。

可是另外一人是誰呢？她只記得那是個男人，那是確定無疑的，是老是少，甚麼打扮，卻甚麼都記不得了。還有，記得當時見到那和尚模樣之人端起碗來喝酒，在田伯光給令狐冲騙得承認落敗之時，那和尚曾哈哈大笑。這小姑娘當時也笑了的，她清脆的笑聲，這時在耳邊似乎又響了起來，對，是她，正是她！

那個和尚是誰？怎麼和尚會喝酒？

儀琳的心神全部沉浸在昨日的情景之中，眼前似乎又出現了令狐冲的笑臉：他在臨死之際，怎樣誘騙羅人傑過來，怎樣挺劍刺入敵人小腹。她抱著令狐冲的屍體跌跌撞撞的下樓，心中一片茫然，不知自己身在何處，胡裏胡塗的出了城門，胡裏胡塗的在道上亂走，只覺手中所抱的屍體漸漸冷了下去，她一點不覺沉重，也不知悲哀，更不知要將這屍體抱到甚麼地方。突然之間，她來到一個荷塘之旁，荷花開得十分鮮艷華美，她胸口似給一個大鎚撞了一下，再也支持不住，連著令狐冲的屍體一齊摔倒，就此暈去……

等到慢慢醒轉，只覺日光耀眼，她急忙伸手去抱屍體，卻抱了個空。她一驚躍起，只見仍是在那荷塘之旁，荷花仍一般的鮮艷華美，可是令狐冲的屍身卻不見了。她十分驚惶，繞著荷塘奔了幾圈，屍體到了何處，找不到半點端倪。回顧自己身上衣衫血漬斑斑，顯然並不是夢，險些兒又再暈去，定了定神，四下裏又尋了一遍，這具屍體竟如生了翅膀般飛得無影無蹤。荷塘中塘水甚淺，她走下去掏了一遍，那有甚麼蹤跡？

這樣，她到了衡山城，問到了劉府，找到了師父，心中卻無時無刻不在思索：「令狐師兄的屍身那裏去了？有人路過搬了去麼？給野獸拖了去麼？」想到他為了相救自己而喪命，自己卻連他的屍身也不能照顧周全，如眞是給野獸拖去吃了，自己實在不想活了。其實，就算令狐冲的屍身好端端地完整無缺，她也不想活了。

忽然之間，她心底深處隱隱冒出來一個念頭，那是她一直不敢去想的。這念頭在過去一天中會出現過幾次，她立即強行壓下，心中只想：「我怎地如此不定心？怎會這般的胡思亂想？當眞荒謬絕倫！不，決沒這會子事。」

可是這時候，這念頭她再也壓不住了，淸淸楚楚的出現在心中：「當我抱著令狐師兄的屍身之時，我心中十分平靜安定，甚至有一點兒歡喜，倒似乎是在打坐做功課一般，心中甚麼也不想，我似乎只盼一輩子抱著他身子，在一個人也沒有的道上隨意行走，永遠無止無休。我說甚麼也要將他的屍身找回來，那是爲了甚麼？是不忍他的屍身給野獸吃了麼？不！不是的。我要抱著他的屍身在道上亂走，在荷塘邊靜靜的待著。我爲甚麼暈去？眞是該死！我不該這麼想，師父不許，菩薩也不容，這是魔念，我不該著了魔。可是，可是令狐師兄的屍身呢？」

她心頭一片混亂，一時似乎見到了令狐冲嘴角邊的微笑，那樣漫不在乎的微笑，一時又見到他大罵「倒霉的小尼姑」時那副鄙夷不屑的臉色。

她胸口劇痛起來，像是刀子在剜割一般……

余滄海的聲音又響了起來：「勞德諾，這小女孩是你們華山派的，是不是？」勞德諾道：「不是，這個小妹妹弟子今日也還是初見，她不是敝派的。」余滄海道：「好，你不肯認，也就算了。」突然間手一揚，青光閃動，一柄飛錐向儀琳射了過去，喝道：「小師父，你瞧這是甚麼？」

儀琳正在呆呆出神，沒想到余滄海竟會向自己發射暗器，心中突然感到一陣快意：

「他殺了我最好，我本就不想活了，殺了我最好！」心中更沒半分逃生之念，眼見那飛錐緩緩飛來，好幾個人齊聲警告：「小心暗器！」不知爲了甚麼，她反而覺得說不出的平安喜悅，只覺活在這世上苦得很，難以忍受的寂寞淒涼，這飛錐要殺了自己，正求之不得。

定逸將那女童輕輕一推，飛身而前，擋在儀琳身前，別瞧她老態龍鍾，這一下飛躍可快得出奇，那飛錐去勢雖緩，終究是件暗器，定逸後發先至，居然能及時伸手去接。眼見定逸師太一伸手便可將錐接住，豈知那鐵錐飛至她身前約莫兩尺之處，陡地下沉，啪的一聲，掉在地下。定逸伸手接了個空，那是在人前輸了一招，不由得臉上微微一紅，卻又不能就此發作。便在此時，只見余滄海又是手一揚，將一個紙團向那女童臉上擲了過去。這紙團便是繪著烏龜的那張紙搓成的。

定逸心念一動：「牛鼻子發這飛錐，原來是要將我引開，並非有意去傷儀琳。」眼見這小小紙團去勢勁急，比之適才那柄飛錐勢道還更凌厲，其中所含內力著實不小，擲在那小姑娘臉上，非教她受傷不可，其時定逸站在儀琳的身畔，這一下變起倉卒，已不及過去救援，只叫得一個「你」字，只見那女童矮身坐地，哭叫：「媽媽，媽媽，人家要打死我啦！」

她這一縮甚是迅捷，及時避開紙團，明明身有武功，卻又這般撒賴。眾人都覺好笑。余滄海卻也覺得不便再行相逼，滿腹疑團，難以索解。

定逸師太見余滄海神色尷尬，暗暗好笑，心想青城派出的醜已著實不小，不願再和他多所糾纏，向儀琳道：「儀琳，這小妹妹的爹娘不知到那裏去了，你陪她找找去，免得沒人照顧，給人家欺侮。」

儀琳應道：「是！」走過去拉住了那女童的手。那女童向她笑了笑，一同走出廳去。

余滄海冷笑一聲，不再理會，轉頭去瞧木高峯。

令狐冲慢慢閉上了眼睛，漸漸呼吸低沉，入了夢鄉。儀琳守在令狐冲身旁，折了一根帶葉的樹枝，輕輕拂動，為他趕開蚊蠅小蟲。

五　治傷

儀琳和那女童到了廳外，問道：「姑娘，你貴姓，叫甚麼名字？」那女童嘻嘻一笑，說道：「我複姓令狐，單名一個冲字。」儀琳心頭怦怦的一跳，臉色沉了下來，道：「我好好問你，你怎地跟我開玩笑？」那女童笑道：「怎麼開你玩笑？難道只有你朋友叫得令狐冲，我便叫不得？」儀琳嘆了口氣，心中一酸，忍不住眼淚又掉了下來，道：「這位令狐師兄於我有救命大恩，終於為我而死，我……我不配做他朋友。」

剛說到這裏，只見兩個佝僂著背脊的人，匆匆從廳外廊上走過，正是塞北明駝木高峯和林平之。那女童嘻嘻一笑，說道：「天下眞有這般巧，有這麼個醜得怕人的老駝子，又有這麼個小駝子。」儀琳聽她取笑旁人，心下正煩，說道：「姑娘，你自己去找你爹爹媽媽，好不好？我頭痛得很，身子不舒服。」

那女童笑道：「頭痛不舒服，都是假的，我知道，你聽我冒充令狐冲的名頭，心裏便不痛快。好姊姊，你師父叫你陪我的，怎能撇下我便不管了？要是我給壞人欺侮了，你師父非怪責你不可。」

儀琳道：「你本事比我大得多，心眼兒又靈巧，連余觀主那樣天下聞名的大人物，也都栽在你手下。你不去欺侮人家，人家已經謝天謝地啦，誰又敢來欺侮你？」那女童格格而笑，拉著儀琳的手道：「你可在損我啦。剛才若不是你師父護著我，這牛鼻子早就打到我了。姊姊，我姓曲，名叫非煙。我爺爺叫我非非，你也叫我非非好啦。」

儀琳聽她說了眞實姓名，心意頓和，只是奇怪她何以知道自己牽記著令狐冲，以致拿他名字來開玩笑？多半自己在花廳中向師父等述說之時，這精靈古怪的小姑娘躲在窗外偷聽去了，說道：「好，曲姑娘，咱們找你爹爹媽媽去罷，你猜他們到了那裏去啦？」

曲非煙道：「我知道他們到了那裏。你要找，自己找去，我可不去。」儀琳奇道：「怎地你自己不去？」曲非煙道：「我年紀這麼小，怎肯便去？你卻不同，你傷心難過，恨不得早早去了才是。」儀琳心下一凜，道：「你說你爹爹媽媽……」曲非煙道：「我爹爹媽媽早就給人害死啦。你要找他們，便得到陰世去。」儀琳心感不快，說道：「你爹爹媽媽既已去世，怎可拿這事來開玩笑？我不陪你啦。」

曲非煙抓住了她左手，央求道：「好姊姊，我一個兒孤苦伶仃的，沒人陪我玩兒，你就陪我一會兒。」

儀琳聽她說得可憐，便道：「好罷，我就陪你一會兒，可是你不許再說無聊的笑話。我是出家人，你叫我姊姊，也不大對。」曲非煙笑道：「有些話你以為無聊，我卻以為有聊得緊，這是各人想法不同。你比我年紀大，我就叫你姊姊，有甚麼對不對的？難道我還叫你妹子嗎？儀琳姊姊，你不如不做尼姑了，好不好？」

儀琳不禁愕然，退了一步。曲非煙也順勢放脫了她手，笑道：「做尼姑有甚麼好？魚蝦鷄鴨不能吃，牛肉、羊肉也不能吃。姊姊，你生得這般美貌，剃了光頭便大大減色，倘若留起一頭烏油油的長髮，那才叫好看呢。」儀琳聽她說得天眞，笑道：「我身入空門，四大皆空，那裏還管他皮囊色相的美惡。」

曲非煙側過了頭，仔細端相儀琳的臉，其時雨勢稍歇，烏雲推開，淡淡的月光從雲中斜射下來，在她臉上朦朦朧朧的鋪了一層銀光，更增秀麗之氣。曲非煙嘆了口氣，幽幽的道：「姊姊，你眞美，怪不得人家這麼想念你呢。」儀琳臉色一紅，嗔道：「你說甚麼？你開玩笑，我可要去了。」曲非煙笑道：「好啦，我不說了。姊姊，你給我些天香斷續膠，我要去救一個人。」儀琳奇道：「你去救誰？」曲非煙笑道：「這個人要緊得很，這會兒可不能跟你說。」儀琳道：「你要傷藥去救人性命，本該給你，只是師父曾有嚴訓，這天香斷續膠調製不易，倘若受傷的是壞人，卻不能救他。」

曲非煙道：「姊姊，如果有人無禮，用難聽的話罵你師父和你恆山派，這人是好人還是壞人？」儀琳道：「這人罵我師父，罵我恆山派，自然是壞人了，怎還好得了？」曲非煙笑道：「這可奇了。有一個人張口閉口的說，見了尼姑就倒大霉，逢賭必輸。如果這樣的大壞人受了傷……」儀琳不等她說完，已臉色變了，回頭便走。曲非煙晃身攔在她身前，張開了雙手，只是笑，卻不讓她過去。

儀琳突然心念一動：「昨日迴雁樓頭，她和另一個男人一直坐著。直到令狐師兄死於非命，我抱著他屍首奔下酒家，似乎她還在那裏。這一切經過，她早瞧在眼裏了，也不用偷聽我說話。她會不會一直跟在我後面呢？」想要問她一句話，卻脹紅了臉，說不出口。曲非煙道：「姊姊，我知道你想要問我：『令狐師兄的屍首到那裏去啦？』是不是？」儀琳道：「正是，姑娘若能見告，我……我……實在感激不盡。」

曲非煙道：「我不知道，但有一個人知道。這人身受重傷，性命危在頃刻。姊姊若能用天香斷續膠救活了他性命，他便能將令狐師兄屍首的所在跟你說。」儀琳道：「你自己真的不知？」曲非煙道：「我曲非煙如果得悉令狐冲死屍的所在，教我明天就死在余滄海手裏，讓他長劍在身上刺十七八個窟窿。」儀琳忙道：「我信了，不用發誓。那人是誰？」曲非煙道：「這個人哪，救不救在你。我們要去的地方，也不是甚麼善地。」

為了尋到令狐冲的屍首，便刀山劍林，也去闖了，管他甚麼善地不善地，儀琳點頭道：「咱們這就去罷。」

兩人走到大門口，見門外兀自下雨，門旁放著數十柄油紙雨傘。儀琳和曲非煙各取了一柄，出門向東北角上行去。其時已是深夜，街上行人稀少，兩人走過，深巷中便有一兩隻狗兒吠了起來。儀琳見曲非煙一路走向偏僻狹窄的小街中，心中只掛念著令狐冲屍身的所在，也不去理會她帶著自己走向何處。

行了好一會，曲非煙閃身進了一條窄窄的弄堂，左邊一家門首挑著一盞小紅燈籠。曲非煙走過去敲了三下門。有人從院子中走出來，開門探頭出來。曲非煙在那人耳邊低聲說了幾句話，又塞了一件物事在他手中。那人道：「是，是，小姐請進。」

曲非煙回頭招了招手。儀琳跟著她進門。那人臉上露出詫異之極的神色，搶在前頭領路，過了一個天井，掀開東廂房的門帘，說道：「小姐，師父，這邊請坐。」門帘開處，撲鼻一股脂粉香氣。

儀琳進門後，見房中放著一張大床，床上鋪著繡花的錦被和枕頭。湘繡馳名天下，大紅錦被上繡的是一對戲水鴛鴦，顏色燦爛，栩栩欲活。儀琳自幼在白雲庵中出家，蓋的是青布粗被，一生之中從未見過如此華麗的被褥，只看了一眼，便轉過了頭。只見几上點著一根紅燭，紅燭旁是一面明鏡，一隻梳妝箱子。床前地下兩對繡花拖鞋，一對男的，一對女的，並排而置。儀琳心中突的一跳，抬起頭來，眼前出現了一張秀麗清雅的臉蛋，嬌羞靦腆，又帶著三分尷尬，三分詫異，正是自己映在鏡中的容顏。

背後腳步聲響，一個僕婦走了進來，笑咪咪的奉上香茶。這僕婦衣衫甚窄，妖妖嬈嬈地甚是風騷。儀琳越來越害怕，低聲問曲非煙：「這是甚麼地方？」曲非煙笑了笑，俯身在那僕婦耳邊說了一句話，那僕婦應道：「是。」伸手抿住了嘴，嘻的一笑，扭扭捏捏的走了出去。儀琳心想：「這女人裝模作樣的，必定不是好人。」又問曲非煙：「你帶我來幹甚麼？這裏是甚麼地方？」

曲非煙微笑道：「這地方在衡山城大大有名，叫做羣玉院。」儀琳又問：「甚麼羣玉院？」曲非煙道：「羣玉院是衡山城首屈一指的大妓院。」儀琳聽到「妓院」二字，心中怦的一跳，幾欲暈去。她見了這屋中的擺設排場，早就隱隱感到不妙，卻萬萬想不到竟是一所妓院。她雖不十分明白妓院到底是甚麼所在，卻聽同門俗家師姊說過，妓女是天下最淫賤的女子，任何男人只須有錢，便能叫妓女相陪。曲非煙帶了自己到妓院中來，卻不是要自己做妓女麼？心中一急，險些便哭了出來。

便在這時，忽聽得隔壁房中有個男子聲音哈哈大笑，笑聲甚是熟悉，正是那惡人「萬里獨行」田伯光。儀琳雙腿酸軟，騰的一聲，坐倒椅上，臉上已全無血色。

曲非煙一驚，搶過去看她，問道：「怎麼啦？」儀琳低聲道：「是那田……田伯光！」曲非煙嘻的一笑，說道：「不錯，我也認得他的笑聲，他是你的乖徒兒田伯光。」

田伯光在隔房大聲道：「是誰在提老子的名字？」

曲非煙道：「喂！田伯光，你師父在這裏，快快過來磕頭！」田伯光怒道：「甚麼師父？小娘皮胡說八道，我撕爛你臭嘴。」曲非煙道：「你在衡陽迴雁酒樓，不是拜了恆山派的儀琳小師太爲師嗎？她就在這裏，快過來！」田伯光道：「她怎麼會在這種地方？咦，你……你怎知道？你是誰？我殺了你！」聲音中頗有驚恐之意。

曲非煙笑道：「你來向師父磕了頭再說。」儀琳忙道：「不，不！你別叫他過來！」田伯光「啊」的一聲驚呼，跟著啪的一聲，顯是從床上跳到了地下。一個女子聲音道：「大爺，你幹甚麼？」

曲非煙叫道：「田伯光，你別逃走！你師父找你算帳來啦。」田伯光罵道：「甚麼師父徒兒，老子上了令狐冲這小子的當！這小尼姑過來一步，老子立刻殺了她。」儀琳顫聲道：「是！我不過來，你也別過來。」曲非煙道：「田伯光，你在江湖上也算是一號人物，怎地說了話竟不算數？拜了師父不認帳？快過來，向你師父磕頭。」

田伯光哼了一聲不答。儀琳道：「我不要他磕頭，也不要見他，他……他不是我徒弟。」田伯光忙道：「是啊！這位小師父根本就不要見我。」曲非煙道：「好，算你的。我跟你說，我們適才來時，有兩個小賊鬼鬼祟祟的跟著我們，你快去給打發了。我和你師父在這裏休息，你就在外守著，誰也不許進來打擾我們。你做好了這件事，你拜恆山派小師父爲師的事，我以後就絕口不提。否則的話，我宣揚得普天下人人都知。」

田伯光突然提聲喝道：「小賊，好大膽子。」只聽得窗格子砰的一聲，屋頂上嗆啷啷兩聲響，兩件兵刃掉在瓦上。跟著有人長聲慘呼，又聽得腳步聲響，一人飛快的逃走了。

窗格子又是砰的一響，田伯光已躍回房中，說道：「殺了一個，是青城派的小賊，另一個逃走了。」曲非煙道：「你眞沒用，怎地讓他逃了？」

田伯光道：「那個人我不能殺，是……是恆山派的女尼。」曲非煙笑道：「原來是你師伯，那自然不能殺。」儀琳卻大吃一驚，低聲道：「是我師姊？那怎麼好？」

田伯光問道：「小姑娘，你是誰？」曲非煙笑道：「你不用問。你乖乖的不說話，你師父永遠不會來找你算帳。」田伯光果然就此更不作聲。

儀琳道：「曲姑娘，咱們快走罷！」曲非煙道：「那個受傷之人，還沒見到呢。你不是有話要跟他說嗎？你要是怕師父見怪，立刻回去，卻也不妨。」儀琳沉吟道：「反正已經來了，咱們……咱們便瞧瞧那人去。」曲非煙一笑，走到床邊，伸手在東邊牆上一推，一扇門輕輕開了，原來牆上裝有暗門。曲非煙招招手，走了進去。

儀琳只覺這妓院更顯詭秘，幸好田伯光是在西邊房內，心想跟他離得越遠越好，當下大著膽子跟進。裏面又是一房，卻無燈火，借著從暗門中透進來的燭光，見到這房甚小，也有一張床，帳子低垂，依稀似乎睡得有人。儀琳走到門邊，便不敢再進去。

曲非煙道：「姊姊，你用天香斷續膠給他治傷罷！」儀琳遲疑道：「他……他當眞知道令狐師兄屍首的所在？」曲非煙道：「或許知道，或許不知道，我可說不上來。」儀琳急道：「你剛才說他知道的。」曲非煙笑道：「我又不是男子漢大丈夫，說過了的話不算數，可不可以？你如想一試，不妨便給他治傷。否則的話，你即刻掉頭便走，誰也不會攔你。」

儀琳心想：「無論如何要找到令狐師兄的屍首，就算只有一線機會，也不能放過了。」便道：「好，我給他治傷。」回到外房去拿了燭台，走到內房床前，揭開帳子，只見一人仰天而臥，臉上覆了一塊綠色錦帕，一呼一吸，錦帕便微微顫動。儀琳見不到他臉，心下稍安，回頭問道：「他甚麼地方受了傷？」

曲非煙道：「在胸口，傷口很深，差一點兒便傷到了心臟。」

儀琳輕輕揭開蓋在那人身上的薄被，見那人袒裸著胸膛，是個男子，胸口正中一個大傷口，血流已止，但傷口甚深，顯甚凶險。儀琳定了定神，心道：「無論如何，我得救活他性命。」將手中燭台交給曲非煙拿著，從懷中取出裝有天香斷續膠的木盒子，打開盒蓋，放在床頭几上，伸手在那人創口四周輕輕按了按。曲非煙低聲道：「止血的穴道早點過了，否則怎能活得到這時候？」

儀琳點點頭，發覺那人傷口四處穴道早閉，且點得十分巧妙，遠非自己所能，於是緩緩抽出塞在他傷口中的棉花，棉花一取出，鮮血便即急湧。儀琳在師門曾學過救傷的本事，左手按住傷口，右手便將天香斷續膠塗到傷口之上，再將棉花塞入。這天香斷續膠是恆山派治傷聖藥，一塗上傷口，過不多時血便止了。儀琳聽那人呼吸急促，不知他是否能活，忍不住便道：「這位英雄，貧尼有一事請教，還望英雄不吝賜教。」

突然之間，曲非煙身子一側，燭台傾斜，燭火登時熄滅，室中一片漆黑。曲非煙叫了聲「啊喲」，道：「蠟燭熄了。」

儀琳伸手不見五指，心下甚慌，尋思：「這等地方，豈是出家人來得的？我及早問明令狐師兄屍身的所在，立時便得離去。」顫聲問道：「這位英雄，你現下痛得好些了嗎？」那人哼了一聲，並不回答。

曲非煙道：「他在發燒，你摸摸他額頭，燒得好生厲害。」儀琳還未回答，右手已讓曲非煙捉住，按到了那人額上。本來遮在他面上的錦帕已給曲非煙拿開，儀琳只覺觸手處猶如火炭，不由得心生惻隱，道：「我還有內服傷藥，須得給他服下才好。曲姑娘，請你點亮了蠟燭。」曲非煙道：「好，你在這裏等著，我去找火來點蠟燭。」儀琳聽她說要走開，心中急了，忙拉住她袖子道：「不，不，你別去，留了我一個兒在這裏，那怎麼辦？」曲非煙低低笑了一聲，道：「你把內服的傷藥摸出來罷。」

儀琳從懷中摸出一個瓷瓶，打開瓶塞，倒了三粒藥丸出來，托在掌中，道：「傷藥取出來啦。你給他吃罷。」曲非煙道：「黑暗中別把傷藥掉了，人命關天，可不是玩的。姊姊，你不敢留在這裏，那麼我在這裏待著，你出去點火。」儀琳聽得要她獨自在妓院中亂闖，更加不敢，忙道：「不，不！我不去。」曲非煙道：「送佛送到西，救人救到底。你把傷藥塞在他口裏，餵他喝幾口茶，不就得了？黑暗之中，他又見不到你是誰，怕甚麼啊？喏，這是茶杯，小心接著，別倒翻了。」

儀琳慢慢伸出手去，接過了茶杯，躊躇了一會，心想：「師父常道，出家人慈悲爲本，救人一命，勝造七級浮屠。就算此人不知道令狐師兄屍首的所在，既命在頃刻，我也當救他。」於是緩緩伸出右手，手背先碰到那人額頭，翻過手掌，將三粒內服治傷的「白雲熊膽丸」塞在那人嘴裏。那人張口含了，待儀琳將茶杯送到口邊時喝了幾口，含含糊糊的似是說了聲「多謝」。

儀琳道：「這位英雄，你身受重傷，本當安靜休息，只是我有一件急事請問。令狐冲令狐俠士爲人所害，他屍身……」那人道：「你……你問令狐冲……」儀琳道：「正是！閣下可知這位令狐冲英雄的遺體落在何處？」那人迷迷糊糊的道：「甚……甚麼遺體？」儀琳道：「是啊，閣下可知令狐冲令狐俠士的遺體落於何方？」那人含糊說了幾個字，但聲音極低，全然聽不出來。儀琳又問了一遍，將耳朵湊近那人的臉孔，只聽得那人呼吸甚促，要想說甚麼話，卻始終說不出來。

儀琳突然想起：「本門的天香斷續膠和白雲熊膽丸效驗甚著，藥性卻也極猛，尤其服了白雲熊膽丸後往往要昏暈半日，那正是療傷的要緊關頭，我如何在這時逼問於他？」她輕輕嘆了口氣，從帳子中鑽頭出來，扶著床前一張椅子，便即坐倒，低聲道：「待他好一些後再問。」曲非煙道：「姊姊，這人性命無礙麼？」儀琳道：「但願他能痊愈才好，只是他胸前傷口實在太深。曲姑娘，這一位……是誰？」

曲非煙並不答覆，過了一會，說道：「我爺爺說，你甚麼事情都看不開，是不能做尼姑的。」儀琳奇道：「你爺爺認得我？他……他老人家怎知我甚麼事情都看不開？」曲非煙道：「昨日在迴雁樓頭，我爺爺帶著我，看你們和田伯光打架。」儀琳「啊」了一聲，問道：「跟你在一起的，是你爺爺？」曲非煙笑道：「是啊，你那個令狐師兄，一張嘴巴也眞會說，他說他坐著打天下第二，那時我爺爺眞的有些相信，還以爲他眞有一套甚麼出恭時練的劍法，還以爲田伯光鬥不過他呢，嘻嘻！」黑暗之中，儀琳瞧不見她臉，想像起來，定然滿臉笑容。曲非煙愈笑得歡暢，儀琳心頭卻愈酸楚。

曲非煙續道：「後來田伯光逃走了，爺爺說這小子沒出息，既然答允輸了拜你爲師，就應當磕頭拜師啊，怎地可以混賴？」儀琳道：「令狐師兄爲了救我，不過使個巧計，卻也不是眞的贏了他。」曲非煙道：「姊姊，你良心眞好，田伯光這小子如此欺侮你，你還給他說好話。令狐冲給人刺死後，你抱著他的屍身亂走。我爺爺說：『這小尼姑是個多情種子，這一下只怕要發瘋，咱們跟著瞧瞧。』於是我們二人跟在你後面，見你抱著這個死人，一直不捨得放下。我爺爺說：『非非，你瞧這小尼姑多麼傷心，令狐冲這小子倘若不死，小尼姑非還俗嫁給他做老婆不可。』」

儀琳羞得滿臉通紅，黑暗中只覺耳根子和脖子都在發燒。

曲非煙道：「姊姊，我爺爺的話對不對？」儀琳道：「是我害死了人家。我眞盼死的是我，而不是他。倘若菩薩慈悲，能叫我死了，去換得令狐師兄還陽，我……我……我便墮入十八重地獄，萬劫不能超生，我也心甘情願。」這幾句話說得誠懇之極。

便在這時，床上那人忽然輕輕呻吟。儀琳喜道：「他……他醒轉了，曲姑娘，請你問他，可好些了沒有？」曲非煙道：「爲甚麼要我去問！你自己沒生嘴巴！」

儀琳微一遲疑，走到床前，隔著帳子問道：「這位英雄，你可……」一句話沒說完，只聽那人又呻吟了幾聲。儀琳尋思：「他此刻痛苦難當，我怎可煩擾他？」悄立片刻，聽得那人呼吸逐漸均勻，顯是藥力發作，又已入睡。

曲非煙低聲道：「姊姊，你爲甚麼願意爲令狐冲而死，你當眞這麼喜歡他？」儀琳道：「不，不！曲姑娘，我是出家人，你別再說這等褻瀆佛祖的話。令狐師兄和我素不相識，卻爲了救我而死。我……我只覺萬分的對他不起。」曲非煙道：「要是他能活轉來，你甚麼事都肯爲他做？」儀琳道：「不錯，我便爲他死一千次，也毫無怨言。」

曲非煙突然提高聲音，笑道：「令狐大哥，你聽著，儀琳姊姊親口說了……」儀琳怒道：「你開甚麼玩笑？」曲非煙繼續大聲道：「她說，只要你沒死，她甚麼事都肯答允你。」儀琳聽她語氣不似開玩笑，頭腦中一陣暈眩，心頭怦怦亂跳，只道：「你……你……」

只聽得咯咯兩聲，眼前一亮，曲非煙已打著了火，點燃蠟燭，揭開帳子，笑著向儀琳招了招手。儀琳慢慢走近，驀地裏眼前金星飛舞，向後便倒。曲非煙伸手在她背後一托，令她不致摔倒，笑道：「我早知你會大吃一驚，你看他是誰？」儀琳道：「他……他……」聲音微弱，幾乎連氣也透不過來。

床上那人雖雙目緊閉，但長方臉蛋，劍眉薄唇，正便是昨日迴雁樓頭的令狐冲。

儀琳伸手緊緊抓住了曲非煙的手臂，顫聲道：「他……他沒死？」曲非煙笑道：「他現下還沒有死，但如你的傷藥無效，便要死了。」儀琳急道：「不會死的，他一定不會死的。他……他沒死！」驚喜逾恆，突然哭了出來。曲非煙奇道：「咦，怎麼他沒有死，你反而哭了？」儀琳再也支持不住，伏在床前，嗚嗚咽咽的哭了起來，道：「我好歡喜。曲姑娘，眞多謝你啦。原來，原來是你救了……救了令狐師兄。」

曲非煙道：「是你自己救的，我可沒有這麼大的本事，我又沒天香斷續膠。」儀琳突然省悟，慢慢站起，拉住曲非煙的手，道：「是你爺爺救的，是你爺爺救的。」

忽然之間，外邊高處有人叫道：「儀琳，儀琳！」卻是定逸師太的聲音。

儀琳一驚，待要答應。曲非煙吐氣吹熄手中蠟燭，左掌翻轉，按住了儀琳的嘴，在她耳邊低聲道：「這是甚麼地方？別答應。」一霎時儀琳六神無主，她身在妓院之中，處境尷尬之極，但聽到師父呼喚而不答應，卻是一生中從所未有。

只聽得定逸又大聲叫道：「田伯光，快給我滾出來！你把儀琳放出來。」

只聽得西首房中田伯光哈哈大笑，笑了一陣，才道：「這位是恆山派白雲庵前輩定逸師太麼？晚輩本當出來拜見，只是身邊有幾個俏佳人相陪，未免失禮，這就兩免了。哈哈，哈哈！」跟著有四五個女子一齊吃吃而笑，聲音甚是淫蕩，自是妓院中的妓女，有的還嗲聲叫道：「好相公，別理她，再親我一下，嘻嘻，嘻嘻。」幾個妓女淫聲蕩語，越說越響，顯是受了田伯光的吩咐，意在氣走定逸。

定逸大怒，喝道：「田伯光，你再不滾出來，非把你碎屍萬段不可。」

田伯光笑道：「我不滾出來，你要將我碎屍萬段。我滾了出來，你也要將我碎屍萬段。那還是不滾出來罷！定逸師太，這種地方，你出家人是來不得的，還是及早請回的爲妙。令高徒不在這裏，她是一位戒律精嚴的小師父，怎會到這裏來？你老人家到這種地方來找徒兒，豈不奇哉怪也？」

定逸怒叫：「放火，放火，把這狗窩子燒了，瞧他出不出來？」

田伯光笑道：「定逸師太，這地方是衡山城著名的所在，叫作『羣玉院』。你把它放火燒了不打緊，有分教：江湖上衆口喧傳，都道湖南省的煙花之地『羣玉院』，給恆山派白雲庵定逸師太一把火燒了。人家一定要問：『定逸師太是位年高德劭的老師太，怎地到這種地方去呀？』別人便道：『她是找徒弟去了！』人家又問：『恆山派的弟子怎會到羣玉院去？』這麼你一句，我一句，於貴派的聲譽可大大不妙。我跟你說，萬里獨行田伯光天不怕，地不怕，天下就只怕令高足一人，一見到她，我遠而避之還來不及，怎麼還敢去惹她？」

定逸心想這話倒也不錯，但弟子回報，明明見到儀琳走入了這屋子，這弟子又爲田伯光所傷，豈有假的？只氣得五竅生煙，將屋瓦踹得一塊塊粉碎，一時卻無計可施。

突然對面屋上一個冷冷的聲音道：「田伯光，我弟子彭人騏，可是你害死的？」卻是青城掌門余滄海到了。

田伯光道：「失敬，失敬！連青城派掌門也大駕光臨，衡山羣玉院從此名聞天下，生意滔滔，再也應接不暇了。有一個小子是我殺的，劍法平庸，有些像是青城派招數，至於是不是叫甚麼彭人騏，也沒功夫去問他。」

只聽得颼的一聲響，余滄海已穿入房中，跟著乒乒乓乓，兵刃相交聲密如聯珠，余滄海和田伯光已在房中交起手來。

定逸師太站在屋頂，聽著二人兵刃撞擊之聲，心下暗暗佩服：「田伯光那廝果然有點兒眞門道，這幾下快刀快劍，竟跟青城掌門鬥了個勢均力敵。」

驀然間砰的一聲大響，兵刃相交聲登時止歇。

儀琳握著曲非煙的手，掌心中都是冷汗，不知田余二人相鬥到底誰勝誰敗，按理說，田伯光數次欺辱於她，該當盼望他給余滄海打敗才是，但她竟是盼望余滄海爲田伯光所敗，最好余滄海快快離去，師父也快快離去，讓令狐冲在這裏安安靜靜的養傷。他此刻正在生死存亡的要緊關頭，倘若見到余滄海衝進房來，一驚之下，創口再裂，那就非死不可。

卻聽得田伯光的聲音在遠處響起，叫道：「余觀主，房中地方太小，手腳施展不開，咱們到曠地之上大戰三四百回合，瞧瞧到底是誰厲害。要是你打勝，這個千嬌百媚的小粉頭玉寶兒便讓給你，假如你輸了，這玉寶兒可是我的。」

余滄海氣得幾乎胸膛也要炸了開來，這淫賊這番話，竟說自己和他相鬥乃是爭風吃醋，爲了爭奪「羣玉院」中一個妓女，叫作甚麼玉寶兒的。適才在房中相鬥，頃刻間拆了五十餘招，田伯光刀法精奇，攻守俱有法度，余滄海自忖對方武功實不在自己之下，就算再鬥三四百招，可也並無必勝把握。

一霎時間，四下裏一片寂靜。儀琳似乎聽到自己撲通撲通的心跳之聲，湊頭過去，在曲非煙耳邊輕輕問道：「他……他們會不會進來？」其實曲非煙的年紀比她輕著好幾歲，但當這情急之際，儀琳一切全沒了主意。曲非煙並不回答，伸手按住了她嘴。

忽聽得劉正風的聲音說道：「余觀主，田伯光這廝作惡多端，日後必無好死，咱們要收拾他，也不用忙在一時。這間妓院藏垢納污，兄弟早就有心將之搗了，這事待兄弟來辦。大年，爲義，大夥進去搜搜，一個人也不許走了。」劉門弟子向大年和米爲義齊聲答應。接著聽得定逸師太急促傳令，吩咐衆弟子四周上下團團圍住。

儀琳心中惶急，只聽得劉門衆弟子大聲呼叱，一間間房查將過來。劉正風和余滄海在旁監督，向大年和米爲義諸人將妓院中龜頭和鴇兒打得殺豬價叫。青城派羣弟子將妓院中的傢俬用具、茶杯酒壺，乒乒乓乓的打得落花流水。

耳聽得劉正風諸人轉眼便將過來，儀琳急得幾欲暈去，心想：「師父前來救我，我卻不出聲答應，在妓院之中，和令狐師兄深夜同處一室。雖然他身受重傷，但衡山派、青城派這許多男人一擁而進，我便有一百張嘴巴也分說不了。如此連累恆山派的淸名，我……我如何對得起師父和衆位師姊？」伸手拔出佩劍，便往頸中揮去。

曲非煙聽得長劍出鞘之聲，已然料到，左手一翻，黑暗中抓住了她手腕，喝道：「使不得！我和你衝出去。」

忽聽得悉瑟有聲，令狐冲在床上坐了起來，低聲道：「點亮了蠟燭！」曲非煙道：「幹甚麼？」令狐冲道：「我叫你點亮了蠟燭！」聲音中頗含威嚴。曲非煙便不再問，取火刀火石打著了火，點燃了蠟燭。

燭光之下，儀琳見到令狐冲臉色白得猶如死人，忍不住低聲驚呼。

令狐冲指著床頭自己的那件大氅，道：「給我披在……在身上。」儀琳全身發抖，俯身取了過來，披在他身上。令狐冲拉過大氅前襟，掩住了胸前的血跡和傷口，說道：「你們兩人，都睡在床上。」曲非煙嘻嘻一笑，道：「好玩，好玩！」拉著儀琳，鑽入了被窩。

這時外邊諸人都已見到這間房中的燭火，紛紛叫道：「到那邊去搜！」蜂擁而來。

令狐冲提一口氣，搶過去掩上了門，橫上門閂，回身走到床前，揭開帳子，道：「都鑽進被窩去！」儀琳道：「你……你別動，小心傷口。」令狐冲伸出左手，將她的頭推入被窩中，右手卻將曲非煙的一頭長髮拉了出來，散在枕頭之上。只這麼一推一拉，自知傷口的鮮血又在不絕外流，雙膝一軟，坐在床沿之上。

這時房門上已有人擂鼓般敲打，有人叫道：「狗娘養的，開門！」跟著砰的一聲，有人將房門踢開，三四個人同時搶將進來。

當先一人正是青城派弟子洪人雄。他一見令狐冲，大吃一驚，叫道：「令狐……是令狐冲……」急退了兩步。向大年和米爲義不識得令狐冲，但均知他已爲羅人傑所殺，聽洪人雄叫出他的名字，都心頭一震，不約而同的後退。各人睜大了雙眼，瞪視著他。

令狐冲慢慢站起，道：「你們……這許多人……」洪人雄道：「令狐……令狐冲，原來……原來你沒死？」令狐冲冷冷的道：「那有這般容易便死？」

余滄海越衆而前，叫道：「你便是令狐冲了？好，好！」令狐冲向他瞧了一眼，並不回答。余滄海道：「你在這妓院裏，幹甚麼來著？」令狐冲哈哈一笑，道：「這叫做明知故問。在妓院之中，還幹甚麼來著？」余滄海冷冷的道：「素聞華山派門規甚嚴，你是華山派掌門大弟子，『君子劍』岳先生的嫡派傳人，卻偷偷來嫖妓宿娼，好笑啊好笑！」令狐冲道：「華山派門規如何，是我華山派的事，用不著旁人來瞎操心。」

余滄海見多識廣，見他臉無血色，身子還在發抖，顯是身受重傷模樣，莫非其中有詐？心念一轉之際，尋思：「恆山派那小尼姑說這廝已爲人傑所殺，其實並未斃命，顯是那小尼姑撒謊騙人。聽她說來，令狐師兄長，令狐師兄短，叫得脈脈含情，說不定他二人已結下了私情。有人見到那小尼姑來到這妓院之中，此刻卻又影蹤全無，多半便是給這廝藏了起來。哼，他五嶽劍派自負是武林中的名門正派，瞧我青城派不起，我要是將那小尼姑揪出來，不但羞辱了華山、恆山兩派，連整個五嶽劍派也面目無光，叫他們從此不能在江湖上誇口說嘴。」目光四轉，不見房中更有別人，心想：「看來那小尼姑便藏在床上。」向洪人雄道：「人雄，揭開帳子，咱們瞧瞧床上有甚麼好把戲。」

洪人雄道：「是！」上前兩步，他吃過令狐冲的苦頭，情不自禁的向他望了一眼，一時不敢再跨步上前。令狐冲道：「你活得不耐煩了？」洪人雄一窒，但有師父撐腰，也不如何懼他，唰的一聲，拔出了長劍。

令狐冲向余滄海道：「你要幹甚麼？」余滄海道：「恆山派走失了一名女弟子，有人見到她是在這座妓院中，咱們要查查。」令狐冲道：「五嶽劍派之事，也勞你青城派來多管閒事？」余滄海道：「今日之事，非查明白不可。人雄，動手！」洪人雄應道：「是！」長劍伸出，挑開了帳子。

儀琳和曲非煙互相摟抱，躲在被窩之中，將令狐冲和余滄海的對話，一句句都聽得清清楚楚，心頭只是叫苦，全身瑟瑟發抖，聽得洪人雄挑開帳子，更嚇得魂飛天外。

帳子一開，衆人目光都射到床上，只見一條繡著雙鴛鴦的大紅錦被之中裹得有人，枕頭上舞著長長的萬縷青絲，錦被不住顫動，顯然被中人十分害怕。

余滄海一見到枕上的長髮，好生失望，顯然被中之人並非那光頭小尼姑，原來令狐冲這廝果然是在宿娼。

令狐冲冷冷的道：「余觀主，你雖是出家人，但聽說青城派道士不禁婚娶，你大老婆、小老婆著實不少。你既這般好色如命，想瞧妓院中光身赤裸的女子，幹麼不爽爽快快的揭開被窩，瞧上幾眼？何必藉口甚麼找尋恆山派的女弟子？」

余滄海喝道：「放你的狗屁！」右掌呼的一聲劈出，令狐冲側身一閃，避開了掌風，重傷之下，轉動不靈，余滄海這一掌又劈得凌厲，還是給他掌風邊緣掃中了，站立不定，一交倒在床上。他用力支撐，又即站起，一張嘴，一大口鮮血噴了出來，身子搖晃兩下，又噴出一口鮮血。

余滄海欲待再行出手，忽聽得窗外有人叫道：「以大欺小，好不要臉！」這叫聲尾音未絕，余滄海已右掌轉回，劈向窗格，身隨掌勢，到了窗外。房內燭光照映出來，只見一個醜臉駝子正欲往牆角邊逃去。余滄海喝道：「站住了！」

那駝子正是林平之所扮。他在劉正風府中與余滄海朝相之後，乘著曲非煙出現，余滄海全神注視到那女童身上，便即悄悄溜出。

他躲在牆角邊，一時打不定主意，實不知如何，才能救得爹娘，沉吟半晌，心道：「我假裝駝子，大廳中人人都已見到了，再遇上青城派的人，非死不可。是不是該當回復本來面目？」回思適才給余滄海抓住，全身登時酸軟，更無半分掙扎之力，怎地世上竟有如此武功高強之人？心頭思潮起伏，只呆呆出神。

也不知過了多少時候，忽然有人在他駝背上輕輕一拍。林平之大驚，急忙轉身，眼前一人背脊高聳，正是那正牌駝子「塞北明駝」木高峯，聽他笑道：「假駝子，幹麼你要冒充是我徒子徒孫？」

林平之情知此人性子兇暴，武功又極高，稍一對答不善，便是殺身之禍，但適才在大廳中向他磕過頭，又說他行俠仗義，並未得罪於他，只須繼續如此說，諒來也不致惹他生氣，便道：「晚輩曾聽許多人言道：『塞北明駝』木大俠英名卓著，最喜急人之難，扶危解困。晚輩一直好生仰慕，是以不知不覺便扮成木大俠的模樣，萬望恕罪。」

木高峯哈哈一笑，說道：「甚麼急人之難，扶危解困？當眞胡說八道。」他明知林平之撒謊，但這些話總是聽來甚爲入耳，問道：「你叫甚麼名字？是那一個的門下？」

林平之道：「晚輩其實姓林，無意之間冒認了前輩的姓氏。」木高峯冷笑道：「甚麼無意之間？你只是想拿你爺爺的名頭來招搖撞騙。余滄海是青城掌門，伸一根手指頭也立時將你斃了。你這小子居然敢衝撞於他，膽子當眞不小。」林平之一聽到余滄海的名字，胸口熱血上湧，大聲道：「晚輩但教有一口氣在，定須手刃了這奸賊。」

木高峯奇道：「余滄海跟你有甚麼怨仇？」林平之略一遲疑，尋思：「憑我一己之力，難以救得爹爹媽媽，索性再拜他一拜，求他援手。」當即雙膝跪倒，磕頭道：「晚輩父母落入這奸賊之手，懇求前輩仗義相救。」木高峯皺起眉頭，連連搖頭，說道：「沒好處之事，木駝子向來不做。你爹爹是誰？救了他於我有甚麼得益？」

正說到這裏，忽聽門邊有人壓低了聲音說話，語氣緊急，說道：「快稟報師父，在羣玉院妓院中，青城派又有一人給人殺了，恆山派有人受了傷逃回來。」

木高峯低聲道：「你的事慢慢再說，眼前有一場熱鬧好看，你想開眼界便跟我同去。」林平之心想：「只須陪在他身邊，便有機會求他。」當即道：「是，是。老前輩去那裏，晚輩自當追隨。」木高峯道：「咱們把話說在頭裏，木駝子不論甚麼事，總須對自己有好處才幹。你若想單憑幾頂高帽子，便叫你爺爺去惹麻煩上身，這種話少提爲妙。」

林平之唯唯否否，含糊答應。忽聽得木高峯道：「他們去了，跟著我來。」只覺右腕一緊，已讓他抓住，跟著騰身而起，猶似足不點地般在衡山街上奔馳。

到得羣玉院外，木高峯和他挨在一株樹後，窺看院中衆人動靜。余滄海和田伯光交手、劉正風等率人搜查、令狐冲挺身而出等情，他二人都一一聽在耳裏。待得余滄海又欲擊打令狐冲，林平之再也忍耐不住，將「以大欺小，好不要臉」這八個字叫了出來。

林平之叫聲出口，自知魯莽，轉身便欲躲藏，那知余滄海來得快極，一聲「站住了！」力隨聲至，掌力已將林平之全身籠住，只須一發，便能震得他五臟碎裂，骨骼齊折，待見到他形貌，一時含力不發，冷笑道：「原來是你！」眼光向林平之身後丈許之外的木高峯射去，說道：「木駝子，你幾次三番指使小輩來和我爲難，是何用意？」

木高峯哈哈一笑，道：「這人自認是我小輩，木駝子卻沒認他。他自姓林，我自姓木，這小子跟我有甚麼干係？余觀主，木駝子不是怕你，只犯不著做冤大頭，給一個無名小輩做擋箭牌。要是做做擋箭牌有甚麼好處，金銀財寶滾滾來，木駝子權衡輕重，這算盤打得響，做便做了。可是眼前這場全無進益的蝕本買賣，卻決計不做。」

余滄海一聽，心中一喜，便道：「此人既跟木兄並無干係，乃冒充招搖之徒，貧道不必再顧你的顏面了。」積蓄在掌心中的力道正欲發出，忽聽窗內有人說道：「以大欺小，好不要臉！」余滄海回過頭來，見一人憑窗而立，正是令狐冲。

余滄海怒氣更增，但「以大欺小，好不要臉」這八個字，卻正是說中了要害，眼前這二人顯然武功遠不如己，若欲殺卻，原只一舉手之勞，但「以大欺小」那四個字，卻無論如何逃不過了，既是「以大欺小」，那下面「好不要臉」四字便也順理成章了。但若如此輕易饒了二人，這口氣如何便嚥得下去？他冷笑一聲，向令狐冲道：「你的事，以後我找你師父算帳。」回頭向林平之道：「小子，你到底是那個門派的？」

林平之怒叫：「狗賊，你害得我家破人亡，此刻還來問我？」

余滄海心下奇怪：「我幾時識得你這醜八怪了？甚麼害得你家破人亡，這話卻從那裏說起？」但四下裏耳目衆多，不欲細問，回頭向洪人雄道：「人雄，先宰了這小子，再擒下了令狐冲。」是青城派弟子出手，便說不上「以大欺小」。

洪人雄應道：「是！」拔劍上前。林平之伸手去拔佩劍，甫一提手，洪人雄的長劍寒光森然，已直指到了胸前。林平之叫道：「余滄海，我林平之……」余滄海一驚，左掌急速拍出，掌風到處，洪人雄的長劍給震得一偏，從林平之右臂外掠過。余滄海道：「你說甚麼？」林平之道：「我林平之做了厲鬼，也會找你索命。」余滄海道：「你……你是福威鏢局的林平之？」

林平之既知已無法隱瞞，索性堂堂正正的死個痛快，雙手撕下臉上膏藥，朗聲道：「不錯，我便是福州福威鏢局的林平之。你兒子調戲良家姑娘，是我殺的。你害得我家破人亡，我爹爹媽媽，你……你……你將他們關在那裏？」

青城派一舉挑了福威鏢局之事，江湖上早已傳得沸沸揚揚。長青子早年敗在林遠圖劍下，武林中並不周知，人人都說青城派志在劫奪林家辟邪劍法的劍譜。令狐冲正因聽了這傳聞，才在迴雁樓頭以此引得羅人傑俯身過來，挺劍殺卻。木高峯也已得知訊息，此刻聽得眼前這假駝子是「福威鏢局的林平之」，眼見余滄海一聽到他自報姓名，便忙不迭的將洪人雄長劍格開，神情緊張，看來確是想著落在這年輕人身上得到辟邪劍譜。

其時余滄海左臂長出，手指已抓住林平之的右腕，手臂一縮，便要將他拉過去。木高峯喝道：「且慢！」飛身而出，伸手抓住了林平之的左腕，向後一拉。

林平之雙臂分別爲兩股大力前後拉扯，全身骨骼登時格格作響，痛得幾欲暈去。

余滄海知道自己若再使力，非將林平之登時拉死不可，當即右手長劍遞出，向木高峯刺去，喝道：「木兄，撤手！」

木高峯左手一揮，噹的一聲響，格開長劍，手中已多了一柄青光閃閃的彎刀。

余滄海展開劍法，嗤嗤嗤聲響不絕，片刻間向木高峯連刺了八九劍，說道：「木兄，你我無冤無仇，何必為這小子傷了兩家和氣？」左手仍抓住林平之右腕不放。

木高峯揮動彎刀，將來劍一一格開，說道：「適才大庭廣衆之間，這小子已向我磕過了頭，叫了我『爺爺』，這是衆目所見、衆耳所聞之事。在下和余觀主雖往日無冤，近日無仇，但你將一個叫我爺爺之人捉去殺了，未免太不給我臉面。做爺爺的不能庇護孫子，以後還有誰肯再叫我爺爺？」兩人一面說話，兵刃相交聲叮噹不絕，越打越快。

余滄海怒道：「木兄，此人殺了我的親生兒子，殺子之仇，豈可不報？」木高峯哈哈一笑，道：「好，衝著余觀主的金面，就替你報仇便了。來來來，你向前拉，我向後拉，一二三，咱們將這小子拉為兩片！」他說完這句話後，又叫：「一，二，三！」這「三」字一出口，掌上力道加強，林平之全身骨骼格格之聲更響。

余滄海一驚，報仇並不急在一時，劍譜尚未得手，卻決不能便傷了林平之性命，當即鬆手。林平之立時便給木高峯拉了過去。

木高峯哈哈一笑，說道：「多謝，多謝！余觀主當眞夠朋友，夠交情，衝著木駝子的臉面，連殺子大仇也肯放過了。江湖上如此重義之人，還眞的沒第二位！」余滄海冷冷的道：「木兄知道了就好。這一次在下相讓一步，以後可不能再有第二次了。」木高峯笑嘻嘻的道：「那也未必。說不定余觀主義薄雲天，第二次又再容讓呢。」

余滄海哼了一聲，左手一揮，道：「咱們走！」率領本門弟子，便即退走。

這時定逸師太急於找尋儀琳，早已與恆山派羣尼向西搜了下去。劉正風率領衆弟子向東南方搜去。青城派一走，羣玉院外便只賸下木高峯和林平之二人。

木高峯笑嘻嘻的道：「你非但不是駝子，原來還是個長得挺俊的小子。小子，你也不用叫我爺爺。駝子挺喜歡你，收你做了徒弟如何？」

林平之適才給二人各以上乘內力拉扯，全身疼痛難當，兀自沒喘過氣來，聽木高峯這麼說，心想：「這駝子的武功高出我爹爹十倍，余滄海對他也頗爲忌憚，我要復仇雪恨，拜他爲師便有指望。可是他眼見那青城弟子使劍殺我，本來毫不理會，一聽到我的來歷，便即出手和余滄海爭奪。此刻要收我爲弟子，顯是不懷好意。」

木高峯見他神色猶豫，又道：「塞北明駝的武功聲望，你是知道的了。迄今爲止，我還沒收過一個弟子。你拜我爲師，爲師的把一身武功傾囊相授，那時別說青城派的小子們決不是你對手，假以時日，要打敗余滄海亦有何難？小子，怎麼你還不磕頭拜師？」

他越說得熱切，林平之越起疑：「他如當眞愛惜我，怎地剛才抓住我手，用力拉扯，全無絲毫顧忌？余滄海這惡賊得知我是他的殺子大仇之後，反而不想就此拉死我了，自然是爲了辟邪劍譜。五嶽劍派中儘多武功高強的正直之士，我欲求明師，該找那些前輩高人才是。這駝子心腸毒辣，武功再高，我也決不拜他爲師。」

木高峯見他仍然遲疑，怒氣漸增，但仍笑嘻嘻道：「怎麼？你嫌駝子的武功太低，不配做你師父麼？」

林平之見木高峯霎時間滿面烏雲，神情猙獰可怖，但怒色一現即隱，立時又顯得和藹可親，情知處境危險，若不拜他爲師，說不定他怒氣發作，立時便將自己殺了，當即道：「木大俠，你肯收晚輩爲徒，晚輩求之不得。只是晚輩學的是家傳武功，倘若另投明師，須得家父允可，這一來是家法，二來也是武林中的規矩。」

木高峯點了點頭，道：「這話倒也有理。不過你這一點玩藝兒，壓根兒說不上是甚麼功夫，你爹爹想來武功也是有限。我老人家今日心血來潮，一時興起要收你爲徒，以後我未必再有此興致了。機緣可遇不可求，你這小子瞧來似乎機伶，怎地如此胡塗？這樣罷，你先磕頭拜師。然後我去跟你爹爹說，諒他也不敢不允。」

林平之心念一動，說道：「木大俠，晚輩的父母落在青城派手中，生死不明，求木大俠去救了出來。那時晚輩感恩圖報，木大俠有甚麼囑咐，自當遵從。」

木高峯怒道：「甚麼？你向我討價還價？你這小子有甚麼了不起，我非收你爲徒不可？你居然來向我要挾，豈有此理！」隨即想到余滄海肯在衆目睽睽之下讓步，不將殺子大仇人撕開兩片，自是另有重大圖謀，像余滄海這樣的人，那會輕易上當？多半江湖上傳言不錯，他林家那辟邪劍譜確然非同小可，只要收了這小子爲徒，這部武學寶笈遲早便能到手，說道：「快磕頭，三個頭磕下去，你便是我徒弟了。徒弟的父母，做師父的焉有不關心之理？余滄海捉了我徒弟的父母，我去向他要人，名正言順，他怎敢不放？」

林平之救父母心切，心想：「爹爹媽媽落在奸人手中，渡日如年，說甚麼也得儘快將他們救了出來。我一時委屈，拜他爲師，只須他救出我爹媽，天大的難事也擔當了。」當即屈膝跪倒，便要磕頭。木高峯怕他反悔，伸手往他頭頂按落，撳將下去。

林平之本想磕頭，但給他這麼使力一撳，心中反感陡生，自然而然的頭頸一硬，不讓他按下去。木高峯怒道：「嘿，你不磕頭嗎？」手上加了一分勁道。林平之本來心高氣傲，做慣了少鏢頭，平生只有受人奉承，從未遇過屈辱，此番爲了搭救父母，已然決意磕頭，但木高峯這麼伸手一撳，弄巧反拙，激發了他的倔強本性，大聲道：「你答允救我父母，我便答允拜你爲師，此刻要我磕頭，卻萬萬不能。」

木高峯道：「萬萬不能？咱們瞧瞧，果眞是萬萬不能？」手上又加了一分勁力。林平之腰板力挺，想站起身來，但頭頂便如有千斤大石壓住了，卻那裏站得起來？他雙手撐地，用力掙扎，木高峯手上勁力又加了一分。林平之只聽得自己頸中骨頭格格作響。木高峯哈哈大笑，道：「你磕不磕頭？我手上再加一分勁道，你的頭頸便折斷了。」

林平之的頭給他一寸一寸的按落，離地面已不過半尺，奮力叫道：「我不磕頭，偏不磕頭！」木高峯道：「瞧你磕不磕頭？」手一沉，林平之的額頭又給他按低了兩寸。

便在此時，林平之忽覺背心上微微一熱，一股柔和的力道傳入體內，頭頂的壓力斗然間輕了，雙手在地下一撐，便即站起。

這一下固然大出林平之意料之外，而木高峯更大吃一驚，適才衝開他手上勁道的這股內力，似乎是武林中盛稱的華山派「紫霞功」，聽說這門內功初發時若有若無，綿如雲霞，然而蓄勁極韌，到後來更鋪天蓋地，勢不可當，「紫霞」二字由此而來。

木高峯驚詫之下，手掌又迅即按上林平之頭頂，掌心剛碰到林平之頭頂，他頂門上又是一股柔韌的內力升起，兩者一震，木高峯手臂發麻，胸口也隱隱作痛。他退後兩步，哈哈一笑，說道：「是華山派的岳兄嗎？怎地悄悄躲在牆角邊，開駝子玩笑？」

牆角後一人縱聲大笑，一個青衫書生踱了出來，輕袍緩帶，右手搖著摺扇，神情瀟洒，笑道：「木兄，多年不見，丰采如昔，可喜可賀。」

木高峯眼見此人果然便是華山派掌門「君子劍」岳不羣，心中向來對他頗為忌憚，此刻自己正出手欺壓一個武功平平的小輩，恰好給他撞見，且出手相救，不由得有些尷尬，當即笑嘻嘻的道：「岳兄，你越來越年輕了，駝子真想拜你為師，學一學這門『採陰補陽』之術。」岳不羣「呸」的一聲，笑道：「駝子越來越無聊。故人見面，不叙契闊，卻來胡說八道。小弟又懂甚麼這種邪門功夫了？」木高峯笑道：「你說不會採補功夫，誰也不信，怎地你快六十歲了，忽然返老還童，瞧起來倒像是駝子的孫兒一般。」

林平之當木高峯的手一鬆，便已跳開幾步，眼見這書生頦下五柳長鬚，面如冠玉，一臉正氣，心中景仰之情，油然而生，知道適才是他出手相救，聽得木高峯叫他為「華山派的岳兄」，心念一動：「這位神仙般的人物，莫非便是華山派掌門岳先生？只是他瞧上去不過四十來歲，年紀不像。那勞德諾是他弟子，可比他老得多了。」待聽木高峯讚他駐顏有術，登時想起：曾聽母親說過，武林中高手內功練到深處，不但能長壽不老，簡直真能返老還童，這位岳先生多半有此功夫，不禁更是欽佩。

岳不羣微微一笑，說道：「木兄一見面便不說好話。木兄，這少年是個孝子，又頗具俠氣，原堪造就，怪不得木兄喜愛。他今日種種禍患，全因當日在福州仗義相救小女靈珊而起，小弟實在不能袖手不理，還望木兄瞧著小弟薄面，高抬貴手。」

木高峯臉上現出詫異神色，道：「甚麼？憑這小子這一點兒微末道行，居然能去救靈珊姪女？只怕這話要倒過來說，是靈珊賢姪女慧眼識玉郎……」岳不羣知這駝子粗俗下流，接下去定然沒好話，便截住他話頭，說道：「江湖上同道有難，誰都該當出手相援，粉身碎骨是救，一言相勸也是救，倒也不在乎武藝的高低。木兄，你如決意收他為徒，不妨讓這少年稟明了父母，再來投入貴派門下，豈不兩全其美？」

木高峯眼見岳不羣插手，今日之事已難如願，便搖了搖頭，道：「駝子一時興起，要收他爲徒，此刻卻已意興索然，這小子便再磕我一萬個頭，我也不收了。」說著左腿忽起，啪的一聲，將林平之踢了個觔斗，摔出數丈。這一下卻也大出岳不羣的意料之外，全沒想到他抬腿便踢，事先竟沒半點朕兆，渾不及出手阻攔。好在林平之摔出後立即躍起，似乎並未受傷。

岳不羣道：「木兄，怎地跟孩子們一般見識？我說你倒是返老還童了。」木高峯笑道：「岳兄放心，駝子便有天大的膽子，也不敢得罪了這位……你這位……哈哈……我也不知道是你這位甚麼，再見，再見，眞想不到華山派如此赫赫威名，對這《辟邪劍譜》卻也會眼紅。」一面說，一面拱手退開。

岳不羣搶上一步，大聲道：「木兄，你說甚麼話來？」突然之間，臉上滿布紫氣，只是那紫氣一現即隱，頃刻間又回復了白淨面皮。

木高峯見到他臉上紫氣，心中打了個突，尋思：「果然是華山派的『紫霞功』！岳不羣這廝劍法高明，又練成了這神奇內功，駝子倒得罪他不得。」當下嘻嘻一笑，說道：「我也不知《辟邪劍譜》是甚麼東西，只是見青城余滄海不顧性命的想搶奪，隨口胡謅幾句，岳兄不必介意。」說著掉轉身子，揚長而去。

岳不羣瞧著他的背影在黑暗中隱沒，嘆了口氣，自言自語：「武林中似他這等功夫，那也是很難得了，可就偏生自甘……」下面「下流」兩字，忍住了不說，卻搖了搖頭。

突然間林平之奔將過來，雙膝一屈，跪倒在地，不住磕頭，說道：「求師父收錄門牆，弟子恪遵教誨，嚴守門規，決不敢有絲毫違背師命。」

岳不羣微微一笑，說道：「我若收了你爲徒，不免給木駝子背後說嘴，說我跟他搶奪徒弟。」林平之磕頭道：「弟子一見師父，說不出的欽佩仰慕，那是弟子誠心誠意的求懇。」說著連連磕頭。岳不羣笑道：「好罷，我收你不難，只是你還沒稟明父母呢，也不知他們是否允可。」林平之道：「弟子得蒙恩師收錄，家父家母歡喜都還來不及，決無不允之理。家父家母爲青城派衆惡賊所擒，尙請師父援手相救。」

岳不羣點了點頭，道：「起來罷！好，咱們這就去找你父母。」回頭叫道：「德諾、阿發、珊兒，大家出來！」只見牆角後走出一羣人來，正是華山派的羣弟子。原來這些人早就到了，岳不羣命他們躱在牆後，直到木高峯離去，這才現身，以免人多難堪，令他下不了台。

勞德諾等都歡然道賀：「恭喜師父新收弟子。」岳不羣笑道：「平之，這幾位師哥，在那小茶館中，你早就都見過了，你向衆師哥見禮。」

老者是二師兄勞德諾，身形魁梧的漢子是三師兄梁發，腳夫模樣的是四師兄施戴子，手中拿著個算盤的是五師兄高根明，六師兄六猴兒陸大有，那是誰都一見就不會忘記的人物，此外七師兄陶鈞、八師兄英白羅是兩個年輕弟子。林平之一一拜見了。

忽然岳不羣身後一聲嬌笑，一個清脆的聲音道：「爹爹，我算是師姊，還是師妹？」

林平之一怔，認得說話的是當日那個賣酒少女、華山門下人人叫她作「小師妹」的，原來她竟是師父的女兒。只見岳不羣的青袍後面探出半邊雪白的臉蛋，一隻圓圓的左眼骨溜溜地轉了幾轉，打量了他一眼，又縮回岳不羣身後。林平之心道：「那賣酒少女容貌醜陋，滿臉都是痲皮，怎地變了這副模樣？」她乍一探頭，便即縮回，又在夜晚，月色朦朧，沒法看得清楚，但這少女容顏俏麗，卻絕無可疑。又想：「她說她喬裝改扮，到福州城外賣酒，定逸師太又說她裝成一副怪模怪樣。那麼她的醜樣，自然是故意裝成的了。」

岳不羣笑道：「這裏個個人入門比你遲，卻都叫你小師妹。你這師妹命是坐定了的，那自然也是小師妹了。」那少女笑道：「不行，從今以後，我可得做師姊了。爹爹，林師弟叫我師姊，以後你再收一百個弟子、兩百個弟子，也都得叫我師姊了。」

她一面說，一面笑，從岳不羣背後轉了出來，濛濛月光下，林平之依稀見到一張秀麗的瓜子臉蛋，一雙黑白分明的眼睛，射向他臉。林平之深深一揖，說道：「岳師姊，小弟今日方蒙恩師垂憐收錄門下。先入門者爲大，小弟自然是師弟。」

岳靈珊大喜，轉頭向父親道：「爹，是他自願叫我師姊的，可不是我強逼他。」岳不羣笑道：「人家剛入我門下，你就說到『強逼』兩字。他只道我門下個個似你一般，以大壓小，豈不嚇壞了他？」說得衆弟子都笑了起來。

岳靈珊道：「爹，大師哥躲在這地方養傷，又給余滄海那臭道士打了一掌，只怕十分凶險，快去瞧瞧他。」岳不羣雙眉微蹙，搖了搖頭，道：「戴子、根明，你二人去把大師哥抬出來。」施戴子和高根明齊聲應諾，從窗口躍入房中，但隨即聽到他二人說道：「師父，大師哥不在這裏，房裏沒人。」跟著窗中透出火光，他二人已點燃了蠟燭。

岳不羣眉頭皺得更加緊了，他不願身入妓院這等污穢之地，向勞德諾道：「你進去瞧瞧。」勞德諾道：「是！」走向窗口。

岳靈珊道：「我也去瞧瞧。」岳不羣反手抓住她手臂，道：「胡鬧！這種地方你去不得。」岳靈珊急得幾乎要哭出聲來，道：「可是……可是大師哥身受重傷……只怕他有性命危險。」岳不羣低聲道：「不用躭心，他敷了恆山派的『天香斷續膠』，死不了。」岳靈珊又驚又喜，道：「爹，你……你怎知道？」岳不羣道：「低聲，別多嘴！」

令狐冲重傷之餘，再給余滄海掌風帶到，創口劇痛，又嘔了幾口血，但神智清楚，耳聽得木高峯和余滄海爭執，衆人逐一退去，又聽得師父到來。他向來天不怕、地不怕，便只怕師父，一聽到師父和木高峯說話，心想自己這番胡鬧到了家，不知師父會如何責罰，一時忘了創口劇痛，轉身向床，悄聲道：「大事不好，我師父來了，咱們快逃。」立時扶著牆壁，走出房去。

曲非煙拉著儀琳，悄悄從被窩中鑽出，跟了出去，只見令狐冲搖搖晃晃，站立不定，兩人忙搶上扶住。令狐冲咬著牙齒，穿過了一條走廊，心想師父耳目何等靈敏，只要一出去，立時便給他知覺，眼見右首是間大房，當即走了進去，道：「將……將門窗關上。」曲非煙依言帶上了門，又將窗子關了。令狐冲再也支持不住，斜躺床上，喘氣不止。

三個人不作一聲，過了良久，才聽得岳不羣的聲音遠遠說道：「他不在這裏了，咱們走罷！」令狐冲吁了口氣，心下大寬。

又過一會，忽聽得有人躡手躡腳的在院子中走來，低聲叫道：「大師哥，大師哥。」卻是陸大有。令狐冲心道：「畢竟還是六猴兒跟我最好。」正想答應，忽覺床帳簌簌抖動，卻是儀琳聽到有人尋來，害怕起來。令狐冲心想：「我這一答應，累了這位小師父的清譽。」當下便不作聲，耳聽得陸大有從窗外走過，一路「大師哥，大師哥」的呼叫，漸漸遠去，再沒聲息。

曲非煙忽道：「喂，令狐冲，你會死麼？」令狐冲道：「我怎麼能死？我如死了，大損恆山派的令譽，太對不住人家了。」曲非煙奇道：「爲甚麼？」令狐冲道：「恆山派的治傷靈藥，給我既外敷，又內服，倘若仍然治不好，令狐冲豈非大大的對不住……

對不住這位恆山派的師妹？」曲非煙笑道：「對，你要是死了，太也對不住人家了。」

儀琳見他傷得如此厲害，兀自在說笑話，既佩服他的膽氣，又稍為寬心，道：「令狐師兄，那余觀主又打了你一掌，我再瞧瞧你傷口。」令狐冲支撐著要坐起身來。曲非煙道：「不用客氣啦，你這就躺著罷。」令狐冲全身乏力，實在坐不起身，只得躺在床上。

曲非煙剔亮了蠟燭。儀琳見令狐冲衣襟都是鮮血，當下顧不得嫌疑，輕輕揭開他長袍，取過臉盆架上掛著的一塊洗臉手巾，為他抹淨了傷口上的血跡，將懷中所藏的天香斷續膠盡數抹在他傷口上。令狐冲笑道：「這麼珍貴的靈藥，浪費在我身上，未免可惜。」

儀琳道：「令狐師兄為我受此重傷，別說區區藥物，就是……就是……」說到這裏，只覺難以措詞，囁嚅一會，續道：「連我師父她老人家，也讚你是見義勇為的少年英俠，因此和余觀主吵了起來呢。」令狐冲笑道：「讚倒不用了，師太她老人家只要不罵我，已經謝天謝地啦。」儀琳道：「我師父怎……怎會罵你？令狐師兄，你只須靜養十二個時辰，傷口不再破裂，那便無礙了。」又取出三粒白雲熊膽丸，餵著他服了。

曲非煙道：「姊姊，你在這裏陪著他，提防壞人又來加害。爺爺等著我呢，我這可要去啦。」儀琳急道：「不！你不能走。我一個人怎能躭在這裏？」曲非煙笑道：「令狐冲不好端端在這裏麼？你又不是一個人。」說著轉身便走。儀琳大急，縱身上前，一把抓住她左臂，情急之下，使上了恆山派擒拿手法，牢牢抓住她臂膀，道：「你別走！」

曲非煙笑道：「哎喲，動武嗎？」儀琳臉一紅，放開了手，央求道：「好姑娘，請你陪我。」曲非煙笑道：「好，好！我陪你便是。令狐冲又不是壞人，你幹麼這般怕他？」

儀琳稍稍放心，道：「對不起，曲姑娘，我抓痛了你沒有？」曲非煙道：「我倒不痛。令狐冲卻好像痛得很厲害。」儀琳一驚，揭開帳子看時，見令狐冲雙目緊閉，已自沉沉睡去。她伸手探他鼻息，覺呼吸勻淨，正感寬慰，忽聽得曲非煙格的一笑，窗格聲響。儀琳急忙轉身，只見她已從窗中跳了出去。

儀琳大驚失色，一時不知如何是好，走到床前，說道：「令狐師兄，令狐師兄，她……她走了。」但其時藥力正在發作，令狐冲昏昏迷迷的，並不答話。儀琳全身發抖，說不出的害怕，過了好一會，才過去將窗格拉上，心想：「我快快走罷，令狐師兄倘若醒轉，跟我說話，那怎麼辦？」轉念又想：「他受傷如此厲害，此刻便一個小童過來，隨手便能制他死命，我豈能不加照護，自行離去？」黑夜之中，只聽到遠處深巷中偶然傳來幾下犬吠之聲，此外一片靜寂，妓院中諸人早已逃之夭夭，似乎這世界上除了帳中的令狐冲外，更無旁人。

她坐在椅上，一動也不敢動，過了良久，四處鷄啼聲起，天將黎明。儀琳又著急起來：「天一亮，便有人來了，那怎麼辦？」

她自幼出家，一生全在定逸師太照料之下，全無處世應變的經歷，此刻除了焦急之外，想不出半點法子。正惶亂間，忽聽得腳步聲響，有三四人從巷中過來，四下俱寂之中，腳步聲特別清晰。這幾人來到羣玉院門前，便停住了，只聽一人說道：「你二人搜東邊，我二人搜西邊，倘若見到令狐冲，要拿活的。他身受重傷，抗拒不了。」

儀琳初時聽到人聲，驚惶萬分，待聽到那人說要來擒拿令狐冲，心中立時閃過一個念頭：「說甚麼也要保得令狐師兄周全，決不能讓他落入壞人手裏。」這主意一打定，驚恐之情立去，登時頭腦清醒了起來，搶到床邊，拉起墊在褥子上的被單，裹住令狐冲身子，抱了起來，吹滅燭火，輕輕推開房門，溜了出去。

這時也不辨東西南北，只朝著人聲來處的相反方向快步而行，片刻間穿過一片菜圃，來到後門。只見門戶半掩，原來羣玉院中諸人匆匆逃去，打開了後門便沒關上。她橫抱著令狐冲走出後門，從小巷中奔了出去。不一會便到了城牆邊，暗忖：「須得出城才好，衡山城中令狐師兄的仇人太多。」沿著城牆疾行，到得城門口時，天已破曉，城門已開，便急竄而出。

一口氣奔出七八里，只往荒山中急鑽，到後來更無路徑，到了一處山坳之中，四下無人。她心神略定，低頭看看令狐冲時，見他已經醒轉，臉露笑容，正注視著自己。

她突然見到令狐冲的笑容，心中一慌，雙手發顫，失手便將他身子掉落。她「啊喲」

一聲，急使一招「敬捧寶經」，俯身伸臂，將他托住，總算這一招使得甚快，沒將他摔著，但自己下盤不穩，一個踉蹌，向前急搶了幾步這才站住，說道：「對不住，你傷口痛嗎？」令狐冲微笑道：「還好！你歇一歇罷！」

儀琳適才為了逃避青城羣弟子的追拿，一心一意只想如何才能使令狐冲不致遭到對方毒手，全沒念及自己的疲累，此刻一定下來，只覺全身四肢都欲散了開來一般，勉力將令狐冲輕輕放上草地，再也站立不定，一交坐倒，喘氣不止。

令狐冲微笑道：「你只顧急奔，卻忘了調勻氣息，那是學武……學武之人的大忌，這樣挺容易……容易受傷。」儀琳臉上微微一紅，說道：「多謝令狐師兄指點。師父本來也教過我，一時心急便忘了。」頓了一頓，問道：「你傷口痛得怎樣？」令狐冲道：「已不怎麼痛，略略有些痲癢。」儀琳大喜，道：「好啦，好啦，傷口痲癢是痊愈之象，想不到竟好得這麼快。」

令狐冲見她喜悅無限，心下也有些感動，笑道：「那是貴派靈藥之功。」忽然嘆了口氣，恨恨的道：「只可惜我身受重傷，致受鼠輩之侮，適才倘若落入了青城派那幾個小子手中，死倒不打緊，只怕還得飽受一頓折辱。」

儀琳道：「原來你都聽見了？」想起自己抱著他奔馳了這麼久，也不知他從何時起便睜著眼睛在瞧自己，不由得臉如飛霞。

令狐冲不知她忽然害羞，只道她奔跑過久，耗力太多，說道：「師妹，你打坐片刻，以貴派本門心法，調匀內息，免得受了內傷。」

儀琳道：「是。」當即盤膝而坐，以師授心法運動內息，但心意煩躁，始終沒法寧靜，過不片刻，便睜眼向令狐冲瞧一眼，看他傷勢有何變化，又看他是否在瞧自己，看到第四眼時，恰好和令狐冲的目光相接。她嚇了一跳，急忙閉眼，令狐冲卻哈哈大笑。

儀琳雙頰暈紅，忸怩道：「爲……爲甚麼笑？」令狐冲道：「沒甚麼。你年紀小，坐功還淺，一時定不下神來，就不必勉強。定逸師伯一定教過你，練功時過份勇猛精進，會有大礙，這等調匀內息，更須心平氣和才是。」他休息片刻，又道：「你放心，我元氣已在漸漸恢復，青城派那些小子們再追來，咱們不用怕他，叫他們再摔一個……摔一個屁股向後……向後……」儀琳微笑道：「摔一個青城派的平沙落雁式。」令狐冲笑道：「不錯，妙極！甚麼屁股向後，說起來不雅，咱們就稱之爲『青城派的平沙……落雁式』！」說到最後幾個字，已有些喘不過氣來。

儀琳道：「你別多說話，再好好兒睡一忽罷。」

令狐冲道：「我師父也到了衡山城。我恨不得立時起身，到劉師叔家瞧瞧熱鬧去。」

儀琳見他口唇發焦，眼眶乾枯，知他失血不少，須得多喝水才是，便道：「我去找些水給你喝。一定口乾了，是不是？」令狐冲道：「我見來路之上，左首田裏有許多西瓜。你去摘幾個來罷。」儀琳道：「好。」站起身來，一摸身邊，卻一文也無，道：「令狐師兄，你身邊有錢沒有？」令狐冲道：「做甚麼？」儀琳道：「去買西瓜呀！」令狐冲笑道：「買甚麼？順手摘來便是。左近又沒人家，種西瓜的人一定住得很遠，卻向誰買去？」儀琳囁嚅道：「不予而取，那是偷……偷盜了，這是五戒中的第二戒，那是不可以的。倘若沒錢，向他們化緣，討一個西瓜，想來他們也肯的。」

令狐冲有些不耐煩了，道：「你這小……」他本想罵她「小尼姑好胡塗」，但想到她剛才出力相救，說到這「小」字便即停口。

儀琳見他臉色不快，不敢再說，依言向左首尋去。走出二里有餘，果見數畝瓜田，纍纍的生滿了西瓜，樹顛蟬聲鳴響，四下裏卻一個人影也無，尋思：「令狐師兄要吃西瓜。可是這西瓜是有主之物，我怎可隨便偷人家的？」快步又走出里許，站到一個高岡之上，四下眺望，始終不見有人，連農舍茅屋也不見一間，只得又退了回來，站在瓜田之中，踟躕半晌，伸手待去摘瓜，又縮了回來，想起師父諄諄告誡的戒律，決不可偷盜他人之物，欲待退去，腦海中又出現了令狐冲唇乾舌燥的臉容，咬一咬牙，雙手合什，暗暗祝禱：「菩薩垂鑒，弟子非敢有意偷盜，實因令狐師兄……令狐師兄要吃西瓜。」轉念一想，又覺「令狐師兄要吃西瓜」這八個字，並不是甚麼了不起的理由，心下焦急，眼淚已奪眶而出，雙手捧住一個西瓜，向上一提，瓜蒂便即斷了，心道：「人家救你性命，你便爲他墮入地獄，永受輪迴之苦，卻又如何？一人作事一身當，是我儀琳犯了戒律，這與令狐師兄無干。」捧起西瓜，回到令狐冲身邊。

令狐冲於世俗的禮法教條，從來不瞧在眼裏，聽儀琳說要向人化緣討西瓜，只道這小尼姑年輕不懂事，渾沒想到她爲了採摘這個西瓜，心頭有許多交戰，受了這樣多委屈，見她摘了西瓜回來，心頭一喜，讚道：「好師妹，乖乖的小姑娘。」

儀琳驀地聽到他這麼稱呼自己，心頭一震，險些將西瓜摔落，忙抄起衣襟兜住。令狐冲笑道：「幹麼這等慌張？你偷西瓜，有人要捉你麼？」儀琳臉上又是一紅，道：「不，沒人捉我。」緩緩坐了下來。

其時天色新晴，太陽從東方升起，令狐冲和她所坐之處是在山陰，日光照射不到，滿山樹木爲雨水洗得一片青翠，山中清新之氣撲面而來。

儀琳定了定神，拔出腰間斷劍，見到劍頭斷折之處，心想：「田伯光這惡人武功如此了得，當日若不是令狐師兄捨命相救，我此刻怎能太太平平的仍坐在這裏？」一瞥眼見令狐冲雙目深陷，臉上沒半點血色，自忖：「爲了他，我便再犯多大惡業，也始終無悔，偷一個西瓜，卻又如何？」言念及此，犯戒後心中的不安登時盡去，用衣襟將斷劍抹拭乾淨，便將西瓜剖了開來，一股清香透出。

令狐冲嗅了幾下，叫道：「好瓜！」又道：「師妹，我想起了一個笑話。今年元宵，我們師兄妹相聚飲酒，靈珊師妹出了個燈謎，說是：『左邊一隻小狗，右邊一個傻瓜』，打一個字。那時坐在她左邊的，是我六師弟陸大有，便是昨晚進屋來尋找我的那個師弟。我是坐在她右首。」儀琳微笑道：「她出這個謎兒，是取笑你和這位陸師兄了。」令狐冲道：「不錯，這個謎兒倒不難猜，便是我令狐冲的這個『狐』字。她說是個老笑話，從書上看來的。只難得剛好六師弟坐在她左首，我坐在她右首。也眞湊巧，此刻在我身旁，又是這邊一隻小狗，這邊一隻大瓜。」說著指指西瓜，又指指她，臉露微笑。

儀琳微笑道：「好啊，你繞彎兒叫我小狗。」將西瓜剖成一片一片，剔去瓜子，遞了一片給他。令狐冲接過咬了一口，只覺滿口香甜，幾口便吃完了。儀琳見他吃得歡暢，心下甚喜，又見他仰臥著吃瓜，襟前汁水淋漓，便將第二片西瓜切成一小塊、一小塊的遞在他手裏，一口一塊，汁水便不再流到衣上。見他吃了幾塊，每次伸手來接，總不免引臂牽動傷口，心下不忍，便將一小塊一小塊西瓜餵在他口裏。

令狐冲吃了小半隻西瓜，才想起儀琳卻一口未吃，說道：「你自己也吃些。」儀琳道：「等你吃夠了我再吃。」令狐冲道：「我夠了，你吃罷！」

儀琳早覺得口渴，又餵了令狐冲幾塊，才將一小塊西瓜放入自己口中，眼見令狐冲目不轉睛的瞧著自己，害羞起來，轉過身子，將背脊向著他。

令狐冲忽然讚道：「啊，眞好看！」語氣之中，充滿了激賞之意。儀琳大羞，心想他怎麼忽然讚我好看，登時便想站起身來逃走，可是一時卻又拿不定主意，只覺全身發燒，羞得連頭頸中也紅了。

只聽得令狐冲又道：「你瞧，多美！見到了麼？」儀琳微微側身，見他伸手指著西首，順著他手指望去，只見遠處一道彩虹，從樹後伸了出來，七彩變幻，艷麗無方，這才知他所說「眞好看」，乃是指這彩虹而言，適才是自己會錯了意，不由得又是一陣羞慚。只是這時的羞慚中微含失望，和先前又是忸怩、又是暗喜的心情卻頗有不同了。

令狐冲道：「你仔細聽，聽見了嗎？」儀琳側耳細聽，但聽得彩虹處隱隱傳來有流水之聲，說道：「好像是瀑布。」

令狐冲道：「正是，連下了幾日雨，山中一定到處是瀑布，咱們過去瞧瞧。」儀琳道：「你……你還是安安靜靜的多躺一會兒。」令狐冲道：「這地方都是光禿禿的亂石，沒一點風景好看，還是去看瀑布的好。」

儀琳不忍拂他之意，便扶著他站起，突然之間，臉上又是一陣紅暈掠過，心想：「我曾抱過他兩次，第一次當他已經死了，第二次是危急之際逃命。這時他雖然身受重傷，但神智清醒，我怎麼能再抱他？他一意要到瀑布那邊去，莫非……莫非要我……」

正猶豫間，卻見令狐冲已拾了一根斷枝，撐在地下，慢慢向前走去，原來自己又會錯了意。

儀琳忙搶了過去，伸手扶住令狐冲的臂膀，心下自責：「我怎麼了？令狐師兄明明是個正人君子，今日我怎地心猿意馬，老是往歪路上想。總是我單獨和一個男子在一起，心下處處提防，其實他和田伯光雖同是男子，卻是一個天上，一個地下，怎可相提並論？」

令狐冲步履雖然不穩，卻儘自支撐得住。走了一會，見到一塊大石，儀琳扶著他過去，坐下休息，道：「這裏也不錯啊，你一定要過去看瀑布麼？」令狐冲笑道：「你說這裏好，我就陪你在這裏瞧一會。」儀琳道：「好罷。那邊風景好，你瞧著心裏歡喜，傷口也好得快些。」令狐冲微微一笑，站起身來。

兩人緩緩轉過了個山坳，便聽得轟轟的水聲，又行了一段路，水聲愈響，穿過一片松林後，只見一條白龍也似的瀑布，從山壁上傾瀉下來。令狐冲喜道：「我華山的玉女峯側也有一道瀑布，比這還大，形狀倒差不多。靈珊師妹常和我到瀑布旁練劍。她有時頑皮起來，還鑽進瀑布中去呢。」

儀琳聽他第二次提到「靈珊師妹」，突然醒悟：「他重傷之下，一定要到瀑布旁來，不見得眞是爲了觀賞風景，卻是在想念他的靈珊師妹。」不知如何，心頭猛地一痛，便如給人重重一擊一般。只聽令狐冲又道：「有一次在瀑布旁練劍，她失足滑倒，險些摔入下面的深潭之中，幸好我一把拉住了她，那一次可眞危險。」

儀琳淡淡問道：「你有很多師妹麼？」令狐冲道：「我華山派共有七個女弟子，靈珊師妹是師父的女兒，我們都管她叫小師妹。其餘六個都是師母收的弟子。」儀琳道：「嗯，原來她是岳師伯的小姐。她……她……她和你很談得來罷？」令狐冲慢慢坐了下來，道：「我是個沒爹沒娘的孤兒，十五年前蒙恩師和師母收錄門下，那時小師妹還只三歲，我比她大得多，常抱了她出去採野果、捉兔子。我和她是從小一塊兒長大的。師父師母沒兒子，待我猶似親生兒子一般，小師妹便等如是我的妹子。」

儀琳應了一聲：「嗯。」過了一會，道：「我也是個沒爹沒娘的孤兒，自幼便蒙恩師收留，從小就出了家。」

令狐冲道：「可惜，可惜！」儀琳轉頭向著他，目光中露出疑問神色。令狐冲道：「你如不是已在定逸師伯門下，我就可求師母收你爲弟子，我們師兄弟姊妹人數很多，二十幾個人，大家很熱鬧的。功課一做完，各人結伴遊玩，師父師母也不怎麼管。你見到我小師妹，一定喜歡她，會和她做好朋友的。」儀琳道：「可惜我沒這好福氣。不過我在白雲庵裏，師父、師姊們都待我很好，我……我……我也很快活。」令狐冲道：「是，是，我說錯了。定逸師伯劍法通神，我師父師母說到各家各派的劍法時，對你師父她老人家是很佩服的。恆山派那裏不及我華山派了？」

儀琳道：「令狐師兄，那日你對田伯光說，站著打，田伯光是天下第十四，岳師伯是第八，那麼我師父是天下第幾？」令狐冲笑了起來，道：「我是騙騙田伯光的，那裏有這回事了？武功的強弱，每日都有變化，有的人長進了，有的人年老力衰退步了，那裏眞能排天下第幾？」儀琳道：「原來如此。」令狐冲笑道：「倘若眞要排名，我師父如是天下第八，那你師父是天下第六罷。」儀琳奇道：「難道我師父勝過了你師父？」令狐冲道：「我師娘曾說，恆山派的師伯們雖是女流，劍法只怕還勝過我師父。」儀琳很是歡喜，道：「下次我跟師父說。」令狐冲道：「田伯光這傢伙武功是高的，但說是天下第十四，卻也不見得。我故意把他排名排得高些，引他開心。」

儀琳道：「原來你是騙他的。」望著瀑布出了會神，問道：「你常常騙人麼？」令狐冲嘻嘻一笑，道：「那得看情形，不會是『常常』罷！有些人可以騙，有些人不能騙。師父師母問起甚麼事，我自然不敢相欺。」

儀琳「嗯」了一聲，道：「那麼你同門的師兄弟、師姊妹呢？」她本想問：「你騙不騙你的靈珊師妹？」但不知如何，竟不敢如此直截了當的相詢。令狐冲笑道：「那要看是誰，又得瞧是甚麼事。我們師兄弟們常鬧著玩，說話不騙人，又有甚麼好玩？」儀琳終於問道：「連靈珊姊姊，你也騙她麼？」

令狐冲從未想過這件事，皺了皺眉頭，沉吟半晌，想起這一生之中，從未在甚麼大事上騙過她，便道：「若是要緊事，那決不會騙她。玩的時候，哄哄她，說些笑話，自然是有的。」

儀琳在白雲庵中，師父不苟言笑，戒律嚴峻，衆師姊個個冷口冷面的，雖然大家互相愛護關顧，但極少有人說甚麼笑話，鬧著玩之事更難得之極。定靜、定閒兩位師伯門下倒有不少年輕活潑的俗家女弟子，但也極少和出家的同門說笑。她整個童年便在冷靜寂寞之中渡過，除了打坐練武之外，便是敲木魚唸經，這時聽到令狐冲說及華山派衆同門的熱鬧處，不由得悠然神往，尋思：「我若能跟著他到華山去玩玩，豈不有趣。」但隨即想起：「這一次出庵，遇到這樣的大風波，看來回庵之後，師父再也不許我出門了。甚麼到華山去玩玩，那豈不是痴心妄想？」又想：「就算到了華山，他整日價陪著他的小師妹，我甚麼人也不識，又有誰來陪我玩？」心中忽然一陣淒涼，眼眶一紅，險些掉下淚來。

令狐冲卻全沒留神，瞧著瀑布，說道：「我和小師妹正在鑽研一套劍法，借著瀑布水力的激盪，施展劍招。師妹，你可知那有甚麼用？」儀琳搖了搖頭，道：「我不知道。」她聲音已有些哽咽，令狐冲仍沒覺察到，繼續道：「咱們和人動手，對方倘若內功深厚，兵刃和拳掌中往往附有厲害內力，無形有質，能將我們的長劍盪了開去。我和小師妹在瀑布中練劍，就當水力中的沖激是敵人內力，不但要將敵人的內力擋開，還得借力打力，引對方的內力去打他自己。」

儀琳見他說得興高采烈，問道：「你們練成了沒有？」令狐沖搖頭道：「沒有，沒有！自創一套劍法，談何容易？再說，我們也創不出甚麼劍招，只不過想法子將師父所傳的本門劍法，在瀑布中擊刺而已。就算有些新花樣，那也是鬧著玩的，臨敵時沒半點用處。否則的話，我又怎會給田伯光這廝打得全無還手之力？」他頓了一頓，伸手緩緩比劃了一下，喜道：「我又想到了一招，等得傷好後，回去可和小師妹試試。」

儀琳輕輕的道：「你們這套劍法，叫甚麼名字？」令狐沖笑道：「我本來說，這不能另立名目。但小師妹一定要給取個名字，她說叫做『冲靈劍法』，因為那是我和她兩個一起試出來的。」

儀琳輕輕的道：「冲靈劍法，冲靈劍法。嗯，這劍法中有你的名字，也有她的名字，將來傳到後世，人人都知道是你們……你們兩位合創的。」令狐沖笑道：「我小師妹小孩兒脾氣，才這麼說的，憑我們這一點兒本領火候，那有資格自創甚麼劍法？你可千萬不能跟旁人說，要是給人知道了，豈不笑掉了他們的大牙？」

儀琳道：「是，我決不會對旁人說。」她停了一會，微笑道：「你自創劍法的事，人家早知道了。」令狐沖吃了一驚，問道：「是麼？是靈珊師妹跟人說的？」儀琳笑了笑，道：「是你自己跟田伯光說的。你不是說自創了一套坐著刺蒼蠅的劍法麼？」令狐沖大笑，說道：「我對他胡說八道，虧你都記在心裏。」

令狐冲這麼放聲一笑，牽動傷口，眉頭皺了起來。儀琳道：「啊喲，都是我不好，累得你傷口吃痛。快別說話了，安安靜靜的睡一會兒。」

令狐冲閉上了眼睛，但只過得一會，便又睜了開來，道：「我只道這裏風景好，但到得瀑布旁邊，反而瞧不見彩虹了。」儀琳道：「瀑布有瀑布的好看，彩虹有彩虹的好看。」令狐冲點了點頭，道：「你說得不錯，世上那有十全十美之事。一個人千辛萬苦的去尋求一件物事，等得到了手，也不過如此，而本來拿在手中的物事，卻反而拋掉了。」儀琳微笑道：「令狐師兄，你這幾句話，隱隱含有禪機，只可惜我修爲太淺，不明白其中道理。倘若師父聽了，定有一番解釋。」令狐冲嘆了口氣，道：「甚麼禪機不禪機，我懂得甚麼？唉，好倦！」慢慢閉上了眼睛，漸漸呼吸低沉，入了夢鄉。

儀琳守在他身旁，折了一根帶葉的樹枝，輕輕拂動，爲他趕開蚊蠅小蟲，坐了一個多時辰，自己也有些倦了，迷迷糊糊的合上眼想睡，忽然心想：「待會他醒來，一定肚餓，這裏沒甚麼吃的，我再去採幾個西瓜，既能解渴，也可以充飢。」於是快步奔向西瓜田，又摘了兩個西瓜來。她生怕離開片刻，有人或野獸來侵犯令狐冲，急急匆匆的趕回，見他兀自安安穩穩的睡著，這才放心，輕輕坐在他身邊。

令狐冲睜開眼來，微笑道：「我以爲你回去了。」儀琳奇道：「我回去？」令狐冲道：「你師父、師姊們不是在找你麼？她們一定掛念得很。」儀琳一直沒想到這事，聽他這麼一說，登時焦急起來，又想：「明兒見到師父，不知他老人家會不會責怪？」

令狐冲道：「師妹，多謝你陪了我半天，我的命已給你救活啦，你還是早些回去罷。」儀琳搖頭道：「不，荒山野嶺，你獨個兒躭在這裏，沒人服侍照料，那怎麼行？」令狐冲道：「你到得衡山城劉師叔家裏，悄悄跟我的師弟們一說，他們就會過來照料我。」儀琳心中一酸，暗想：「原來他是要他的小師妹相陪，只盼我越快去叫她來越好。」再也忍耐不住，淚珠兒一滴一滴的落了下來。

令狐冲見她忽然流淚，大爲奇怪，問道：「你……你……爲甚麼哭了？怕回去給師父責罵麼？」儀琳搖了搖頭。令狐冲又道：「啊，是了，你怕路上又撞到田伯光。不用怕，從今而後，他見了你便逃，再也不敢見你的面了。」儀琳又搖了搖頭，淚珠兒落得更多了。

令狐冲見她哭得更厲害了，心下大感不解，說道：「好，好，是我說錯了話，我跟你陪不是啦。小師妹，你別生氣。」

儀琳聽他言語溫柔，心下稍慰，但轉念又想：「他說這幾句話，這般的低聲下氣，顯然是平時向他小師妹陪不是慣了的，這時候卻順口說了出來。」突然間「哇」的一聲，哭了起來，頓足道：「我又不是你小師妹，你……你……你心中便是記著你那個小師妹。」這句話一出口，立時想起，自己是出家人，怎可跟他說這等言語，未免大是忘形，不由得滿臉紅暈，忙轉過了頭。

令狐冲見她忽然臉紅，而淚水未絕，便如瀑布旁濺滿了水珠的小紅花一般，嬌豔之色，難描難畫，心道：「原來她竟生得這般好看，似乎比靈珊妹子更美呢。唉，她是出家人，我怎可拿她來跟小師妹比美。令狐冲，你這人眞無聊……」怔了一怔，柔聲道：「你年紀比我小得多，咱們五嶽劍派，同氣連枝，大家都是師兄弟姊妹，你自然也是我的小師妹啦。我甚麼地方得罪了你，你跟我說，好不好？」

儀琳道：「你也沒得罪我。我知道了，你要我快快離開，免得瞧在眼中生氣，連累你倒霉。你說過的，一見尼姑，逢賭……」說到這裏，又哭了起來。

令狐冲不禁好笑，心想：「原來她要跟我算迴雁樓頭這筆帳，那確是非賠罪不可。」便道：「令狐冲當眞該死，口不擇言。那日在迴雁樓頭胡說八道，可得罪了貴派全體上下啦，該打，該打！」提起手來，啪啪兩聲，便打了自己兩個耳光。

儀琳急忙轉身，說道：「別……別打……我……不是怪你。我……我只怕連累了你。」令狐冲道：「該打之至！」啪的一聲，又打了自己一個耳光。

儀琳急道：「我不生氣了，令狐師兄，你……你別打了。」令狐冲道：「你說過不生氣了？」儀琳搖了搖頭。令狐冲道：「你笑也不笑，那不是還在生氣麼？」

儀琳勉強笑了一笑，但突然之間，也不知爲甚麼傷心難過，悲從中來，再也忍耐不住，淚水從臉頰上流了下來，忙又轉過了身子。

令狐冲見她哭泣不止，當即長嘆一聲。儀琳慢慢止住了哭泣，幽幽的道：「你……你又為甚麼嘆氣？」

令狐冲心下暗笑：「畢竟她是個小姑娘，也上了我這個當。」他自幼和岳靈珊相伴，岳靈珊時時使小性兒，生了氣不理他，千哄萬哄，總是哄不好，不論跟她說甚麼，她都不瞅不睬，令狐冲便裝模作樣，引起她的好奇，反過來相問。儀琳一生從未和人鬧過別扭，自是一試便靈，落入了他的圈套。令狐冲又長嘆一聲，轉過了頭不語。

儀琳問道：「令狐師兄，你生氣了麼？剛才是我得罪你，你……你別放在心上。」令狐冲道：「沒有，你沒得罪我。」儀琳見他仍然面色憂愁，那知他肚裏正在大覺好笑，這副臉色是假裝的，著急起來，道：「我害得你自己打了自己，我……我打還了賠你。」說著提起手來，啪的一聲，在自己右頰上打了一掌。第二掌待要再打，令狐冲急忙仰身坐起，伸手抓住了她手腕，但這麼一用力，傷口劇痛，忍不住輕哼了一聲。儀琳急道：「啊喲！快……快躺下，別弄痛了傷口。」扶著他慢慢臥倒，一面自怨自艾：「唉，我眞蠢，甚麼事情總做得不對，令狐師兄，你……你痛得厲害麼？」

令狐冲的傷處痛得倒也眞厲害，若在平時，他決不承認，這時心生一計：「只有如此如此，方能逗她破涕為笑。」便皺起眉頭，大哼了幾聲。儀琳甚是惶急，道：「但願不……不再流血才好。」伸手摸他額頭，幸喜沒發燒，過了一會，輕聲問道：「痛得好些了麼？」令狐冲道：「還是很痛。」

儀琳愁眉苦臉，不知如何是好。令狐冲嘆道：「唉，好痛！六……六師弟在這裏就好啦。」儀琳道：「怎麼？他有止痛藥嗎？」令狐冲道：「是啊，他一張嘴巴就是止痛藥。以前我也受過傷，痛得十分厲害。六師弟最會說笑話，我聽得高興，就忘了傷處的疼痛。他要是在這裏就好了，哎唷……怎麼這樣痛……這樣痛……哎唷，哎唷！」

儀琳為難之極，定逸師太門下，人人板起了臉誦經唸佛、坐功練劍，白雲庵中只怕一個月裏也難得聽到一兩句笑聲，要她說個笑話，那眞是要命了，心想：「那位陸大有師兄不在這裏，令狐師兄要聽笑話，只有我說給他聽了，可是……可是……我一個笑話也不知道。」突然之間，靈機一動，想起一件事來，說道：「令狐師兄，笑話我是不會說，不過我在藏經閣中看過一本經書，倒挺有趣的，叫做《百喻經》，你看過沒有？」

令狐冲搖頭道：「沒有，我甚麼書都不讀，更加不讀佛經。」儀琳臉上微微一紅，說道：「我眞傻，問這等蠢話。你又不是佛門弟子，自然不會讀經書。」頓了一頓，繼續說道：「那部《百喻經》，是天竺國一位高僧伽斯那作的，裏面有許多有趣的故事。」

令狐冲忙道：「好啊，我最愛聽有趣的故事，你說幾個給我聽。」

儀琳微微一笑，那《百喻經》中的無數故事，一個個在她腦海中流過，便道：

「好，我說那個『以犁打破頭喻』。從前，有個禿子，頭上一根頭髮也沒有，他是天生的禿頭。這禿子和一個種田人不知為甚麼爭吵起來。那種田人手中正拿著一張耕田的犁，便舉起犁來，打那禿子，打得他頭頂破損流血。可是那禿子只默然忍受，並不避開，反而發笑。旁人見了奇怪，問他為甚麼不避，反而發笑。那禿子笑道：『這種田人是個傻子，見我頭上無毛，以為是塊石頭，於是用犁來撞石頭。我如逃避，豈不是教他變得聰明了？』」

她說到這裏，令狐冲大笑起來，讚道：「好故事！這禿子當眞聰明得緊，就算要給人打死，那也是無論如何不能避開的。」

儀琳見他笑得歡暢，心下甚喜，說道：「我再說個『醫與王女藥，令卒長大喻』。從前，有個國王，生了個公主。這國王很性急，見嬰兒幼小，盼她快些長大，便叫了御醫來，要他配一服靈藥給公主吃，令她立即長大。御醫奏道：『靈藥是有的，不過搜配各種藥材，再加煉製，很費功夫。現下我把公主請到家中，同時加緊製藥，請陛下不可催逼。』國王道：『很好，我不催你就是。』御醫便抱了公主回家，每天向國王稟報，靈藥正在採集製煉。過了十二年，御醫稟道：『靈藥製煉已就，今日已給公主服下。』於是帶領公主來到國王面前。國王見當年的小小嬰兒已長成為一個亭亭玉立的少女，心中大喜，稱讚御醫醫道精良，一服靈藥，果然能令我女快高長大，命左右賞賜金銀珠寶，不計其數。」

令狐冲又哈哈大笑，說道：「你說這國王性子急，其實一點也不性急，他不是等了十二年嗎？要是我作那御醫哪，只須一天工夫，便將那嬰兒公主變成個十七八歲、亭亭玉立、美麗非凡的妙齡公主。」

儀琳睜大了眼睛，問道：「你用甚麼法子？」令狐冲微笑道：「外搽天香斷續膠，內服白雲熊膽丸。」儀琳笑道：「那是治療金創之傷的藥物，怎能令人快高長大？」令狐冲道：「治不治得金創，我也不理，只須你肯挺身幫忙便是了。」儀琳笑道：「要我幫忙？」令狐冲道：「不錯，我把嬰兒公主抱回家後，請四個裁縫……」儀琳更是奇怪，問道：「請四個裁縫幹甚麼？」

令狐冲道：「趕製新衣服啊。我要他們度了你的身材，連夜趕製公主衣服一襲。第二日早晨，你穿了起來，頭戴玲瓏鳳冠，身穿百花錦衣，足登金縷珠履，這般儀態萬方、娉娉婷婷的走到金鑾殿上，三呼萬歲，躬身下拜，叫道：『父王在上，孩兒服了御醫令狐冲的靈丹妙藥之後，一夜之間，便長得這般高大了。』那國王見到這樣一位美麗可愛的公主，心花怒放，那裏還來問你眞假。我這御醫令狐冲，自是重重有賞了。」

儀琳不住口的格格嘻笑，直聽他說完，已笑得彎下了腰，伸不直身子，過了一會，才道：「你果然比那《百喩經》中的御醫聰明得多，只可惜我……我這麼醜怪，半點也不像公主。」令狐沖道：「倘若你醜怪，天下便沒美麗的人了。古往今來，公主成千成萬，卻那有一個似你這般好看？」儀琳聽他直言稱讚自己，芳心竊喜，笑道：「這成千成萬的公主，你都見過了？」令狐沖道：「這個自然，我在夢中一個個都見過。」儀琳笑道：「你這人，怎麼做夢老是夢見公主？」令狐沖嘻嘻一笑，道：「日有所思……」但隨即想起，儀琳是個天真無邪的妙齡女尼，陪著自己說笑，已犯她師門戒律，怎可再跟她肆無忌憚的胡言亂語？言念及此，臉色登時一肅，假意打個呵欠。

儀琳道：「啊，令狐師兄，你倦了，閉上眼睡一忽兒。」令狐沖道：「好，你的笑話真靈，我傷口果然不痛了。」他要儀琳說笑話，本是要哄得她破涕為笑，此刻見她言笑晏晏，原意已遂，便緩緩閉上了眼睛。

儀琳坐在他身旁，又再輕輕搖動樹枝，趕開蠅蚋。只聽得遠處山溪中傳來一陣陣蛙鳴，猶如催眠的樂曲一般，儀琳到這時實在倦得很了，只覺眼皮沉重，再也睜不開來，終於也迷迷糊糊的入了睡鄉。

睡夢之中，似乎自己穿了公主的華服，走進一座輝煌的宮殿，旁邊一個英俊青年攜著自己的手，依稀便是令狐沖，跟著足底生雲，兩個人輕飄飄的飛上半空，說不出的甜美歡暢。忽然間一個老尼橫眉怒目，仗劍趕來，卻是師父。儀琳吃了一驚，只聽得師父喝道：「小畜生，你不守清規戒律，居然大膽去做公主，又跟這浪子在一起廝混！」一把抓住她手臂，用力拉扯。霎時之間，眼前一片漆黑，令狐冲不見了，師父也不見了，自己在黑沉沉的烏雲中不住往下翻跌。儀琳嚇得大叫：「令狐師兄，令狐師兄！」只覺全身酸軟，手足無法動彈，半分掙扎不得。

叫了幾聲，一驚而醒，卻是一夢，只見令狐冲睜大了雙眼，正瞧著自己。

儀琳暈紅了雙頰，忸怩道：「我……我……」令狐冲道：「你做了夢麼？」儀琳臉上又是一紅，道：「也不知是不是？」一瞥眼間，見令狐冲臉上神色十分古怪，似在強忍痛楚，忙道：「你……你傷口痛得厲害麼？」令狐冲道：「還好！」但聲音發顫，過得片刻，額頭黃豆大的汗珠一粒粒的滲了出來，疼痛之劇，不問可知。

儀琳甚是惶急，只說：「那怎麼好？那怎麼好？」從懷中取出塊布帕，爲他抹去額上汗珠，小指碰到他額頭時，猶似火炭。她曾聽師父說過，一人受了刀劍之傷後，倘若發燒，情勢十分凶險，情急之下，不由自主的唸起經來：

「若有無量百千萬億衆生，受諸苦惱，聞是觀世音菩薩，一心稱名，觀世音菩薩即時觀其音聲，皆得解脫。若有持是觀世音菩薩名者。設入大火，火不能燒，由是菩薩威神力故。若爲大水所漂，稱其名號，即得淺處……」

她唸的是《妙法蓮華經觀世音普門品》，初時聲音發顫，唸了一會，心神逐漸寧定。令狐冲聽儀琳語音清脆，越唸越沖和安靜，顯是對經文的神通充滿了信心，只聽她繼續唸道：

「若復有人臨當被害，稱觀世音菩薩名者，彼所持刀杖，尋段段壞，而得解脫。若三千大千國土滿中夜叉羅剎，欲來惱人，聞其稱觀世音名者，是諸惡鬼，尚不能以惡眼視之，況復加害？設復有人，若有罪、若無罪，扭械枷鎖檢繫其身，稱觀世音菩薩名者，皆憑斷壞，即得解脫……」

令狐冲越聽越好笑，終於「嘿」的一聲笑了出來。儀琳奇道：「甚……甚麼好笑？」令狐冲道：「早知如此，又何必學甚麼武功？如有惡人仇人要來殺我害我，我……我只須口稱觀世音菩薩之名，惡人的刀杖斷成一段一段，豈不是平安……平安大吉。」

儀琳正色道：「令狐師兄，你休得褻瀆了菩薩，心念不誠，唸經便無用處。」她繼續輕聲唸道：

「若惡獸圍繞，利牙爪可怖，念彼觀音力，疾走無邊方。蚖蛇及蝮蠍，氣毒煙火然，念彼觀音力，尋聲自迴去。雲雷鼓掣電，降雹澍大雨，念彼觀音力，應時得消散。衆生被困厄，無量苦逼身，觀音妙智力，能救世間苦……」

令狐冲聽她唸得虔誠，聲音雖低，卻顯是全心全意的在向觀世音菩薩求救，似乎整個心靈都在向菩薩呼喊哀懇，要菩薩顯大神通，解脫自己的苦難，好像在說：「觀世音菩薩，求求你免除令狐師兄身上痛楚，把他的痛楚都移到我身上。我變成畜生也好，身入地獄也好，只求菩薩解脫令狐師兄的災難……」到得後來，令狐冲已聽不到經文的意義，只聽到一句句祈求禱告的聲音，是這麼懇摯，這麼熱切。不知不覺，令狐冲眼中充滿了眼淚，他自幼沒了父母，師父師母雖待他恩重，畢竟他太過頑劣，總是責打多而慈愛少；師兄弟姊妹間，人人以他是大師兄，一向尊敬，不敢拂逆；靈珊師妹雖和他交好，但從來沒對他如此關懷過，只有這個恆山派的儀琳師妹，竟這般寧願把世間千萬種苦難都放到自己身上，只是要他平安喜樂。

令狐冲不由得胸口熱血上湧，眼中望出來，這小尼姑似乎全身隱隱發出聖潔的光輝。儀琳誦經的聲音越來越柔和，在她眼前，似乎眞有一個手持楊枝、遍洒甘露、救苦救難的白衣大士，每一句「南無觀世音菩薩」，都是在向菩薩爲令狐冲虔誠祈求。

令狐冲心中既感激，又安慰，在那溫柔虔誠的唸佛聲中入了睡鄉。

笑傲江湖(大字版) / 金庸作. -- 二版.
-- 臺北市：遠流, 2017.10
冊； 公分. --(大字版金庸作品集；55–62)

ISBN 978-957-32-8112-2 (全套：平裝).

857.9 106016819